Roland J. Mayr

080917

Emil Zopfi

Spurlos

Roman

Limmat Verlag
Zürich

Für die Unterstützung dankt der Verlag dem Lotteriefonds Kanton Glarus.

SWISSLOS
Lotteriefonds
Kanton Glarus

Im Internet
Informationen zu Autorinnen und Autoren
Hinweise auf Veranstaltungen
Schreiben Sie uns Ihre Meinung zu diesem Buch
Abonnieren Sie unsere Newsletter
www.limmatverlag.ch

Das *wandelbare Verlagsjahreslogo* des Limmat Verlags auf
Seite 1 zeigt Sirenen, Nixen, Meerfrauen und -männer.
Sie wurden gesammelt, freigestellt, gescannt und zur Verfügung
gestellt von Uz Hochstrasser und Kathrin Siegfried oder
stammen aus dem Verlagsarchiv.

Umschlagbild von Maya Häusermann, Zürich
Typographie und Umschlaggestaltung von Trix Krebs und Iza Hren

© 2007 by Limmat Verlag, Zürich
ISBN 978-3-85791-538-3

I CLIMB EVERY MOUNTAIN

I CROSS EVERY SEA

TO LAY IN YOUR ARMS FOR ETERNITY

BONNIE TYLER

1

Sie trug seine Asche auf den Berg. Es war Frühling, noch lag Schnee in den Mulden der Alp. Der Himmel blass. Stille.

Sie hörte nur ihren Atem und ihre Schritte in den nassen Stauden der Alpenrosen und später, während sie über die Geröllhalden anstieg, das Knirschen des Schotters unter den Sohlen. Musik, tausendmal gehört, der Klang des Bergs.

Ihr Vater war gestorben, als sie in Patagonien am Cerro Torre kletterte. Per Funk war die Meldung ins Camp gekommen, sie war sogleich abgereist. Obwohl es zu spät war für alles. Er hatte sich nach dem Mittagessen hingelegt wie jeden Tag, war auf dem Sofa eingeschlafen. Sanft hinübergeschlummert, ohne Abschied und mit einem Lächeln im Gesicht, wie es seine Art war. Am gleichen Tag hatten sie am Cerro Torre ihren höchsten Punkt erreicht, zweihundert Meter unter dem Gipfel, dann war ein Sturm aufgezogen.

Auf dem Weg zur Hohen Platte, der unter den Wänden von Sila und Plattenburg nach Westen führt, fasste Andrea spontan den Entschluss, direkt durch die Westwand zu klettern. Es war noch kalt, aber das machte ihr nichts aus, in Patagonien hatte sie im Sturm härteste Seillängen geführt. Sie stieg an, über steilen Hartschnee einem Rinnsal folgend. Eine alte Route, die niemand mehr ging, brüchiger Fels, Schluchten, Bänder, Risse. Sie stieg schnell, Geröll löste sich unter ihren Schuhen, kollerte in die Tiefe. Das war Musik, Hard Rock. Die Route hatte sie längst verloren, sie kletterte in der Falllinie höher und höher, einer Reihe von Kaminen folgend, manchmal fast im Innern des Bergs, der sie umfing wie ein Mutterschoss.

Dann die Sonne, ein kurzer Blockgrat, eine Senke und dahinter der Gipfel mit dem schiefen Holzkreuz. Eine rostige Konservenbüchse steckte zwischen den Felsbrocken des Steinmanns, darin ein Notizbuch. Nur wenige Leute besuchten diesen Gipfel. Einsam und schwer zugänglich, passte er zu ihrem Vater. Sie ass einen Getreideriegel, trank Wasser, die Urne hatte sie neben sich auf die Steine gelegt. Ein Zylinder aus gebranntem Ton, sehr leicht. Das war von dem schweren Mann übrig geblieben. Sie hatte sich vorgenommen, die Urne vom Gipfel in den Abgrund zu schleudern, sie würde zerschellen, seine Asche in Klüften zerstäuben, die nie ein Mensch betrat. Sie hob die Urne auf, legte sie wieder hin. Sie brachte es nicht übers Herz, das Gefäss in die Tiefe zu schmettern. Irgendwie müsste ich Abschied nehmen vom alten Herrn, dachte sie, aber sie wusste nicht wie. Augen schliessen, sich nochmals an ihn erinnern, an das Schöne und Gute, und alles andere vergessen? Sie legte den Kopf auf die Knie und weinte leise.

Dann stieg sie über den Blockgrat gegen Süden ab, fand einen Spalt unter einem Felsabsatz, schob die Urne hinein und verschloss die Öffnung mit grossen Steinen.

«Auf Wiedersehen Robert», sagte sie, dann kletterte sie über Felsstufen hinab zu einem Ringhaken, zog das Seil ein und glitt hinab ins Joch. Es war Nachmittag, sie war keinem Menschen begegnet.

2

Ein Stein fiel, hoch über ihm in der Wand. Magnus erschrak, duckte sich hinter einem Block. Seine Knie zitterten. Vorsichtig hob er den Kopf, zog den Feldstecher aus dem Futteral, stützte die Ellbogen auf und suchte den Berg ab. Eine Gestalt glitt wie eine Spinne am seidenen Faden durch die Felswand in die Tiefe. Metall klirrte, als sie sich anklinkte, am Seil zog. Es löste sich, kringelte über Absätze und Stufen, Steine rieselten herab. Dann hüpfte die Spinne wieder weg vom Fels, schwebte in die Tiefe, landete in einer Scharte des Grates, der von der Wand gegen das Joch zog. Eine Frau in gelber Windjacke. Leicht setzte sie über die Zacken und Türme des Grates hinweg. Ein Tanz über dem Abgrund. Magnus stockte der Atem. Sonnenlicht fiel unvermittelt durch ein Wolkenloch, die gelbe Jacke leuchtete auf. Dann verschwand sie hinter einer Kante. Magnus suchte mit dem Feldstecher den Grat ab, glaubte, sie sei gestürzt. Da schwang sie sich über die Kante, direkt über ihm. Er hörte ihren Atem, das Klirren der Karabinerhaken an ihrem Gürtel.

Er zog den Kopf ein, schob den Feldstecher ins Futteral. Gelegentlich hatte er Bergsteiger beobachtet, wenn er durch die Gegend streifte. Keiner bewegte sich so leicht und so sicher wie die kleine Frau. Wie eine Artistin im Zirkus, den er mit seiner Mutter besucht hat, unten in Pratt. Mit einem Sprung setzte sie über eine Scharte, balancierte mit ausgebreiteten Armen auf der Gratschneide, hüpfte über Zacken hinweg, als spiele sie Himmel und Hölle.

Dann stand sie im Joch, wenige Schritte von seinem Felsblock entfernt. Magnus hielt den Atem an. Hörte, wie sie ihren Rucksack ablegte, einen Schluck aus einer Flasche nahm, ihr Kletterzeug einpackte, das Seil rollte. Er drückte sich an den feuchten Fels, der nach Meer roch, Fisch und Salz und Seetang. Er hatte gelesen, dass die Berge vor Millionen Jahren aus einem Meer wuchsen. Er hatte Steine gefunden, auf denen sich die Schalen von Muscheln abzeichneten. Den schönsten, geformt wie eine Schnecke, trug er im Hosensack.

Mit der Zunge leckte Magnus den feuchten Fels, schmeckte das Salz des Meeres, das er noch nie gesehen hatte. Nur in seinem Kopf, in seinen Träumen existierte es.

Die Frau hatte ihn nicht entdeckt. Er atmete tief, verliess sein

Versteck. Vom Joch aus sah er sie weit unten, wo der Weg über die Felsstufe mit dem Drahtseil führte. Wie eine Gämse eilte sie zu Tal. Mit dem Feldstecher schaute er ihr nach, bis sie den Weg verliess, über ein Schneefeld abrutschte und verschwand.

3

Im Dorf parkte Andrea vor der «Alpenrose». Wolken waren aufgezogen, frühe Dämmerung lag über den Blockhäusern und der Kapelle mit dem frei stehenden Glockenturm. Aus Gewohnheit hatte sie angehalten, wie immer nach einer Bergtour. Doch heute gab es keinen Kaffee, das Restaurant war geschlossen. Anita, die Wirtin, lag im Spital.

Andrea blieb im Jeep sitzen, kein Mensch liess sich blicken, das Dorf schien ausgestorben. Dann bemerkte sie das Schild an der Tür. Sie stieg aus. *Zu verkaufen* stand darauf, dazu eine Telefonnummer. Anita würde also nicht mehr zurückkehren. Andrea hatte sie besucht, bevor sie nach Patagonien verreist war. Sie war zuversichtlich gewesen, hatte von einer Therapie auf natürlicher Basis gesprochen, einer Kur mit Mistelpräparaten.

Andrea lehnte sich an den Zaun am Rand des Parkplatzes, betrachtete das grosse Haus. Es musste sehr alt sein. In den Kellergewölben hatte Anita eine Kunstgalerie eingerichtet. Die Grundmauern aus Bruchstein waren meterdick, darauf stand Fachwerk, mit Schindeln verkleidet, die sich im Laufe der Jahrzehnte silbergrau verfärbt hatten. Der Dachstuhl war eingesunken.

«Interessiert Sie das Objekt?» Ein Mann trat hinter ihrem Jeep hervor, sie hatte ihn nicht bemerkt. Er war nicht viel grösser als sie, blond, mit nach hinten geklebten Haaren, trug einen Pullover aus Naturwolle unter der schwarzen Lederjacke, schwarze Jeans. «Peter Frey. Ich bin der Gemeindeverwalter.» Sein Händedruck war ohne Kraft.

«Andrea Stamm.»

«Ich habe von Ihnen gehört. Die Bergführerin, oft unterwegs in der Gegend.»

«Warum wird die ‹Alpenrose› verkauft?»

«Eine traurige Geschichte. Die Gemeinde musste das Haus übernehmen.»

Frey nahm seine Brille von der Nase, rieb die Gläser mit zwei Fingern am Pullover. «Das Haus wäre doch eine Basis für Ihre Kletterschule.» Er setzte die Brille wieder auf, trat so nahe neben Andrea, dass sie einen Schritt zurückwich.

«Leider bin ich ziemlich knapp bei Kasse.»

«Überlegen Sie es sich. Es ist ein Schnäppchen, unter uns gesagt. Ich kann Ihnen Kontakt zur Regionalbank vermitteln. Für Investitionen im Berggebiet gibt es Hypotheken zum Vorzugszins.»

Andrea griff nach der Türklinke des Jeeps, sah dann nochmals zur «Alpenrose». Düster und leblos die Fassade, die Fenster blind, vom Rauch vergilbte Vorhänge. Ein Fensterflügel hatte sich gelöst, schwang mit einem leichten Windstoss gegen den Rahmen. Sie dachte an Anita, die Wirtin und Künstlerin, die im Spital um ihr Leben rang. Die «Alpenrose» war ihr Traum gewesen. Und da kam einer und sprach von Schnäppchen und von Vorzugszins.

«Denken Sie in Ruhe über meinen Vorschlag nach.» Der Gemeindeverwalter zog eine Karte aus der Brieftasche. *Dr. Peter Frey. Unternehmensberater.* Eine Adresse im Dorf, eine zweite in der Stadt. E-Mail, Website, Mobilnummer.

Andrea steckte die Karte ein, übersah die ausgestreckte Hand, stieg in den Jeep. Er nickte ihr zu, lächelte breit und zeigte dabei sein Gebiss. Dann schritt er zum Glockenturm hinüber, neben dem ein silbergrauer BMW stand. Im Rückspiegel sah sie, wie er bei der Feriensiedlung am Dorfeingang den Blinker setzte und bergwärts abbog zu einer der Villen, die auf Betonpfeilern an den Hang gebaut waren. Schwer vorzustellen, warum sich ein Unternehmensberater in diesem abgelegenen Tal niederliess und die arme Gemeinde verwaltete.

Während Andrea durch die Dämmerung ins Tal fuhr, den Knopf ihres iPod im Ohr, begleitete sie Bonnie Tylers raue Stimme. It's a heartache, nothing but a heartache. Hits you when it's too late. Hits you when you are down.

Sie dachte an Vaters Reihenhaus in der Stadt. Ob es ein Testament gab? Vielleicht hatte er Erspartes oder eine Lebensversicherung hinterlassen. Ning, seine Partnerin im Alter, würde einen Teil erben. Den andern sie, die einzige Tochter, zumindest den gesetzlichen Pflichtteil. Sie hatte sich um all diese Fragen noch nicht gekümmert, seit sie zurückgekehrt war.

4

Der Vater stand am Fenster der Werkstatt. Fahles Licht auf dem Gesicht voller Falten und Bartstoppeln. Er schaute hinüber zur «Alpenrose». Seine Hände fuhren in den Hosentaschen unruhig auf und ab, wie Maulwürfe, die sich in die Erde bohren.

«Magnus?» Seine Stimme war belegt. Er sah sich nicht um.

Magnus murmelte einen Gruss. Hängte Rucksack, Faserpelz und Hut an einen Haken beim Kanonenofen. Das Feuer aus Abfallholz war am Verglimmen. Angenehm warm strahlte das Abzugsrohr. Er holte eine Zeitung vom Stapel, stopfte die nassen Schuhe aus, stellte sie aufs Blech neben den Ofen.

«Die ‹Alpenrose› wird verkauft», sagte der Vater gegen das Fenster.

«Ich weiss.»

Magnus hatte das Schild gesehen. Am Morgen hatte es der Verwalter hingehängt. Er war an ihm vorbeigegangen, hatte nicht gegrüsst. Ein geschniegelter Herr, keiner von hier.

«Wo bist du gewesen?» Der Vater trat vom Fenster weg, stützte sich mit einer Hand auf die Hobelmaschine. In seinem Bart hingen Holzspäne. Er hatte gearbeitet. Ein kleiner Auftrag nur. Wenn er keinen hatte, drechselte er Spindeln und Speichen und fertigte Spinnräder. Magnus schwieg.

«Auf der Alp?»

Er nickte. Wärmte die Hände am Ofenrohr, ohne das heisse Metall zu berühren.

«Liegt noch Schnee dort oben?»

«Nicht mehr viel.»

Der Vater begann, die Werkbank aufzuräumen. Er blies Späne von einem Drechselstahl, hängte ihn an seinen Platz im Werkzeugschrank, klappte ein Metermass zusammen, schob es in die schmale Tasche am Hosenbein. Holte Kehrichtschaufel und Wischer und fegte die Bank. Uraltes Holz, speckig braun glänzte es, mit Kerben und Rissen. Schon Grossvater hatte hier geschreinert. Er war gestorben, bevor Magnus auf die Welt kam.

Magnus schaute zu, wie der Vater mit dem Besen Späne am Boden zu einem Haufen zusammenkehrte. Er ging zu seinem Rucksack, löste die Riemen der Klappe, unter der ein Bündel Zweige klemmte, legte sie auf die Werkbank.

Der Vater stellte den Besen neben die Tür, griff sich einen Zweig. «Weidenkätzchen. Wo hast du sie gefunden?»

«Am Alpweg.»

«Ich geb sie Sandra. Sie soll sie einstellen.» Er strich mit dem Finger über eines der silbergrauen Pelzbällchen, die wie Perlen aufgereiht auf dem Zweig sassen.

Heftig schüttelte Magnus den Kopf. «Für das da.» Er griff in den Rucksack, zog das Buch von den Waljägern heraus. Anita hatte es ihm geschenkt. Und das Fernglas.

«Morgen geh ich in die Stadt», sagte der Vater leise. «Ich nehme die Kätzchen mit.» Er holte ein Messer aus dem Werkzeugschrank, schnitt die Stile schräg an. Dann zupfte er ein paar Fasern aus einem Büschel Flachs, das über der Werkbank hing, band den Strauss. Er stellte ihn in eine Blechbüchse. «Ich hol dann noch Wasser.»

Magnus schlüpfte in ein Paar Filzpantoffeln, schlurfte durch die Werkstatt zur Treppe, die zur Wohnung führte. Das Buch hielt er unter den Arm geklemmt.

5

Das Krankenzimmer lag im Halbdunkel, Licht filterte durch Lamellenstoren, warf ein Streifenmuster aufs Bett, das von Apparaten umstellt war. Monitore und Messgeräte, verbunden mit Kabeln und Schläuchen. Andrea blieb bei der Tür stehen, glaubte für einen Augenblick, sie habe sich im Zimmer geirrt. Das Gesicht auf dem Kopfkissen war ihr fremd. Bleiche Pergamenthaut spannte sich über Wangenknochen, der Kopf war kahl bis auf einen Kranz von Stoppeln am Haaransatz. Anita blinzelte mit einem Auge ins Licht der offenen Tür, das andere blieb geschlossen, das Lid schien am Augapfel zu kleben. «Andrea. Welche Überraschung.» Von ihrer kräftigen Stimme war nur ein heiseres Krächzen geblieben.

Sie tippte mit einem Finger auf eine Taste. Summend fuhr die Kopfstütze hoch. Sie versuchte zu lächeln, ihr Mund verzerrte sich. Die Gesichtshälfte mit dem verklebten Auge bewegte sich nicht, sie war gelähmt.

Andrea trat ans Bett, beugte sich über Anita, küsste sie flüchtig auf beide Wangen. Der Schweissgeruch der Kranken stiess sie ab. «Wie geht es dir?»

«Ich mach Fortschritte. Schau mal.» Anita hob unter der Decke ein Knie ein wenig an. «Ich kann es wieder bewegen. Die neue Therapie hilft.» Fast ganz gelähmt sei sie gewesen, Metastasen im Hirn. Die Mistelkur habe nichts gebracht, jetzt versuche sie eine Krebsdiät auf Leinölbasis. Leinöl enthalte gute Fette, die zusammen mit Eiweiss den Stoffwechsel in der Leber anregten und die Krebs erzeugenden Stoffe unwirksam machten. «Die klassischen Mediziner belächeln mich, aber sie lassen mich machen. Schaden kann es ja nicht, sagen sie. Noch mehr Chemo und Bestrahlung vertrage ich nicht.» Ihr Atem ging keuchend, das Reden erschöpfte sie.

Andrea betrachtete das Plakat, das an der Wand über dem Bett hing. Anitas letzte Ausstellung, Bergzauber – Zauberberg. Flammend rotgelbe Pinselstriche, in denen man einen Berg erkennen konnte, wenn man wollte, oder den zornigen Wunsch, die Krankheit über alle Berge zu verbannen. Etwas in der Art hatte ein gescheiter Mensch an der Vernissage erklärt und dann offiziell bekannt gegeben, dass Anita an Lungenkrebs erkrankt sei. Schneller als sonst waren rote Punkte aufgetaucht unter ihren Bildern.

Die Tür öffnete sich, eine Pflegerin trat ins Zimmer, eine attraktive Frau mit roten Nägeln und getuschten Wimpern. «Schön, dass Sie Besuch haben, Frau Bender.» Sie machte sich an den Apparaturen zu schaffen, wechselte die Flasche für die Infusion, die über dem Bett hing, setzte eine Ampulle mit einem Medikament ein. «Frau Bender ist gut aufgehoben bei uns. Nicht wahr?»

Mit geschlossenen Augen deutete Anita ein Nicken an. «Daniel besucht mich.»

«Doktor Meyer vom Notfall», erklärte die Pflegerin. «Wollen Sie sich nicht setzen?» Sie deutete auf einen Stuhl.

Andrea schüttelte den Kopf. Sie musste gehen, Daniel wollte sie auf keinen Fall begegnen. Keine alten Geschichten aufwärmen.

Die Pflegerin hob Anitas Kopf sacht an, liess die Kopfstütze zurückfahren, beugte sich über sie und träufelte Tropfen in ihre Augen. Dann verliess sie das Zimmer.

«Gestern war ich im Dorf», sagte Andrea, weil ihr nichts anderes einfiel.

«Mein Gott, ist schon Frühling dort oben?» Anita seufzte.

«Auf der Alp liegt noch etwas Schnee.»

«Ich möchte wieder mal auf die Alp.» Tränen liefen über Anitas Wangen. Vielleicht waren es die Augentropfen.

Andrea setzte sich auf die Bettkante, ergriff ihre Hand, streichelte die welke Haut. Sie trug ihre indischen Fingerringe mit den bunten Steinen und Silberreifen am Handgelenk. «Sie wollen mir die ‹Alpenrose› wegnehmen», flüsterte sie, schloss ihre Augen. «Mein Haus, meine Galerie, mein Traum.»

Andrea erinnerte sich an eine Vernissage in den Kellergewölben der «Alpenrose», Leute aus der Kunstszene der Stadt waren gekommen. Eine Sängerin. Und sogar Einheimische, zu denen Anita einen Draht gefunden hatte.

«Der Gemeindeverwalter war hier. Möchtest du die ‹Alpenrose› übernehmen?»

«Ich hab doch kein Geld.»

«Es wäre schön …» Anitas Stimme war nur noch ein heiseres Hauchen. «Da ist nur … der Glockenturm …» Ihr Kopf sank zur Seite, sie bewegte sich nicht mehr, war weggetaucht, sah vielleicht den Turm der Kapelle vor sich, hörte im Dahindämmern den harten Klang der Glocke, der sie während Jahren Tag und Nacht begleitet hatte.

Andrea verliess das Zimmer leise. Im Korridor kam ihr ein Mann entgegen, leicht vorgebeugt mit unsicherem Schritt. Sein Blick glitt über den Boden, als klafften unter dem Linoleum versteckte Gletscherspalten. Er kam ihr bekannt vor, sie war ihm vielleicht schon begegnet, ein Hüttenwart oder Senn auf einer Alp. Sein rötlicher Bartkranz war zerzaust, ein Manchesteranzug schlotterte um seine Glieder. Sie sah sich um. Vor Anitas Zimmer blieb er stehen, klopfte. In der Hand trug er einen Bund Weidenkätzchen.

6

Daniel erkannte sie sogleich, folgte ihr durch den Korridor, sein Mantel wehte offen. Er war versucht, ihren Namen zu rufen, hoffte, sie blicke sich um, doch sie schritt weiter, klein und hartnäckig wie immer. Er war sicher, dass sie es war, obwohl sie die Haare nun lang trug, zu einem Pferdeschwanz gebunden. Bestimmt sparte sie sich die Coiffeuse, sie musste immer sparen und würde auch noch sparen, nachdem sie einen Millionär geheiratet hätte. Das Karge und Einfache war ihr eingeprägt, wie ihre weiten und leichten Schritte und die etwas nach links abfallende Schulter, auf die sie, wie er wusste, einen blauen Schmetterling tätowiert hatte. Blue Mountain. Sie rauchte nicht, trank keinen Alkohol, fuhr einen angerosteten Cherokee Jeep; ihre Leidenschaft zeigte sich nur am Berg, sonst verbarg sie sich unter ihrer widerborstigen Kraft. Daniel war nicht sicher, was er von ihr wollte, sie hatte ihn auf schwierigen Routen geführt, sie hatten sich geküsst und einmal miteinander eine Nacht verbracht, in einer Hütte unter Wolldecken, eng umschlungen, aber vielleicht hatte er auch nur geträumt, sie hätten miteinander geschlafen. Seit seinem Unfall in Israel kletterte er nicht mehr, seit seiner Affäre mit Marit hatte er nie mehr mit einer Frau ein Verhältnis gehabt, von einem gelegentlichen One-Night-Stand abgesehen. Er folgte Andrea bis zum Foyer, sah sie durch die Flügeltür ins Freie treten. Auf dem Vorplatz beim steinernen Engel blieb sie stehen. Es schien, als denke sie darüber nach, was sie vergessen haben könnte. Er hoffte, sie kehre nochmals um, dann würde er sie begrüssen wie eine alte Bekannte, sie würden sich küssen, Erinnerungen austauschen, sich verabreden. Sie zögerte, zog ihr Handy aus der Tasche ihrer Windjacke, tippte eine SMS. Er war sicher, dass sie einen Freund hatte, eine Frau wie sie unter lauter Männern, die sie bewunderten, vielleicht den Manager, den sie einmal aufs Matterhorn geschleppt hatte. Daniel war noch immer eifersüchtig auf jenen Geck, auch wenn er sich sagte, dass er zuallerletzt Grund dafür habe. Doch für Gefühle, das wusste er, gab es keine Gründe, und keine Medizin half, wenn sie einen heimsuchten. So war das mit Marit gewesen, der Kollegin im Rabin Medical Center in Tel Aviv. Sie hatte ihn nach seinem Unfall zusammengeflickt.

«Doktor Meyer!» Die Stimme einer Pflegerin hallte durch den Korridor.

«Bin gleich da!» Er trat in die Toilette, liess Wasser in seine Hände laufen, kühlte sich das Gesicht. Er riss ein Papierhandtuch aus der Box, trocknete sich ab. Betrachtete die Narbe, die sich vom Haaransatz der linken Stirnhälfte zum Nasenrücken zog. Kaum mehr sichtbar, trotz der vierzehn Stiche. Marit hatte exzellente Arbeit geleistet, er hatte von der erfahrenen Traumatologin viel gelernt in den zwei Jahren in Israel. Und in den Monaten ihrer Affäre. Er hatte alles vergessen, das alte Leben, die Berge, die Heimat und Andrea. Wie einst auf schwierigen Kletterrouten hatte es für ihn nur das Hier und Jetzt gegeben, die verzweifelte Hektik in der Klinik nach einem Attentat, die ohnmächtigen Versuche, zerfetzte Körper am Leben zu erhalten, die Nächte in Marits Wohnung über dem Hafen von Jaffa.

Er trat in den Korridor, die Pflegerin, die ihn gerufen hatte, war verschwunden. Er schritt über die Passerelle zum Neubau der Onkologie, grüsste flüchtig einen Patienten, der mit stumpfem Ausdruck den Galgen mit dem Tropf vor sich herschob und seinem Blick auswich. Er klopfte an Anitas Zimmertür und schaute hinein. An ihrem Bett sass ein Mann auf einem Stuhl, vornübergebeugt, hielt ihre Hand. Sie hatte die Augen geschlossen, vielleicht schlief sie. Auf der Bettdecke lag ein Bund Weidenkätzchen. Der Frühling war angekommen in den Bergen.

Der Mann liess Anitas Hand los, sah sich um. Einer aus dem Dorf, dachte Daniel. Er kannte ihn nicht, nickte ihm zu und schloss die Tür wieder.

7

Andrea trat durchs Gartentor, blieb auf dem Plattenweg stehen, betrachtete das kleine Haus. Bald würde auch hier ein Schild hängen: *Zu verkaufen*. Ning suchte eine Wohnung, und sie selber würde nie zurückkehren. Zu viele Erinnerungen belasteten diesen Ort. Ihre Jugend, der Tod der Mutter, die sich nie wohl gefühlt hatte in der Stadt, der Vater, als Polizist immer unterwegs.

Sie hörte Stimmen. Die Haustür sprang auf, Ray stürzte heraus, Nings Sohn, die Schulmappe unterm Arm. «Andrea!» Er liess die Mappe fallen, sprang an ihr hoch, klammerte sich an ihren Hals mit seinen dünnen Armen und küsste sie heftig auf beide Wangen. «Ray, gross bist du geworden. Du wirfst mich um!»

«Du bist doch stark, Andrea!» Er lachte laut, küsste sie nochmals.

«Musst du nicht zur Schule?»

«Schule? Oh, ich komme zu spät!» Ray liess sie los, packte seine Mappe und hüpfte über die Platten davon. Seine Mundart klang, als hätte er nie irgendwo anders gelebt als in diesem Arbeiterquartier der Stadt. Das Hüpfen auf einem Bein über jede zweite Platte war ein Spiel, das ihm Andrea beigebracht hatte.

Ning lud sie zum Tee ein. In ihrem Gesicht war weder Trauer noch sonst ein Gefühl zu lesen. Sie trug kein Schwarz, das war in ihrer Heimat wohl nicht üblich. Wie immer zeigte sie ihre liebenswerte lächelnde Maske. Trotzdem glaubte Andrea, dass auch sie traurig war über Roberts plötzlichen Tod.

Nach dem Tee legte Andrea die Verträge des Maklers auf den Tisch, der das Haus verkaufen würde. Ning blätterte sie durch, stellte keine Fragen, unterschrieb, ohne zu zögern. Sie war mit allem einverstanden, was Andrea vorschlug. Ein Testament hatte Robert nicht verfasst, sie hatten beschlossen, nach Gesetz zu teilen. Die Hälfte die Tochter, die Hälfte die Ehefrau. Ein Glück, dass beiden Geld wenig bedeutete.

«Hast du eine Wohnung gefunden?», fragte Andrea.

«Wohnung und Arbeit.»

Ning half seit einiger Zeit in einem Hotel an der Rezeption aus, sie hatte gut Deutsch gelernt, sprach neben ihrer Muttersprache auch Englisch und etwas Chinesisch. Das Hotel offerierte ihr eine Teilzeitstelle. Andrea hatte das Gefühl, Roberts Tod habe sie von einer Last befreit, obwohl sie ihn sehr gern gehabt hatte. Seinen «Schutzengel» hatte er sie genannt, und ihren Sohn Ray den «Sonnenschein meines Alters».

Ihr Blick fiel auf das Sofa, auf dem ihr Vater eingeschlafen war. Es stammte aus der Aussteuer ihrer Mutter, die Federn hingen durch, der Lack der hölzernen Armlehnen war zerkratzt. Die Sitzbank, der Clubtisch, der Kachelofen mit der Messingtür, alles erinnerte sie an früher. Selbst der Geruch seiner Zigarren hing noch in den Vorhängen und Polstern. Sie raffte die Verträge zusammen und steckte sie in ihre Hängetasche.

Ning sah sie erstaunt an: «Du weinst ja.»

Ein heftiges Schluchzen hatte Andrea gepackt.

Ning reichte ihr ein Taschentuch. «Robert hat geraucht, viel.»

Es kam ihr vor, als habe Ning ihre Gedanken gelesen.

«Der Arzt hatte verboten.» Er hatte geraucht, trotz zwei Infarkten.

Ning schien irritiert, dass sie jetzt weinte, während sie bei Roberts Abdankung im Krematorium gefasst und ohne Tränen geblieben war. Andrea erzählte, dass sie seine Asche auf einen Berg getragen habe.

«Hast du zerstreut?»

«Ich hab's nicht übers Herz gebracht.»

Ning lächelte. «Er ist immer nahe bei dir, wenn du auf den Berg steigst.»

«Ja, vielleicht.» Andrea wischte sich mit dem Papiertaschentuch die Augen, verabschiedete sich rasch, schritt über die Platten zum Gartentor. Dort blieb sie stehen, schaute zurück. Ning stand unter der Tür und winkte. In ihrem weiten Batikkleid sah sie aus wie ein Teenager.

Andrea kehrte nochmals um, umarmte Ning und küsste sie. Dann hüpfte sie auf einem Bein der Brombeerhecke entlang über den Plattenweg und schloss das Gartentor ein letztes Mal hinter sich.

8

«Wo willst du hin?» Sie stand vor ihm, die Fäuste in die Hüften gedrückt. Sie roch nach Pfefferminze, kaute einen Kaugummi mit offenem Mund. Er sah ihre gelben Zähne.

«Geht dich nichts an», presste Magnus hervor, nestelte an den Schnürsenkeln, die verknotet waren.

«Willst du wieder hinüber?»

Hatte sie die Schnürsenkel geknüpft? Damit er nicht weglaufen konnte? Der Knoten war nass und festgezogen, er mühte sich ab.

«Schau mich an, wenn ich mit dir rede!»

Magnus kniete vor ihr, ihre Beine schoben sich heran. Schenkel, prall wie Würste, von blauen Adern durchzogen.

Sandra ist eine Nutte, hatte einer im Dorf gespottet und vor ihm auf den Boden gespuckt. Dein Alter hat sie gekauft, in Pratt, im Puff. Magnus schlug mit beiden Fäusten zu, bis der andere am Boden lag und aus der Nase blutete.

Eines Tages war sie eingezogen, hatte sich ins Doppelbett an den Platz seiner Mutter gelegt. Sandra ist jetzt unsere Mama, sagte Vater. Er traute sich nicht, Magnus in die Augen zu schauen. Kaum ein Jahr nach Mutters Unfall war das. Nachts hörte er durch die Täferwand, wie sie stöhnte und das Bett knarrte. Da hatte er ein erstes Mal seinen Rucksack gepackt, war losgezogen über die Berge. Mutter stammte von drüben, hatte ihm von dem grossen Fluss erzählt. Von den Lastschiffen, die bis zum Meer fuhren.

«Was streunst du in den Bergen herum? Was treibst du dort oben?» Sandra schrie. Vater konnte sie nicht hören, wenn die Drechselmaschine oder die Bandsäge kreischte. Er wollte nicht hören. Er wusste, dass sie ihn plagte, seit er wieder zu Hause war. Warum sagte er nichts? Warum hatte er sie ins Haus gebracht? Warum war Mutter mit dem Auto in die Schlucht gestürzt, in jenem Winter? Die Strasse vereist. Zu schnell gefahren. Absichtlich, munkelten die Leute, schauten ihn scheel an. Dass er es nur höre.

Endlich konnte er den Knoten mit den Fingernägeln lösen, die Schnürsenkel binden. Er stand auf, schlüpfte in die Riemen des Rucksacks, hängte den Feldstecher um, drückte den Hut auf den Kopf.

«Warum kannst du nicht etwas Vernünftiges arbeiten? Zum Beispiel deinem Vater in der Werkstatt helfen. Andere in deinem Alter lernen einen Beruf.»

«Hab's versucht. Ging nicht.»

«Dumm geboren und nichts dazugelernt. Du bucklige Missgeburt, du gehörst in eine Anstalt.»

Er zog die Oberlippe zwischen die Zähne. «Lieber eine Missgeburt als eine Nutte.» Er duckte sich, ihre Hand schlug ins Leere.

«Dein Vater ist krank. Der Kummer wegen dir bringt ihn um.»

Magnus hasste sie. Seit sie eingezogen war, ekelte ihn alles im Haus. Er musste hinaus, fort, hinüber. Das letzte Mal war er nur bis in ein Dorf gekommen. Zwei Bauern in Lodenjacken hatten ihn angehalten, zur Polizei gebracht. Im Heim hatte er gelernt, sich zu wehren. Sich durchzuschlagen. Zwei linke Hände habe er, sagte sein Lehrmeister. Aber stark waren sie. Er würde sich nicht mehr anfassen lassen von zwei Dorftrotteln.

In der Werkstatt sirrte die Drechselmaschine. Ein Stück Kirschbaumholz rotierte, Vater führte den Drechselstahl, Späne schälten sich ab in Locken. Eine Speiche für ein Spinnrad. Zwei waren schon fertig, mit einem Leintuch zugedeckt neben der Werkbank. Als Anita noch in der «Alpenrose» wirtete, stand immer ein Spinnrad in der Gaststube. Touristen kauften gelegentlich eines. Früher hätten die Leute im Dorf Flachs gesponnen, erzählte Vater einmal. Sie sassen im Winter in der Stube, arbeiteten und erzählten Geschichten. Fernsehen gab es noch nicht. Auch Grossvater hatte schon Spinnräder gebaut.

Vater trug eine Schutzbrille, er blickte nicht von der Maschine auf, als Magnus vorbeiging. Er würde den Drechselstahl erst absetzen, wenn die Spindel fertig war, dann die Maschine ausschalten, ans Fenster treten, hinausstarren. Zum Glockenturm, zur «Alpenrose». Vielleicht sah er gar nichts, dachte an Mutter, an Grossvater, an früher. Er war wirklich krank. Schmal, grau und verkrümmt war er geworden. Dafür wurde Sandra immer fetter. Es war, als fresse sie ihn auf.

Magnus schritt bergan. Nach einer halben Stunde erreichte er den Wald. Er öffnete das Tor im Viehzaun, hängte den Drahtring wieder ein, mit dem es geschlossen war, setzte sich auf einen Stein. Der Himmel war bedeckt, kalter Wind zog durchs Tal herauf. Bald begann er zu frieren.

9

Ein Gemisch aus Schnee und Regen fiel aus schwerem Gewölk. Es will nicht Frühling werden, dachte Andrea, während sie über die mit Matsch bedeckten Felsplatten hinunterstieg. Trotz des Wetters war sie zur Hohen Platte aufgestiegen, hatte den Klettersteig kontrolliert, Bohrhaken ersetzt, Drahtseile festgemacht. Ein Auftrag des Tourismusvereins von Pratt. Sie war froh darüber, wegen der Reise nach Patagonien hatte sie keine Aufträge für den Frühling gebucht, und in dieser verregneten Saison meldeten sich die Sommergäste nur zögernd. *Rock'n'Ice*, ihre Kletterschule, steckte wieder mal tief in den roten Zahlen.

In der Blockwohnung in Pratt fühlte sie sich gefangen und gelähmt, sie hockte vor dem Computer, klickte im Internet herum. Buchhaltung? Nein danke! Ihren Freunden war am Cerro Torre eine Erstbesteigung geglückt, berichteten sie in einer E-Mail. Und sie? Sie hatte die Asche ihres alten Herrn auf den Berg getragen und sich mit Ämtern und Immobilienmaklern herumgeschlagen. Roberts letzte Rechnungen waren bezahlt, das Haus stand zum Verkauf.

Während sie auf dem Fusspfad zu Tal schritt, flötete ihr Handy, sie zog es aus der Windjackentasche, sah auf das Display. Eine unbekannte Nummer.

«Andrea?» Eine aufgekratzte Stimme. Es war Daniel.

«Ja», sagte sie, blieb stehen, starrte ins Schneetreiben.

«Wo bist du?»

«Am Berg.»

«Du hast Anita besucht. Ich hab dich gesehen.»

«Na und?» Sie hörte Stimmen im Hintergrund, Klappern und Klirren. Spitalgeräusch.

«Bist du noch dran?», fragte er nach einer Weile.

«Ja.»

«Es geht Anita nicht so gut.»

«Wird sie's schaffen?»

«Ein bisschen Hoffnung gibt es immer.»

«Die Krebsdiät?»

«Gelegentlich hilft der Glaube, wenn die Wissenschaft versagt.»

Andrea schob mit der Schuhspitze den Schneematsch vom Weg, lauschte dem Klirren und Murmeln im Hörer und dem Rauschen des Bachs in der nahen Runse.

«Bist du noch da, Andrea?», fragte Daniel.

«Ja sicher», sagte sie.

«Ich wollte dich ansprechen im Spital, aber …»

Er schwieg, und auch Andrea blieb stumm. Seit ihrem Besuch bei Anita hatte sie seinen Anruf erwartet, hatte sich Antworten zurechtgelegt. Wir wollen doch nicht wieder von vorn beginnen. Du gehst deinen Weg, ich geh meinen, okay? Doch jetzt fand sie keine Worte, ihr Hirn war leer und ihr Herz klopfte.

«Können wir uns sehen?», fragte Daniel nach einer Weile.

«Wozu?»

«Ich möchte dich sehen. Einfach so …»

«Eigenartig», sagte sie vor sich hin.

«Was ist daran so eigenartig?»

Sie hatte sich vom Wind abgedreht, sah ihre Spur im Matsch auf dem Weg, der über Felsbändern zur Runse führte und zum Bach, der über eine Wandstufe sprang und im Nebel verschwand.

«Hier war früher kein Empfang mit dem Handy.»

«Wo bist du?»

«Auf dem Weg, wo wir damals die Frau geborgen haben.»

«Bist du sicher?»

«Hier war's, beim Übergang über die Runse.»

«Sag mal, was suchst du dort oben bei dem Sauwetter?»

«Damals war hier noch kein Empfang. Man hat das überprüft bei der Untersuchung.»

«Es werden ständig neue Antennen aufgestellt.»

«Aber doch nicht hier im Tal. Wozu denn?»

«Damit ich dich erreiche.» Er lachte.

«Du hättest mich immer erreichen können.»

«Ich erklär dir alles. Wann sehen wir uns?»

Andrea hörte, wie jemand nach ihm rief.

«Hallo, Andrea? Ich muss leider … Ich ruf dich an.» Er hängte auf.

«Ich ruf dich an», sprach sie ins stumme Handy. Das hatte er gesagt, bevor er verreist war. Ich ruf dich an. So beginnen Beziehungen und so enden sie.

Bevor sie das Gerät einsteckte, sah sie auf das Display. Es zeigte ein starkes Signal. Sie schreckte auf, Steine fielen durch die Runse, schlugen unweit von ihr auf den Weg. Im nebligen Licht sah sie ein Tier den Hang queren. Es floh nicht, sondern blieb auf einem vorspringenden Felsen stehen. Ein Steinbock. Eine Weile betrachteten sie sich auf Distanz, der Bock neigte seinen Kopf, als wolle er seine mächtigen Hörner zeigen.

Andrea begann abzusteigen, blieb nach ein paar Schritten nochmals stehen, schaute sich um. Der Steinbock stand unbewegt wie eine Statue im Schneetreiben.

10

Der Espresso schmeckte wie Spülwasser. Daniel spürte ein leichtes Zittern in der Hand, als er die Tasse an die Lippen führte. Er fühlte sich ausgelaugt, überarbeitet. Das Gespräch mit Andrea war ihm vorgekommen wie Funkkontakt mit einem fernen Planeten. Ein Regenschwall peitschte gegen die Fenster der Cafeteria, die Glasfassade des Bettenhauses gegenüber verschwamm im Muster der Regentropfen, die über die Scheiben rannen. Er stellte sich Andrea vor, hoch am Berg auf jenem abschüssigen Weg, den er selber Dutzende Male gegangen war. Bei dem Gedanken spürte er, wie verbraucht er war, ohne Lust auf Abenteuer. Andrea trieb sich weiterhin in jener einsamen Welt herum, es war ihr Beruf. Daniel fragte sich, ob sie noch immer mit ihrem Manager zusammen war. Vielleicht hätte er um sie kämpfen müssen, sich nicht einfach aus dem Staub machen, den Beleidigten spielen und nichts mehr von sich hören lassen.

Eine Pflegerin trat an seinen Tisch, ein Tablett mit Kaffee und Kuchen in der Hand. «Ist es erlaubt?»

«Wenn ich nein sagen würde?»

«Du doch nicht, Doktor.» Sie rückte den Stuhl schräg zum

Tisch, setzte sich, schlug die Beine übereinander. Ihre weissen Hosen rutschten hoch, gaben schmale Fesseln frei, ihr Fuss steckte in weissen Mokassins und wippte kokett. «Biene Maya» nannte man die Pflegeleiterin aus der Onkologie. Sie galt als zuverlässig und unnahbar, eine strenge Schönheit mit einem Plüschbären, der auf ihrem Bett auf sie wartete. «Alles klar bei den Karzinomen?», fragte er.

Sie stach mit der Gabel die Spitze der Schokoladetorte ab, schob sie in den Mund. «Man sieht dich ja häufig bei uns auf der Station.»

«Fachliche Weiterbildung.»

«Sagt man dem jetzt so?» Sie griff sich mit spitzen Nägeln den Schokoladebatzen mit dem Schriftzug *Sacher,* schob ihn in den Mund. «Anita Bender ist natürlich ein interessanter Fall. In jeder Beziehung.»

Die Vergangenheit, hatte er einmal gelesen, holt einen immer wieder ein. Anita, Wirtin und Künstlerin aus der «Alpenrose», die alten Geschichten. Mayas Anspielung irritierte ihn. Er war wohl einfach zu müde, um zu verstehen.

Sie stocherte in ihrer Sachertorte. «Einer aus dem Dorf hat sie besucht.»

«Schmeckt's?», fragte Daniel.

«Man muss sich gelegentlich was gönnen.» Sie spiesste ein Stück auf die Gabel, schenkte ihm einen Augenaufschlag. «Möchtest du versuchen?»

Daniel wehrte mit beiden Händen ab. «Danke, danke.» Er rieb sich den Bauch. «Ich wundere mich immer über deine Figur, bei deiner Lust auf Süsses. Eine Taille wie eine Biene.»

«Sehr witzig.» Sie legte die Gabel neben die Krümel, schob den Teller von sich. «Der Mann ist bei uns in Behandlung.»

«Welcher Mann?»

«Der aus dem Dorf. Hörst du mir überhaupt zu, Doktor?»

«Natürlich, Oberschwester Maya. Anita hatte viele Männer, aber ich war nie mit ihr im Bett, ich steh nicht auf mollig. Wir kennen uns von früher, aus meinem letzten Leben sozusagen.»

«Schwestern gibt es bei uns nicht mehr.»

«Bin ich schon so alt?» Er zog eine Zigarettenpackung aus der Tasche, liess das Feuerzeug schnappen. «Du erlaubst?»

«Aber doch nicht hier! Das Spital ist rauchfrei.»

«Sorry, ich war wohl in Gedanken in Israel. Ohne Zigaretten hätten wir den Stress dort nicht durchgestanden.»

Er sah das Kind vor sich, beide Arme und ein Bein weggerissen, drängte das Bild aus seinem Kopf. Das Feuerzeug in seiner Hand schnappte auf und zu. «Ein Souvenir, Charly's Coffee Shop, Shenkin Street. Warst du schon mal in Tel Aviv?»

Maya schob sich eine Haarsträhne mit zwei Fingern hinters Ohr. Schön geformte kleine Ohren, Goldkettchen mit Kreuz um den Schwanenhals, kein Ring am Finger. «Woran leidet denn der Mann aus dem Dorf?»

«Bauchspeicheldrüse. Die Daten hab ich nicht im Kopf.»

Daniel steckte die Zigaretten und das Feuerzeug wieder ein, riss ein Zuckerbriefchen auf, schüttete sich den Zucker in die hohle Hand und schleckte ihn auf.

«Also auch ein Süsser.»

«Ich lad dich mal zu Kaffee und Kuchen ein. Mit Sahne und allem Drum und Dran, was meinst du?»

Sie rückte ihren Stuhl näher zum Tisch. «Frau Bender hat mit dem Mann über Strahlen gesprochen. Elektromagnetische Strahlen, die Krebs erzeugen.»

«Was soll dort oben strahlen? Es gibt keine Hochspannungsleitung, keine Atommülldeponie, keine Sendemasten.»

«Ein Kirchturm, hab ich gehört.»

«Ach so, ein alter Aberglaube!» Daniel lachte.

«Frau Bender glaubt offenbar daran.»

Daniel stand auf. «Der Mensch sucht stets nach einer Erklärung für das Unerklärbare.» Er liess die Espressotasse stehen. «Kranke fragen, warum es gerade sie getroffen hat.» Er dachte wieder an das verstümmelte Mädchen, ein hübsches Kind mit langen schwarzen Haaren, Mandelaugen. Warum sie? Das hatte er sich auch gefragt. Es gab keine Antwort.

Die Pflegerin ergriff seine Tasse mit zwei Fingern, hob sie auf ihr Tablett, rief ihm nach: «Ich räume gerne für Sie ab, Herr Doktor.» In der Cafeteria drehten sich Köpfe.

Daniel wartete im Foyer auf sie. «Spitäler machen die Menschen krank, nicht Kirchtürme.»

Sie zog ihre Augenbrauen hoch. «Das sagt der Arzt?»

«Das sagt der Arzt. Denk mal drüber nach. Und grüss deinen Bären.» Er tippte mit dem Zeigefinger auf ihre Oberlippe. «Hier klebt noch ein Krümel Schokolade.»

Sie warf ihm einen empörten Blick zu, tupfte sich mit einem Papiertaschentuch unter der Nase.

«Meine Einladung zu Kaffee und Kuchen steht.»

Während er durch den Korridor schritt, dachte er an Anita und den Mann aus dem Dorf. Sehnsucht nach jenen Bergen ergriff ihn, nach jenen Felswänden über weissen Schuttströmen, doch er war nicht sicher, ob er je wieder klettern konnte. Seit Israel hatte er keinen Fels mehr berührt. Er fuhr mit dem Lift in den obersten Stock des Neubaus, trat auf einen Balkon, auf dem ein Wagen mit Putzkübeln, Besen und Schrubbern stand. Der Regen hatte nachgelassen, die Berge im Süden waren verhangen. An die Mauer gelehnt, steckte er sich eine Zigarette an. Dann trat er an die Brüstung, sah in die Tiefe, meinte, der Boden unter seinen Füssen beginne zu schwanken wie damals über dem Wadi am Toten Meer. Er klammerte sich ans Geländer, die Zigarette fiel in die Tiefe und verglühte im Wind.

11

In der Kletterhütte deponierte Andrea Bohrhaken, Briden und das Werkzeug für den Klettersteig, machte Feuer im Herd für einen Kaffee. Sie blätterte durchs Hüttenbuch, stellte fest, dass sie die erste Besucherin im Jahr war. Die Hütte wurde kaum noch benutzt, die Solaranlage funktionierte nicht mehr. Die Bergführer von Pratt fuhren ihre Gäste mit einem Kleinbus am Morgen vor einer Tour auf die Alp, Hüttenromantik war nicht gefragt. Die Kletterfreaks übernachteten im Zelt oder im Freien. Küche und Schlafraum waren vergammelt, die Wolldecken zerwühlt, schmutziges Geschirr stand in der Spüle. Am Boden lagen Erdstücke aus Profilsohlen wie ausgestochenes Weihnachtsgebäck. Wahrscheinlich hatten Leute übernachtet, ohne die Taxe zu bezahlen.

Andrea holte einen Besen, wischte den Boden und faltete die Wolldecken. Eine Idee ging ihr durch den Kopf. Wenn sie die «Alpenrose» übernehmen würde, könnte sie die Hütte für ihre Kletterschule benutzen. Vielleicht würde sie eine zweite Bergführerin finden, die sich an *Rock'n'Ice* beteiligte. Immer mehr Frauen machten die Ausbildung. Die Zweizimmerwohnung in Pratt war ihr zu eng geworden, sie musste sich verändern. Wieder auf Reisen oder etwas Neues anpacken.

Während sie Kaffee trank und über ihre Zukunft nachdachte, vernahm sie Schritte auf den Steinplatten vor der Hütte. Jemand suchte nach dem Schlüssel, dann ging die Tür. Ein Bursche stand auf der Schwelle, einen Jägerhut mit schlappem Rand auf dem

Kopf, sein grüner Faserpelz und die Bundhosen waren nass. Er trat ein mit Schuhen, an denen Gras und Erde klebte.

«Gib acht, ich habe geputzt!», sagte Andrea.

Der Junge stolperte einen Schritt rückwärts über die Schwelle. «Ist das Ihre Hütte?», nuschelte er. Eine schlecht vernarbte Hasenscharte verunstaltete seine Oberlippe.

«Noch nicht, aber bald», sagte Andrea so überzeugt, dass der Junge ohne ein weiteres Wort unter das Vordach zurücktrat, Hut und Faserpelz ausschüttelte und an einen Nagel hängte, der in der Hüttenwand steckte. Er zog seine Schuhe aus, trat in die Hütte in einem viel zu grossen Pullover mit geflickten Ellbogen. Seine nassen Socken hinterliessen Fussabdrücke auf dem Boden. Er suchte sich Hüttenschuhe aus dem Gestell, ging zum Herd und wärmte seine Hände vor dem Feuerloch.

«Woher kommst du bei dem Wetter?»

«Von drüben.»

«Übers Joch?»

Er nickte.

«Ohne Regenschutz?»

Seine Schultern zuckten, er schaute auf den Boden. «Am Morgen war's noch besser.»

Andrea holte eine Tasse vom Gestell. «Magst Kaffee?»

Er murmelte etwas, das wie «ja, gerne» klang, setzte sich auf die Bank hinter den Tisch, verdeckte mit gefalteten Händen seine Hasenscharte.

«Ich bin Andrea.» Sie schenkte ein, schob ihm die Tube mit der Kondensmilch hin.

«Magnus.»

Er löffelte sich Zucker in den Kaffee, drückte Kondensmilch dazu, rührte andächtig. Sie wunderte sich, warum er übers Joch gekommen war, mochte ihn aber nicht ausfragen. Bei solchem

Wetter kam niemand zum Vergnügen über die Grenze. Er musste sich auskennen, der Weg auf der Nordseite der Bergkette war noch mit Schnee bedeckt, steil und nicht einfach zu finden. Ein Bergsteiger war er nicht, seine Ausrüstung sah eher wie die eines Jägers oder Strahlers aus.

«Du kennst dich aus in der Gegend?»

«Bin aus dem Dorf.»

«Hab dich aber noch nie gesehen.»

Er schob die Tasse von sich, stand auf. «Danke. Muss jetzt.» Als er zur Tür ging, sah sie, dass sein Rücken einen leichten Buckel bildete. Deshalb schaute er immer auf den Boden.

«Du kannst mit mir fahren. Ich hab meinen Jeep auf der Alp.»

«Ich geh zu Fuss.»

«Na dann …»

Er stellte die Hüttenschuhe ins Gestell, trat ins Freie und schlüpfte in den Faserpelz.

Der Regen hatte nachgelassen, nasse Felsen schimmerten schwarz zwischen treibenden Nebelfetzen. Magnus kauerte nieder, schnürte seine Militärschuhe.

Andrea trat neben ihn. «Hast du in der Hütte übernachtet?»

Magnus hielt für einen Augenblick inne, dann nestelte er hastig und ungeschickt weiter. Seine Ohren liefen rot an.

«Du kannst es mir ruhig sagen.»

«Zwei- oder dreimal», presste er hervor, richtete sich auf, ohne den Schuh fertigzuschnüren, hängte sich den Armeerucksack an eine Schulter und eilte mit ungelenken Schritten den Weg hinab.

«Das nächste Mal räumst du auf», rief ihm Andrea nach. Er drehte sich nicht um, liess die Schnürsenkel um seine Knöchel schlenkern. Als er die Alpstrasse im Sattel erreichte, hielt er an, stellte einen Fuss auf einen Stein und band seine Schuhe richtig.

Dann zog er einen Feldstecher aus dem Rucksack, richtete ihn zur Hütte. Andrea hob ihre Hand. Schnell drehte er sich weg und verschwand.

12

Vater sass auf einem Hocker, vor sich auf der Werkbank eine Flasche Bier. Er liess den Verschluss schnappen, setzte an, trank. «Sandra ist beim Verwalter, putzen.»

Er wischte sich mit dem Handrücken den Schaum von den Lippen. Sein Gesicht war gelb und mager, faltige Haut und Knochen. «Setz dich zu mir. Möchtest du einen Schluck?»

Magnus nickte, er hatte Durst. Ohne den Hut vom Kopf zu nehmen, hockte er auf eine Kiste.

«Schon zurück?» Der Vater füllte Bier in ein Glas, Schaum schwappte über den Rand.

«Nebel», sagte Magnus, griff nach dem Glas, stürzte das Bier so hastig, dass es ihm vom Kinn tropfte. Der Vater schenkte nach.

Eine Weile sassen sie schweigend. Magnus fuhr mit dem Daumen über die Spindel, die auf der Werkbank lag. Wie Samt fühlte sich das Holz an. Birnbaum. Manchmal wünschte er sich, er könnte auch drechseln. Hätte er nicht zwei linke Hände. Im Dorf jenseits der Berge gab es einen Souvenirladen, Gasthäuser, Skilifte, Touristen. Man könnte die Spinnräder dort verkaufen. Er würde sie übers Joch tragen, über die Grenze. Mit Geld zurückkehren.

«Ich muss dir mal was sagen.» Der Vater rang sich die Worte ab. Sein Atem ging in Stössen, als ob ihm etwas den Hals einschnürte und ihn würgte. «Ich bin krank, Sandra hat recht.»

«Was kann ich dafür?»

«Du kannst nichts dafür, Magnus.» Er griff sich die Spindel, setzte sie zwischen seinen Handflächen in Schwung, liess sie über die Werkbank surren wie einen Kreisel. «Es ist der Glockenturm.»

«Was ist mit dem Turm?» Magnus hob seinen Kopf, schaute durchs Fenster hinüber.

«Vor fünfhundert Jahren haben ihn fromme Menschen gebaut. Drunten im Land hat man sie verfolgt», erzählte der Vater mit brüchiger Stimme. «In diesem Tal haben sie Schutz gesucht und ihren Frieden gefunden.»

«Bis die weisse Frau gekommen ist.»

«Das ist eine Sage.»

Mutter hatte ihm die Geschichte erzählt. In Vollmondnächten steigt eine Frau in weissem Gewand vom Berg herab. Die Tür des Turms öffnet sich, sie zieht am Strang, die Glocke klingt silberhell, ganz anders als sonst. Die weisse Frau bringt Unglück.

«Mutter hat sie gesehen», sagte Magnus.

«Sie konnte nicht mehr schlafen, seit Antennen im Turm sind.»

«Wozu Antennen?»

«Für Mobiltelefone. Aber Mutter hat die Wellen gespürt. Sie hatte so dünne Haut.»

«Es gibt doch hier keine Wellen.»

«Sie sind unsichtbar. Sie sind in der Luft, überall. Deshalb machen sie so Angst.»

Der Vater legte Magnus die Hand auf die Schulter, sein Atem streifte ihn, er roch säuerlich. «Ich hab Mutter nicht geglaubt. Seit sie noch stärkere Antennen eingebaut haben, spüre ich die Wellen auch. Der Glockenturm macht uns krank.»

«Das sagt Anita», stiess Magnus hervor. «Weil sie bald stirbt.» Seine Nase lief, er wischte sie mit dem Ärmel seiner Jacke ab.

Der Vater griff nach der Flasche, umspannte sie mit einer

Hand. Die Sehnen traten aus seinem Handrücken hervor. «Vielleicht werde ich auch sterben.»

«Hier gibt es keine Wellen», wiederholte Magnus trotzig. Er stand auf, stiess die Kiste mit dem Fuss unter die Werkbank.

«Sandra glaubt das auch nicht.» Der Vater riss einen Streifen Schleifpapier ab, begann die gedrechselten Radspeichen zu polieren, die auf einem Stofflappen auf der Werkbank lagen. Zärtlich zog er das feine Schmirgelpapier über das Holz, blies den Staub weg, legte die Speiche sachte auf den Stofflappen zurück, als könne sie zerbrechen.

Die Tür ging, Sandra trat in die Werkstatt. Sie atmete schwer und schwitzte. Ihre Zöpfe hatte sie um den Kopf gebunden, sie war parfümiert und trug einen weiten Rock mit Puffärmeln, eine Schürze und weisse Kniestrümpfe.

Magnus ging an ihr vorbei, warf sich den Rucksack über die Schulter und ging die Treppe hinauf zur Wohnung.

«Grüsst der junge Herr nicht mehr?», rief sie ihm hinterher. Er drehte sich nicht um.

13

Ning stand in einem blauen Blazer mit dem Signet der Hotelkette auf der Brusttasche hinter der Rezeption, ihre schwarzen Haare hatte sie zu einem Knoten gebunden. «Die Herren sind schon im Café.» Sie lächelte Andrea zu. «Ich komme gleich.» Dann unterhielt sie sich in Englisch mit einem Paar, das ein Zimmer bezog.

Das Café des Hotels war fast leer. Zwei Herren in dunklen Anzügen sassen am Fenster, durch das man über die Stadt hinweg in die Ferne sah. Dunst schwebte über den Dächern, die Berge am Horizont standen im Schatten. Einer der Herren federte vom Stuhl, als er Andrea erblickte: «Frau Stamm. Wir kennen uns.»

Andrea erkannte die gedrungene Gestalt nicht gleich.

«Sie erinnern sich? Peter Frey.» Er wollte ihr die Windjacke abnehmen.

«Es geht schon», wies ihn Andrea zurück. «Sie sind der Gemeindeverwalter.»

Er stand dicht vor ihr, sein Atem roch nach Weisswein. «Die Gemeinde steht unter Kuratel. Ich bin von der Regierung abgeordnet.»

«Kuratel? Was heisst das?»

«Sie ist bankrott, wird vom Staat verwaltet. Weil ich im Dorf ein Haus besitze und Mitglied des Grossen Rates bin, hat man mich mit der Aufgabe betraut. Kein leichter Job. Ehrenamtlich sozusagen.»

Sie traten an den Tisch, auf dem ein aufgeklappter Laptop stand, einige Schriftstücke lagen daneben ausgebreitet.

«Herr Grieco. Von der Lévi AG», stellte Frey einen rundlichen Herrn mit schwarzem Kraushaar vor. Das Jackett spannte über seinem Bauch, die rote Krawatte war schief geknotet. Ein unerwartet harter Händedruck liess Andrea zusammenzucken. Lévi AG, der Name weckte Erinnerungen. Unangenehme. Das Zementwerk hatte den Lévis gehört, der Kalksteinbruch und die grösste Baufirma der Gegend. Sie setzte sich auf die Kante des Stuhls, den ihr Frey rückte. «Wir warten noch auf Frau Stamm.»

«Ich bin Frau Stamm», gab Andrea zurück.

«Entschuldigen Sie. Ich meinte die Gattin Ihres verstorbenen Vaters. Sie trägt Ihren Familiennamen, wenn ich mich nicht irre?»

«Sie irren sich nicht.»

«Ihr versteht euch gut, habe ich vernommen.»

«Sie vernehmen viel, Herr Frey.»

«Das ist leider nicht selbstverständlich. Sie ist ja sozusagen Ihre Stiefmutter. Was trinken Sie?»

«Kaffee bitte.»

Frey winkte die Kellnerin herbei.

Grieco zog eine Packung Zigaretten aus der Jackentasche, tippte eine heraus, hielt sie Andrea hin. «Rauchen Sie?» Seine Finger waren breit, die Nägel kurz geschnitten. Eine Arbeiterhand, die nicht zu den goldenen Manschettenknöpfen passte.

Andrea lehnte ab.

«Aber Sie erlauben?» Er klemmte die Zigarette zwischen die Lippen, zog sie aus der Packung.

«Lieber nicht. Eine Freundin liegt mit Lungenkrebs im Spital.»

«Die Wirtin der ‹Alpenrose›», bemerkte Frey.

«Tut mir leid.» Grieco legte die Zigarette auf den Rand des Aschenbechers, in dem schon einige Stummel lagen. Ning trat leise an den Tisch, setzte sich neben Andrea. Ihr Parfümduft verdrängte den Tabakgeruch.

«Die Lévi AG interessiert sich für Ihr Haus», eröffnete Frey das Gespräch. «Sie kennen die Firma?»

«Eine Besitzerin ist in den Bergen umgekommen», bemerkte Andrea, «Claudia Baumberger-Lévi. Ich war bei der Bergung dabei.»

«Richtig.» Grieco beugte sich vor, kämmte sich mit seinen dicken Fingern das Kraushaar. «Nach ihrem tragischen Tod und dem …», er suchte nach dem richtigen Wort, «… dem Hinschied ihres Gatten haben leitende Angestellte das Unternehmen übernommen. Ich war Lévis Bauführer und bin nun für den Immobilienbereich zuständig.»

«Management Buyout», erklärte Frey. «Ich berate das Unternehmen in Finanz- und Steuerfragen. Sehen Sie nun den Zusammenhang?»

Andrea nickte. Baumberger hatte damals seine Frau auf dem Weg unter der Plattenburg erschlagen, jedoch Steinschlag vorgetäuscht. Er selber war kurz darauf in eine Leitplanke gerast, wahrscheinlich Selbstmord.

«Robert wollte nicht verkaufen», sagte Ning leise.

«Sie haben also schon meinem Vater ein Angebot gemacht? Er hat mir nie davon erzählt.»

Grieco klemmte ein Zündholz zwischen die Zähne, liess es auf und ab wippen. «Wir haben versucht, mit ihm zu verhandeln. Aber Sie kannten ihn ja.»

Kannte sie ihn? Sie sah ihn vor sich, wie er die Makler abgeputzt hatte, in seiner ruppigen Art. Er konnte verletzen, er konnte lieben, niemand kannte ihn wirklich. Sie sagte: «Töchter haben oft härtere Köpfe als ihre Väter.»

Die Männer lachten, als habe sie einen Scherz gemacht.

Grieco tippte auf die Tasten des Laptops, drehte ihn um, damit sie den Bildschirm sehen konnte. Ein Plan erschien, grüne, braune, gelbe Flächen und Linien. «Die Lévi AG plant eine grosse Überbauung an Stelle der alten Häuschen. Moderne, sonnige, soziale Wohnungen für Familien, Alterswohnungen, ein Kindergarten …»

«Die Behörden unterstützen das Projekt. Eine gute Sache», unterbrach ihn Frey, «absolut keine Spekulation. Wir haben hier ein Schreiben der Stadtverwaltung.» Er legte einen Brief neben den Computer, Stadtwappen, Unterschriften. *Dr. Peter Frey, Grossrat, Gemeindeverwalter.*

Andrea überflog das Papier, sah zwischendurch auf den Bildschirm. War das eine gute Sache? Erinnerungen wirbelten in ihrem Kopf durcheinander. Lévis, die Zementbarone. Baumberger, eingeheiratet in die Familie, der seine Frau mit einem Stein erschlagen hatte, im Suff in die Leitplanke gekracht. Claudias Leiche auf dem Felsband unter dem Weg.

«Ich kann mir vorstellen, was Sie denken», sagte Grieco mit gedämpfter Stimme. «Ich habe Baumberger gekannt. Mein Vater war Schichtführer im Zementwerk des alten Lévi. Silikose, kein schöner Tod.» Er griff nach der Zigarette, drehte sie zwischen seinen Fingern. «Vergessen Sie die Vergangenheit. Wir kommen nicht weiter, wenn wir ständig am Alten hängen.»

«Rauchen Sie», sagte Andrea. «Es stört mich nicht mehr.»

Grieco steckte sich die Zigarette in den Mund, ein Zündholz flammte auf, zitterte in seiner Hand. «Danke, Frau Stamm. Ich glaube, wir verstehen uns.»

Frey lehnte über den Tisch und wandte sich mit überlauter Stimme an Ning. «Haben Sie mitbekommen, worum es geht?»

Sie nickte. «Sie bauen Wohnungen. Für Familien, Kinder, alte Leute.»

«Wir werden eine schöne Wohnung für Sie und Ihren Sohn reservieren. Zu Vorzugsbedingungen.»

Ning lächelte. «Danke, danke vielmals.» Sie legte ihre Hand auf Andreas Arm.

«Die Lévi AG macht Ihnen ein faires Angebot.» Frey lehnte sich zurück, faltete seine Hände im Nacken. «Überlegen Sie sich das in Ruhe. Ein besseres werden Sie nie mehr erhalten.» Er schob ein zweites Schreiben über den Tisch, Briefkopf der Lévi AG. Andreas Augen glitten über Buchstaben, Absätze, blieben zuunterst an einer Zahl hängen, fett gedruckt. Eine Zahl, bei der ihr schwindelte. Meine Kindheit, dachte sie, Vater, Mutter, der Garten mit dem Plattenweg, die Beerenstauden und Gemüsebeete … Alles würde verschwinden unter Beton, alle Erinnerung würde zugedeckt und ausgelöscht, zurück blieb diese abstrakte

Zahl auf einem Bankkonto. Aber wollte sie sich erinnern? Hatte sie nicht schon Abschied genommen? Wollte sie nicht etwas ganz Neues beginnen? Die «Alpenrose», die Kletterhütte, ihre Kletterschule. Endlich einmal Tritt fassen irgendwo.

«Sie müssen sich nicht heute entscheiden.» Grieco klappte den Laptop zu. «Reden Sie miteinander, wir wollen Sie nicht drängen. Obwohl wir sehr interessiert sind an dem Projekt.»

«Die ‹Alpenrose› wäre Ihnen», bemerkte Frey beiläufig und stand auf. «Ohne Hypothek. Mitsamt einer ordentlichen Renovation.»

Die Herren bezahlten, packten ihre Aktenkoffer, verabschiedeten sich.

Andrea legte Ning den Arm um die Schulter und trat mit ihr ans Fenster. «Ning», flüsterte sie ihr ins Ohr. «Ning. Sollen wir das Haus verkaufen? Willst du das?»

Eine Klingel ertönte, Ning wurde an der Rezeption verlangt.

«Ich will, was du willst, Andrea.» Sie wand sich los, ihr Lächeln war eingefroren. Was wollte sie wirklich? Warum sagte sie «Ja» zu allem, was ihr begegnete? Andrea mochte sie, aber sie verstand sie nicht. Und Robert? Ihr Vater war ein anderer Mensch geworden in der kurzen Zeit, in der er mit ihr gelebt hatte, scheinbar ruhig und glücklich und noch fremder als zuvor. Jetzt ruhte er auf dem Berg mit all seinen Geheimnissen.

14

Den Weg war er noch nie gegangen. Unter schroffen Felswänden stieg er an gegen Westen. Er überquerte eine Runse mit einem Bach, dann wurde der Pfad steinig und schmal. Führte hart dem Abgrund entlang. Ein blauer Pfeil zeigte in eine Felskehle, die gegen den Grat hinaufzog. Die Wände glatt, ausgewaschen, der

Grund mit Geröll gefüllt. Magnus stieg durch rutschigen Schotter und über eingeklemmte Blöcke hinweg bis in eine Scharte. Kalter Wind fuhr ihm ins Gesicht.

Er hatte gehofft, auf der Nordseite führe der Pfad hinunter ins Dorf jenseits der Grenze. Doch die Flanke fiel steil ab, war mit Schnee bedeckt. Keine Spur zu erkennen. Zwischen vorspringenden Felsblöcken schimmerte blaues Eis. Tief unten lag eine Ziegenalp im Schatten, das Dorf blieb in einem bewaldeten Kessel versteckt.

Von der Scharte schwang sich der Grat auf wie der Bug eines Schiffes. Der Dreimastsegler der Waljäger in seinem Buch. Die Drahtseile und Eisenleitern auf dem Grat glitzerten in der Sonne. Mit dem Feldstecher hatte er schon Leute beobachtet, die da hochkletterten. Bedächtig stiegen sie, klinkten sich mit Karabinerhaken an die Seile. Es reizte ihn, hinaufzuklettern auf das steinerne Schiff. Doch er besass weder Seil noch Karabinerhaken, nur den alten Rucksack und die Militärschuhe.

Der Berg machte Angst. Die Südflanke im Sonnenlicht senkrecht und glatt, die Nordseite düster und kalt. Scharf trennte der Grat Licht und Schatten, abweisend und steil ragte er in den Himmel.

Über aufgetürmte Felsblöcke kletterte Magnus zum ersten Aufschwung, eine Leiter war einzementiert. Es ging leichter, als er sich vorgestellt hatte. Ein Drahtseil führte weiter über einen geneigten First. Er fasste es mit beiden Händen, das kalte Metall schnitt ins Fleisch. Er wandte den Kopf, sein Blick fiel in die Tiefe, fand keinen Halt. Ihm war, als wolle ihn eine Kraft in den Abgrund reissen.

«Nein», presste er hervor, blickte in die Höhe, wo der Felsenbug vor ihm aufragte. Wie Gischt flocken Wolkenfetzen über ihn hinweg. Magnus klammerte sich mit beiden Händen ans Drahtseil. Es war, als gewinne das Schiff an Fahrt. Er hörte Rauschen und Zischen von Wind und Wellen. Sein Herz schlug heftig, Schweiss rann ihm übers Gesicht, brannte in den Augen. Er presste seine Stirn gegen den kalten Stein. Träumte er, wie so oft, er sei ein Matrose und klammere sich an ein Tau am schwankenden Mast?

Ein Satz aus dem Buch fiel ihm ein. Die Welt ist ein Schiff, das den Anker lichtet. Jetzt verstand er ihn. Die ganze Welt war ein Schiff geworden.

Er nahm allen Mut zusammen, kletterte weiter, Seilen und Leitern entlang, dann auf allen Vieren über ein flaches Gratstück, bis ihm ein Steinhaufen den Weg verstellte. Kein Seil, keine Leiter, nur noch Luft. Es war der Gipfel, der Ausguck des grossen Schiffs. Magnus' Herz machte einen Sprung. Er packte einen Felsbrocken, schleuderte ihn mit einem Schrei über die Wand und hörte, wie er aufschlug und eine Steinlawine mit in den Abgrund riss.

Es war kein Traum. Er hatte einen Berg bestiegen. Ohne Seil, ohne Karabinerhaken, nur mit seinen Händen und seinem Mut. Er stand im Top, im Ausguck, zuoberst auf dem Schiff, das die Welt war.

Die Luft fühlte sich an wie Glas. Gegen Süden glitt sein Blick über Hügel, Täler und Höhenzüge hinweg zu blauen Gipfeln. Wellen eines versteinerten Meeres. Im Westen wand sich die glitzernde Schlange eines Flusses durch die Ebene, eine Stadt lag versunken in Rauch und Dunst. In der Ferne stieg eine feine Dampfsäule in den Himmel. Die Welt war unendlich weit und gross, und jetzt war sie wieder in Ruhe, fest verankert. Er blickte hinab. Die Kühe, tief unten auf der Alp, grasten wie Flöhe im grünen Pelz. Der Wohnbus des Hirten ein Spielzeug auf dem Parkplatz. Mit dem Feldstecher suchte Magnus die Gegend ab, entdeckte Alpen mit Hütten, Dörfer, Strassen durch Täler und über Pässe, Berggipfel, deren Namen er nicht kannte.

Dann spürte er, wie müde und hungrig er war. Brot und Käse hatte er längst aufgegessen, die Flasche war leer. Er legte sich ins Geröll neben den Steinmann, bettete seinen Kopf auf den Rucksack, fühlte die Sonne auf dem Gesicht, roch das Gestein und stellte sich vor, das grosse Schiff lichte die Anker und trage ihn weiter bis ins Meer, das im Süden hinter den fernen Bergkämmen lag.

Ein Luftzug weckte ihn. Faseriges Gewölk hatte sich vor die Sonne geschoben. Zeit zum Absteigen. Er klammerte sich ans Drahtseil, das Gesicht nahe am Fels, tastete mit den Füssen nach Halt. Tritt um Tritt kletterte er vorsichtig tiefer. Die Bergführerin kam ihm in den Sinn, die wie eine Spinne am Seidenfaden vom Berg herabschwebte. Wenn er das auch könnte! Sich ohne Angst, sicher und beschwingt über Abgründen bewegen.

Allmählich kam er besser voran, fühlte sich sicherer. Fiel sein Blick über die Felswände in die Tiefe, spürte er ein luftiges Flattern im Bauch. Ein Gemisch aus Angst und Lust. Wie als sie heimlich gekifft hatten im Heim.

Die Sonne stand tief, als er die Scharte erreichte. Die Ziegenalp auf der Nordseite war im Schatten versunken. Durch Schotter rutschte er die Felskehle hinab zum Weg. Bei der Runse kniete er nieder, schöpfte mit beiden Händen kaltes Wasser aus dem Rinnsal und trank, bis sein Bauch schmerzte.

Es dämmerte, als er zur Alphütte kam. Die Tür stand offen, ein Glatzkopf und eine junge Frau mit Rastalocken sassen am Tisch. Sie drehten Spaghetti auf Gabeln, tranken Wein. Kerzen brannten. Erstaunt blickten sie auf, als Magnus eintrat. Der Glatzkopf legte seine Gabel auf den Teller, wischte sich mit der Hand den Mund, stand auf. Gehänge wie Löffel baumelten an seinen Ohrläppchen. Er musterte Magnus von Kopf bis Fuss: «Das darf ja nicht wahr sein! Der Magnus.»

Magnus wich einen Schritt zurück. An der schrillen heiseren Stimme erkannte er den Alphirten. Iwan Zemp, sein Wohngruppenleiter. Im Heim hatte er blonde Haare bis auf die Schultern getragen. Christkind nannten sie ihn.

15

Sie war zu früh im Dorf, lehnte auf dem Parkplatz vor der «Alpenrose» am Jeep und betrachtete das Haus. Eine Nomadin wird sesshaft, dachte sie. Robert hatte einmal behauptet, ihre Mutter stamme von Fahrenden ab. Andrea war in der Welt «herumzigeunert», wie er das nannte. Jene Zeit lag hinter ihr, etwas Neues tat sich auf, so unbekannt wie der Weg durch die Felswand in Patagonien, den noch nie ein Mensch betreten hatte. Man sagte, die Sesshaften seien stärker als die Nomaden, die sie überall auf der Welt verdrängt und ausgerottet hatten.

Vom Turm schlug es drei Uhr. Gleich danach parkte Frey seinen BMW neben ihrem Jeep, stieg aus. Die Lichter seines Wagens blinkten auf, als er abschloss. Er begrüsste sie, gratulierte zu ihrem Entscheid. «Herr Kernen wird gleich da sein.»

«Wer ist das?»

«Der Dorfschreiner. Bei öffentlich-rechtlichen Vertragsabschlüssen habe ich immer einen Vertreter der Gemeinde dabei.»

Andrea erkannte den Mann im blauweiss gestreiften Überkleid und dem Christusbart, der sich vom Glockenturm her näherte. Er war ihr im Stadtspital begegnet, mit einem Bund Weidenkätzchen hatte er Anita besucht. Ein zukünftiger Nachbar. Er blieb in gehörigem Abstand stehen, blickte auf den Boden, während er einen Gruss murmelte.

Frey zog einen schweren Schlüssel aus seinem Aktenkoffer, schloss die Eingangstüre zur «Alpenrose» auf. Feuchtmuffige Luft schlug ihnen aus dem Treppenhaus entgegen. Noch habe ich nicht unterschrieben, ging Andrea durch den Kopf. Noch kann ich zurück. Ein Klumpen sass ihr im Hals. Der Kauf war ein Entscheid aus dem Bauch gewesen.

«Das Haus stand längere Zeit leer», erklärte Frey, «einmal gut durchlüften, dann müffelt es nicht mehr. Die Substanz ist gut.» Die Treppenstufen knarrten, Andrea war bisher nie aufgefallen, wie ausgetreten sie waren. Holzwürmer hatten winzige Krater aus weissem Staub aufgehäuft. Putz war auf die Stufen und Zwischenböden gefallen, Risse durchzogen die geweisselte Wand wie Spinnweben. Die Gaststube sah aus, als wären eben die letzten Stammtischgäste aufgestanden und ins Freie getorkelt. Klebrige Ringe auf dem runden Tisch, auf einem andern standen zwei Gläser auf Biertellern mit eingetrocknetem Schaum und eine angebrochene Flasche.

«Anita konnte nicht mehr aufräumen, man hat sie nach der letzten Untersuchung gleich im Spital behalten.» Freys Stimme hallte in der Gaststube. Der Schreiner brummte etwas und zupfte seinen Bart.

An der hinteren Wand hingen noch immer Aquarelle von Anita neben den vergilbten Fotos, die Andrea früher oft betrachtet hatte. Sie stammten von Töni, dem legendären Wirt und Bergführer. «Haben Sie den Töni gekannt?», fragte sie den Schreiner.

Er sah auf die Fotos, nickte. «Ich arbeitete auswärts, als er starb.» Er deutete mit dem Daumen über die Schulter in Richtung der Berge. «Drüben.»

Frey rief vom Fenster her: «Die Aussicht fasziniert mich jedes Mal, diese Stimmung.» Die Wolken hatten sich gehoben, ein

Stück Himmel zeigte sich. Die schroffen Hänge der andern Talseite erschienen im Licht der Sonne sanfter. «Möchten Sie nochmals einen Rundgang machen, oder wollen wir gleich den Papierkram erledigen?»

Andrea hatte die «Alpenrose» mit einem Architekten und Kletterkumpel, der mit ihr in Patagonien gewesen war, vom Keller bis unters Dach abgeschritten. Reto Kocher kannte sich mit Altbauten aus. Der Zustand des Hauses sei nicht schlecht, da und dort faules Holz, das Gebälk zum Teil verwurmt, das Dach müsste gelegentlich erneuert werden, die Kellergewölbe entfeuchtet. Schimmelpilz hatte sich angesetzt. Zum Glück kein Hausschwamm. Doch die Substanz sei gut, ein historisches Objekt, im Kern ein paar hundert Jahre alt, das unbedingt erhalten werden müsse. Höchste Zeit, dass etwas geschieht, hatte Reto gesagt und sich anerboten, ein Projekt auszuarbeiten. Er hatte die Kosten einer sanften Renovation abgeschätzt und bei Frey den Preis nochmals gedrückt. So viel sei allein schon das Grundstück wert, meinte Reto. Eine gute Investition also.

«Machen wir's kurz.» Andrea setzte sich an den runden Tisch, Frey und Kernen nahmen gegenüber Platz. Der Verwalter wischte mit einer Hand Staub weg, legte die Verträge hin.

«Müsste nicht ein Notar dabei sein?», fragte Andrea.

«Nicht nötig. Ich bin amtliche Urkundsperson. Herr Kernen unterschreibt als Vertreter der Bürgergemeinde.»

Sie überflog den Kaufvertrag, bemerkte keine Veränderungen gegenüber dem Text, den der Architekt mit Frey ausgehandelt hatte. Steuerbefreit für die ersten zwei Jahre, das war schon etwas wert. Sie unterschrieb, Frey setzte seinen schwungvollen Schnörkel darunter, schob Kernen das Papier zu. Der zögerte. «Was soll ich … ?»

«Unterschreiben, Herr Kernen.»

«Damit übernehme ich doch keine Verpflichtungen?»

«Absolut nicht, Herr Kernen.» Frey tippte mit dem Zeigefinger auf das Papier. «Lesen Sie hier. Sie bestätigen lediglich, dass Frau Stamm und ich persönlich unterschrieben haben. Als Zeuge sozusagen.»

Das Wort «Zeuge» schien Kernen zu verunsichern, doch er setzte Vornamen und Namen in einer regelmässigen Schülerschrift auf das Dokument.

«Gratuliere! Das Haus gehört Ihnen.» Frey stand auf, überreichte Andrea mit einer Verbeugung den Schlüssel. «Viel Glück für Ihr Unternehmen. Wie heisst Ihre Kletterschule schon wieder?»

«*Rock'n'Ice.*»

«Toll! Das wird Leute und Leben ins Dorf bringen. Und Arbeit fürs Handwerk, nehme ich an.» Kernen schaute aus dem Fenster, Freys Geschwätz war ihm offensichtlich peinlich.

«Mein Architekt wird mich beraten», sagte Andrea.

«Selbstverständlich sind Sie in der Wahl der Handwerker frei.»

Frey sah auf die Uhr: «Ich muss jetzt leider. Habe noch einen Termin.»

Gemeinsam traten sie ins Freie, redeten noch etwas übers Wetter, das nun hoffentlich besser werde, dann fuhr er weg.

Der Schreiner blieb stehen, als habe er noch ein Anliegen, die Hände in den Taschen seiner Überhosen. «Schönes Haus», sagte er mit belegter Stimme. «Gut, dass Sie es übernehmen und nicht ein Spekulant. Sie kennen die Berge und das Leben hier.»

«Die Berge kenne ich», sagte Andrea. «Das Leben noch nicht.»

Er wühlte in seinem Hosensack, zog ein Päcklein Kaugummi hervor, riss einen auf und steckte ihn in den Mund. «Ich habe das Rauchen aufgegeben. Mögen Sie?»

Andrea nahm sich einen Kaugummi. «Natürlich werden wir Sie anfragen, Herr Kernen, wenn es um Schreinerarbeiten geht.»

«Schon gut.» Er riss einen zweiten Kaugummi auf, schob ihn zwischen die Zähne, drehte das Papier zwischen seinen Fingern zu einer Kugel.

«Ist noch was?», fragte Andrea.

Er atmete tief durch. «Ich würde so gerne noch einmal auf den Berg.»

«Auf welchen Berg?»

«Die Plattenburg. Als Junge war ich mal oben. Mit dem Töni.»

«Dann haben Sie ihn also gut gekannt.»

«Er war mein Onkel.» Kernen presste eine Hand in die Hüfte, als fahre ein plötzlicher Schmerz durch seine Seite. «Wir sind über den Südgrat geklettert, vom Joch aus.»

«Töni muss ein guter Bergsteiger gewesen sein», sagte sie. «Die Erstbesteigung der Westwand war in jener Zeit eine grosse Sache.»

Kernen sah an ihr vorbei, seine Kinnladen mahlten versunken den Kaugummi. Sie wartete, ob er noch etwas erzähle von seinem Onkel, doch er schwieg.

«Sie hören von mir», sagte Andrea.

Kernen nickte. «Ich danke Ihnen.» Sein Händedruck war feucht und kraftlos.

16

Als er erwachte, sah er über sich den Bären, braunes und zottiges Fell und funkelnde Augen. Hallo Daniel, nice to meet you. Im Yosemite hatten sich Bären im Camp 4 herumgetrieben, Zelte aufgerissen und Autos geknackt, immer auf der Suche nach Fressen. Auf Zucker waren sie besonders scharf. Der Gedanke an Zucker erinnerte ihn daran, wie er letzthin ein Zuckerbriefchen aufgerissen und aus der Hand geschleckt hatte, als sei auch er ein Bär. Er hatte schwer geträumt. Er fühlte sich den Puls, sein Herz schlug unregelmässig, er atmete durch, damit es sich beruhige. Durch weisse Vorhänge drang Dämmerlicht in das unbekannte Zimmer, in dem er lag, von einem Bären bewacht.

Die Biene Maya summte durch den dumpfen Gefühlsnebel in sein Bewusstsein. Maya Antenen, Pflegeleiterin, Onkologie. Ich hab doch nicht etwa Krebs?, schoss ihm durch den Kopf.

Daniel drehte sich auf den Bauch, sah in einer Spiegelwand zwischen zerwühlten Decken und Kissen eine müde Gestalt liegen, käsiges Gesicht, Zweitagebart. Auf der Bettumrandung hielt der Bär Wache mit gierigem Blick, hob plötzlich den Kopf, stellte den Schwanz und fauchte.

Bären haben doch nicht so lange Schwänze, sagte sich Daniel, drückte sein Gesicht ins Kissen, schloss die Augen. Sah das Mädchen vor sich, das auf einer Party eine falsche Droge erwischt hatte. Alkohol dazu, ein tödlicher Cocktail. Sie lag schon im Koma, als man sie brachte. Eine wachsweisse Prinzessin mit glasigen blauen Augen. Eine Nacht und einen Tag hatten sie gekämpft, er hatte mit ihr geredet, Geschichten erzählt, dann war sie hinter die sieben Berge entschwebt, still und leise und schön wie Schneewittchen. Die Eltern sassen im Korridor auf Plastikstühlen, er eilte an ihnen vorbei, fand den Mut nicht, es ihnen zu sagen.

Im Foyer war er der Pflegerin Maya begegnet. Er musste reden, um nicht zu heulen. Er erinnerte sie an seine Einladung zu Kaffee und Kuchen, doch so spät war kein Café in der Stadt mehr geöffnet. Er schleppte sie in eine Bar, kippte auf den doppelten Espresso zwei, drei Bourbon, vielleicht auch mehr und viel zu schnell, schwatzte unablässig, breitete sein ganzes verrücktes Leben vor ihr aus. Sie hörte ihm zu, mit traurigen, schwarz umrandeten Augen, im Taxi hielten sie Händchen, im Lift der erste Kuss. Liebe in Zeitraffer, er erinnerte sich nur noch an Bruchstücke. Hatten sie Kondome benutzt? Hatten sie überhaupt Sex gehabt, oder war er gleich eingeschlafen, behütet von diesem Bären, der ihn an wilde Tage im Westen erinnerte. Mit Andrea, dachte er, möchte ich einmal im Yosemite klettern, die Salathé am El Capitan fehlt mir noch, ein Klassiker. Würde ich vielleicht noch schaffen. Jetzt erinnerte er sich, dass er vom Yosemite geträumt hatte, er hängt in einer Wand, «Sea of Dreams», eine schwere Technoroute, auf der Hängematte neben ihm räkelt sich das Schneewittchen, ballt zarte Finger zu einem Fäustchen, hebt den Daumen, lächelt ihm zu. Ein abgründiges Gefühl der Verlassenheit hatte ihn ergriffen im Traum. Dann war er erwacht.

Er stemmte sich im Bett hoch, hockte auf den Rand, sah im Spiegel den Bauchansatz unter der behaarten Brust, die knochigen Schultern, er fasste sein Glied an, das sich warm und schlaff anfühlte. Bienensex, dachte er, honigsüsses Zungenlecken. Und der Bär hat zugeschaut. Blödsinn. Ich war viel zu besoffen und zu erschöpft, ein Schlappschwanz, klettere nicht mehr seit meinem Fehltritt in Israel und «Sea of Dreams» oder die Salathé schaffe ich nie im Leben. Die Muskelpakete sind weg, und vor Abgründen habe ich Angst.

Die Tür ging einen Spalt auf, Maya schaute herein, in schwarzem Lederrock und schwarzweiss gestreifter Jacke, die Haare gekämmt und gelackt, zum Ausgehen fertig. Kaffeeduft wehte ins Zimmer, sie beugte sich zu ihm, als sei er ein Patient, berührte mit den Lippen leicht seine Wange. Ihr Gesicht war kühl und glatt vom Make-up. «Ich hab Dienst», sagte sie. «Mach es dir gemütlich. Frühstück steht in der Küche bereit, der Schlüssel liegt auf dem Tisch. Du kannst ihn mitnehmen.»

Sie schwebte davon, liess einen traumhaften Duft zurück, der Bär hüpfte vom Bett, trippelte ihr nach. Daniel hörte, wie sie mit ihm redete, mit ihrer sanften und langweiligen Stimme, er wollte etwas fragen, doch ein Schmerz fuhr ihm wie ein Messerstich von der Schläfe durchs Hirn.

«Im Bad liegen Frottétücher», rief sie. Dann ging die Wohnungstür. Die perfekte Pflegerin. Oberschwester Maya.

Endlich kam er hoch, betrachtete lange die Vitrine im Korridor, sie war ihm nicht aufgefallen, als sie in der Nacht nach Hause gekommen waren. Eine Sammlung von Barbiepuppen, schön drapiert auf gläsernen Tablaren mit Puppenstubenmöbeln, Barbie als Tennisgirl, Barbie in einer Bauerntracht, Barbie im Kampfanzug und natürlich als Krankenpflegerin mit Rotkreuzhäubchen. Sicher nähte Maya die Kleider selber in ihren einsamen Stunden. Ken allerdings, Barbies Boyfriend, fehlte. Offenbar sammelte Maya keine Männer. Ihr Beschützer war der Bär, der vollgefressene rote Perserkater. Er beobachtete Daniel aus Distanz mit seinem bösen gelben Blick, als wolle er ihn zerfleischen.

Daniel suchte seine Uhr, fand sie bei den Hosen, die gefaltet auf einem Stuhl lagen, darauf seine Unterwäsche, liebevoll glatt gestrichen. Jacke und Hemd hingen an Bügeln.

Er warf einen Blick in die Wohnküche, auf einem runden Tischchen in einem Erker war aufgedeckt, Käse unter der Glocke, Joghurt, Flocken, Schinken, mit Klarsichtfolie bedeckt, frisch aufgebackene Brötchen, Kaffee im Thermoskrug. Auf der Granitabdeckung der Kombination steckten zwei Eier in Bechern neben dem Eierkocher. Ein Zettel: Stell den Käse und den Schinken bitte in den Eisschrank, falls was übrig bleibt. Guten Appetit!

Es blieb alles übrig. Er mochte nicht einmal eine Tasse Kaffee, er musste so schnell wie möglich aus dieser Wohnung verschwinden. Den Schlüssel warf er in den Briefkasten.

17

Sie fand keinen Schlaf. Zählte die Glockenschläge vom Turm, die Viertelstunden, dann die Stundenschläge. Sie erinnerte sich, was Anita im Spital gesagt hatte: Da ist nur … der Glockenturm … Was hatte sie gemeint? Vielleicht hatte sie der Klang der Glocke oft um den Schlaf gebracht. Es gab Gerichtsurteile, die Kirchen- und Kuhglocken zum Schweigen brachten, weil sie die Anwohner störten.

Andrea drehte sich gegen die Wand, hörte leises Knacken und Knistern im Gebälk. Das Holz dehnte sich, spürte die Wärme und das neue Leben im Haus, die Holzwürmer nagten unentwegt. Es war ihre erste Nacht in der «Alpenrose». Sie hatte sich notdürftig eingerichtet, den Futon im hellsten Zimmer auf dem Boden ausgerollt, Nägel ins Täfer geschlagen für die Kleider, als ob sie sich nur vorübergehend hier aufhalten würde. Noch immer Nomadin. Der Gedanke, ein Haus zu besitzen, dieses uralte behäbige Haus, war ihr noch fremd. So ein Haus besitzt man nie wirklich, hatte Reto Kocher gesagt. Das Haus war hundert Jahre vor dir da und es wird hundert Jahre nach dir noch stehen. Du bist nur Gast, auch wenn du im Grundbuch als Besitzerin eingetragen bist. Vor dem Einzug hatte sich Andrea fast gefürchtet, obwohl das Haus gekauft und bezahlt war. Aus der abstrakten Zahl der Erbschaft war etwas Reales geworden.

Als erste «Amtshandlung», wie Reto es nannte, hatte sie über dem Eingang mit Bohrdübeln das Schild befestigt: *Rock'n'Ice – Kletterschule*. Dazu das Signet, eine Seiltänzerin zwischen zwei

Bergspitzen. Kletterfreunde hatten ihr beim Umzug geholfen, es hatte aus Kübeln gegossen, doch ihr Mobiliar war schnell im Haus. Reto liess einen Sektkorken knallen und bemerkte: Beim Zügeln regnet es immer. Andrea prostete den Freunden zu und trank zur Feier des Einzugs ein halbes Glas.

Sie zählte die Glockenschläge, zwei Uhr nachts. Sie begann zu rechnen, addierte, subtrahierte, summierte Zins und Zinseszins einer allfälligen Hypothek für die sanfte Renovation. Neue Fenster, hatte der Architekt empfohlen, neue Fensterläden, Sickerleitung, um den Keller zu entfeuchten. Den Ersatz der alten ausgetretenen Treppen verlangte das Baugesetz. Das Amt für Heimatschutz hatte sich gemeldet, machte Auflagen. Die Schindelfassade und das Dach mit den Schwalbenschwanzziegeln mussten erhalten bleiben, eine kostspielige Angelegenheit. Das Amt für Umweltschutz forderte die Sanierung der Abwasserleitungen. Die Lebensdauer von sanitären und elektrischen Installationen war längst abgelaufen. Küche, Toiletten, Gästezimmer waren renovationsbedürftig. Ein Fass ohne Boden. Seit Wochen stellte Andrea in Computertabellen das Notwendige dem Wünschbaren gegenüber und wünschte sich manchmal wieder die Zeit herbei, als ein Zelt, ein Rucksack voll Kletterwerkzeug und eine Sporttasche mit Klamotten ihr einziger Besitz gewesen waren und die Unendlichkeit des Himmels über Amerika das Dach über ihrem Kopf. Ein Dach, das nie leckte, an dem keine Würmer und Schimmelpilze frassen. War ein neues Dach wirklich notwendig, wie Reto Kocher empfahl? Solange es nicht hereinregnete, wollte sie zuwarten. Und wieder schlug die Glocke. Drei Uhr.

Ein Rumpeln über ihrem Kopf schreckte sie auf, sie war doch eingeschlafen. Sie vernahm ein flüchtiges Trippeln im Estrich, ein Gegenstand fiel um, rollte über den Boden. Einbrecher! Sie stützte sich auf die Ellbogen, horchte. Es war so still, dass sie glaubte, ihr Herz zu hören, das heftig klopfte. Ein Viertelstundenschlag vom Glockenturm. Das Rumpeln und Rollen setzte in einem andern Teil des Estrichs wieder ein. Ein Gepolter, als ob jemand mit Kegeln spielte.

Andrea tappte auf allen Vieren von der Matratze zum Rucksack, schnallte den Eispickel ab, suchte zwischen Kletterwerkzeug nach ihrer Stirnlampe, setzte sie auf, trat in Socken und Pyjama ins Treppenhaus, den Pickel fest umklammert. Die Stufenleiter zum Estrich knarrte leise, als sie hinaufstieg. Sie horchte, hörte keinen Laut mehr, stiess die Bodenklappe auf und rief: «Ist da jemand?»

Der Lichtstrahl ihrer Lampe tastete über alte Möbel, die mit Leintüchern zugedeckt waren, über Truhen, Tische, kaputte Stühle, Säcke mit verrotteten Lumpen, einen Stapel Dachziegel, Bündel vertrockneter Schindeln, Zeitungen, Hanfseile, eine Kiste verstaubter Schuhe. Sie glaubte, Trippelschritte zu hören, die sich hinter einem Kamin entfernten, rief nochmals, doch kein Einbrecher oder sonst ein Eindringling zeigte sich. Dafür schlug ihr ein penetranter Gestank entgegen. Gespenster hinterliessen bei ihrem Verschwinden einen Geruch nach Schwefel und faulen Eiern, hatte einmal jemand erzählt. Der Estrich stank eher wie das Raubtierhaus im Zoo.

«Ist jemand da!», rief sie nochmals, um Mut aufzubauen, drang Schritt für Schritt vor, leuchtete jeden Winkel aus. Hinter dem Kamin trat sie beinahe auf eine schwarze Wurst von frischem Kot. «Verdammte Scheisse, Marder!», rief sie aus. «Auch das noch!» Ein Gespenst wäre ihr lieber gewesen.

Andrea schlug die Pickelspitze in einen Balken, ihre Angst kippte in Wut. Marder, das bedeutete, dass das Dach sofort repariert werden musste, vielleicht sogar erneuert.

Sie wusste, dass es fast unmöglich war, einen Marder aus dem Haus zu vertreiben, wenn er seine Duftspur hinterlassen hatte. Auch Marder waren sesshaft, keine Nomaden. Nach dem Lärm zu schliessen, war es ein Weibchen mit Jungen, die mit Vergnügen im Estrich herumtollten. Sie war also nicht allein.

18

«Hast du deine Lehre abgeschlossen?» Iwan schüttete Milch über eine Schale Haferflocken. Seine Finger waren mit Heftpflaster beklebt, die Nägel hatten schwarze Ränder.

Magnus schob seine Unterlippe vor, schwieg. Der Geruch der warmen Milch weckte seinen Hunger, er schenkte sich eine Tasse voll ein, gab einen Schluck Kaffee dazu, löffelte Zucker und rührte. Rahmfetzen schwammen im Milchkaffee.

Suna trat aus der Schlafkammer in die Küche, rieb sich die Augen, schüttelte ihre Filzlocken und setzte sich. Iwan schob ihr eine Tasse hinüber. «Trink einen Kaffee, dann erwachst du.»

Sie gähnte. Am Abend hatten sie gekifft. Magnus roch es. Der Duft von Heublumen hing noch immer in der Luft. Im Heim hatte Iwan sie zu Strafen verknurrt, wenn er sie beim Kiffen erwischte.

Magnus schob zwei Finger zwischen Hemdkragen und Hals, klaubte einen Halm heraus, der seine Haut reizte. Er hatte sich tief ins Heu gegraben, trotzdem gefroren und kaum geschlafen. Der Heustaub klebte am kalten Schweiss, der ganze Körper juckte. Er fühlte sich zerschlagen und schmutzig. Warum ein Sozialarbeiter auf die Idee kam, sich auf die Alp zu verdingen, konnte er sich nicht vorstellen. Iwan war schon im Heim anders als die andern Erzieher gewesen. Launisch, mal Kumpel, mal Bulle. Man wusste nie, woran man mit ihm war. Wegen seiner weibischen Stimme spielte das Christkind den starken Mann.

«Du hast also die Lehre geschmissen?», bohrte Iwan weiter, während er seine Flocken löffelte.

«Es war nicht das Richtige.» Magnus tunkte Brot in den Milchkaffee. Trinken mochte er nicht, die Rahmfetzen ekelten ihn.

«Das Richtige gibt's im Leben nicht umsonst. Was solltest du denn lernen?»

«Bäcker. Hab Ekzeme bekommen vom Mehl.»

«Allergien sind psychosomatisch», bemerkte Suna. Sie drehte sich eine Zigarette, schüttelte dazu ihre verfilzten Strähnen. Fremd sah sie aus, dunkle Haut, Tränensäcke unter Mandelaugen. Sie wirkte älter als am Abend im Kerzenlicht.

«Und jetzt? Was hast du vor?»

Magnus hob die Schultern. «Weiss nicht.»

«Warum treibst du dich in den Bergen herum?»

Magnus nahm einen Schluck, schob die Tasse von sich. Sie war noch fast voll. Keine Lust auf ein Verhör.

«Er ist verwöhnt.» Suna drückte die halb gerauchte Zigarette in ihrer Tasse aus, zischend verlöschte sie im Rest des Kaffees. «Du könntest uns auf der Alp helfen. Kost und Logis abverdienen.»

Magnus starrte angewidert auf die Tasse, Brotreste schwammen darin. Nach Hause wollte er nicht mehr, hier bleiben auch nicht.

«Er ist nicht begeistert.» Suna trat unter die Tür und streckte sich wie eine Katze. «Wir sollten zum Vieh.» Sie drehte sich um: «Kannst du vielleicht melken?»

Magnus schüttelte den Kopf.

«Er ist verwöhnt, er spricht nicht, er kann nicht melken.» Sie schlüpfte in die Stiefel und stapfte ins Freie.

«Komme gleich.» Iwan schenkte sich Kaffee nach. «Du bist doch im Heim recht anstellig gewesen. Melken ist ganz einfach mit der Maschine. Ich zeig's dir.»

Magnus stand auf. «Ich muss jetzt gehen.»

«Wohin?»

«Hinüber.» Etwas anderes fiel ihm nicht ein. Wohin sollte er sonst? Er hatte keine Lust, für die vergammelten Unterländer den Stallknecht zu spielen. «Hinüber», wiederholte er.

Bei der Tür packte ihn Iwan am Ärmel. «Du könntest drüben etwas besorgen für uns.»

«Ich hole keinen Stoff.»

«Du begleitest zwei Leute, die uns auf der Alp helfen.»

«Warum kommen die nicht allein?»

«Sie kennen den Weg nicht.»

«Geh doch selber.»

«Du hast hier geschlafen und gegessen. Könntest was dafür tun.»

Magnus schaute auf den Boden. Rund um die Hütte war er vom Vieh zertrampelt. In den tiefen Spuren der Klauen sammelte sich Wasser. Kühe standen im Dreck und glotzten ihn an mit grossen Augen. Sie hatten Wimpern wie gepflegte Damen. Unruhig waren sie, stampften und bedrängten sich gegenseitig mit ihren Leibern. Eine senkte ihren Kopf und stiess ein heiseres Muhen aus, eine andere sprang sie von hinten an, hockte auf sie wie ein Stier. Ihre Schellen schepperten und tingelten.

«Du kennst die Ziegenalp drüben?»

Magnus stiess seine Schuhspitze in den Dreck.

«Sag dem Hirten einen Gruss. Du kannst dort übernachten.»

«Und dann?»

«Morgen kommen zwei Männer. Du führst sie übers Joch zu uns. Kapiert?»

«Ja.» Magnus schritt über den aufgeweichten Vorplatz zum Heuschober und holte seinen Rucksack. Er kam sich vor wie im Heim. Christkind befahl, man gehorchte, um keine Schwierigkeiten zu bekommen. Die Erzieher waren immer am längeren Hebel.

Suna brachte ihm einen Plastiksack mit Brot, Käse und Äpfeln. «Damit du nicht verhungerst.» Sie drückte ihm etwas Geld in die Hand. «Mach's gut.» Sie tätschelte seinen Arm und lächelte.

Magnus stopfte den Proviant in seinen Rucksack. Der Bergkamm glänzte im Licht der Sonne, die hinter ihm stand. Der zackige Grat zeichnete sich doppelt in den Himmel. Während er gegen das Joch anstieg, sinnierte er darüber nach, ob es sich um eine Luftspiegelung handle oder ob ihn seine Augen täuschten. Er blieb stehen, richtete den Feldstecher hinauf. Messerscharf trennte der Grat Licht und Schatten.

19

Der Schreiner arbeitete schweigend und schnell, Hobelspäne klebten in seinem Bart. In regelmässigem Rhythmus schrillte die Handfräse, Sägemehl sprühte über den Estrichboden.

«Kaffee?», fragte Andrea.

Er schüttelte den Kopf, griff nach einer Wasserflasche. Sein Adamsapfel wippte auf und ab, während er trank. Dann kniete er nieder, kroch unter die Dachschräge und nahm Mass. Er verschloss die Spalten zwischen dem Unterdach und der Wand mit Holzleisten und Metallgittern. Mit Mardern kenne er sich aus, hatte er gesagt. Es helfe nur eines: alles abdichten. Und Kampfer, den Geruch könnten die Marder nicht ertragen. Bevor er die Metallgitter festnagelte, legte er Kampfer aus. Einfangen und töten kam nicht in Frage, Marder waren geschützt. Es half auch nicht, denn sogleich würde ein nächster dem Geruch folgen und das Nest besetzen. Ein Glück, wenn sie den Jeep in Ruhe liessen, mit Genuss zernagten Marder elektrische Kabel in parkierten Autos.

Andrea schleppte Kisten, Säcke und Schachteln aus der Dachschräge, packte aus und schob das meiste beiseite. Reto Kocher und Alwin, auch er ein Kletterkumpel vom Patagonientrip, trugen den Gerümpel die Treppe hinab und warfen ihn in die Mulde auf dem Parkplatz. Zwei Bananenschachteln mit Gämshörnern und Hirschgeweihen, voller Staub und Spinnweben, warfen sie weg. Der alte Wirt sei auch ein Jäger gewesen, sagte der Schreiner. Eine Kiste mit Büchern schob Alwin beiseite, da habe es wertvolle Stücke darunter, die man aussortieren müsse. Reto fand im Ramsch einen Zylinderhut und setzte ihn auf. Er erzählte von einem bekannten Bergsteiger, der in Zylinder und Frack die schwierigsten Routen geklettert hatte.

«Auch ich rüste mich neu aus!», rief Alwin. Er hatte in einer Kiste ein Paar genagelte Bergschuhe gefunden, verrostete Steigeisen, ein Hanfseil, einen Bund handgeschmiedete Felshaken mit dicken Ringen. Ehrfürchtig wogen die Männer das Material in der Hand, liessen Stahlkarabiner schnappen und Haken klirren. «Was sollen wir damit?», fragten sie Andrea.

«Vielleicht gibt es ein Museum, das solchen Krempel sammelt.»

Der Schreiner trat hinzu: «Tönis Ausrüstung.»

«Da hat er mal ein Stück vom Hanfseil abgeschnitten.» Reto hielt das gerollte Seil in die Höhe, an einem Ende fransten die Fasern aus.

«Ein Rückzug aus einer Wand», meinte Alwin. «Man kennt die alten Geschichten. Damals gab es noch keine Bandschlingen, man musste ein Stück Seil abschneiden, um eine Abseilstelle einzurichten.»

Der Schreiner presste seine Faust in die Seite, starrte auf das Seil.

«Wissen Sie was darüber? Töni war doch ihr Onkel», fragte Andrea.

Kernen schüttelte den Kopf, bückte sich, rutschte auf den Knien in die Dachschräge und nagelte eine Holzleiste fest.

Andrea hatte keine Idee, was sie mit der Ausrüstung des alten Bergführers anfangen sollte. Niemand konnte davon noch etwas brauchen, doch fand sie es respektlos, alles in die Mulde zu werfen. Die Schuhe, die Steigeisen, die Felshaken erzählten vom Leben des alten Wirts, den sie nie gekannt hatte. In der Wand der Plattenburg war sie solchen Haken aus Schmiedeisen begegnet. Das abgeschnittene Seilstück schien ihr ein Geheimnis zu bewahren, von dem der Schreiner wusste, das er aber nie preisgeben würde. Sie legte alles in die Kiste zurück, schob sie unter die Dachschräge an eine Stelle, die schon abgedichtet war.

Gegen Abend war die Arbeit beendet, Reto und Alwin fuhren zurück in die Stadt. Der Schreiner fragte nach einem Besen, um den Dachboden zu wischen. Andrea wollte das selber machen, doch er beharrte darauf. Noch jeden Arbeitsplatz habe er sauber hinterlassen, das gehöre zum Beruf. Die Abendsonne schien durchs Giebelfenster. Staub schwebte im Licht. Nach einigem Drängen gab er nach, setzte sich in die Gaststube zu einem Apfelsaft. Vornübergebeugt hockte er auf der Stuhlkante und klammerte sich ans Glas, als wolle er jeden Augenblick aufstehen und gehen.

«Sie schicken mir die Rechnung», sagte Andrea, nachdem sie sich längere Zeit angeschwiegen hatten.

Er strich sich über den Bartkranz, sagte dann ohne aufzublicken: «Ich habe mir gedacht, wir könnten das anders regeln. Die Plattenburg …»

Jetzt blickte er auf, als erwarte er ein Gerichtsurteil.

Andrea erinnerte sich an seinen Wunsch. «Aber klar. Wir steigen zusammen hinauf.»

«Es ist wohl eine Zumutung für Sie, als Bergführerin.»

Andrea lachte. «Herr Kernen. Ich führe Sie gern auf die Plattenburg. Ihre Arbeit bezahle ich trotzdem.»

Er stand auf. «Auf keinen Fall! Ein Tag Schreinerarbeit gegen einen Tag Führerlohn. Das ist gerecht.»

«Abgemacht», sagte sie. Ein Lächeln huschte über das faltige Gesicht. Sein Händedruck war fest.

20

Zwei Tage wartete er. Der Ziegenhirt sagte immer wieder: «Morgen, morgen kommen's, die Bursch'n. Iss Käs und Brot, trink Geissmilch, bist ja halb verhungert, Bub.»

Magnus schlief auf einer Pritsche über dem Ziegenstall, hörte nachts ihr Gebimmel und Gemecker. An ihren Gestank hatte er sich gewöhnt. Er roch selber wie eine Geiss. Der Ziegenhirt sprach wie seine Mutter, sang die Wörter mit viel ö und ä.

Am dritten Tag stand Magnus auf, wusch sich am Brunnen das Gesicht mit kaltem Wasser. Rosa Morgenlicht färbte das Gewölk über dem Grat. Von dieser Seite waren die Berge hässlich. Schwarzer Schutt, schmutziger Schnee in steilen Kehlen. Die Alpweiden voller Geröll. Er hörte Stimmen, sah drei Männer auf dem Weg. Der Ziegenhirt ging ihnen entgegen, hob seinen Stock, sprach mit einem. Die andern hielten Abstand. Dann winkte ihnen der Hirt, kam mit ihnen zum Brunnen. Der dritte verschwand. «Dös sind deine Gäst, Bechfürä.»

Zu den beiden sagte er: «Your guide.» Bohrte seinen Stecken in den Boden.

Magnus sah sie an. Braune Lederhaut, schwarze Augen, schwarzes Haar, Schnurrbärte, die über Mundwinkel hingen. Fremde. Der Ältere trat auf ihn zu, ein Lächeln knitterte sein Gesicht. «Hello, you guide? Thank you, thank you!» Er reichte ihm eine knochige Klaue, drückte fest zu. Zwei Finger fehlten.

Magnus schaute auf seine Füsse. Der Mann trug Turnschuhe, sein Kumpel ausgelatschte Wanderschuhe aus Wildleder. Ihren Kram hatten sie in Sporttaschen schräg über die Schultern gehängt. «Wie sollen die übers Joch kommen?», fragte Magnus.

Der Ziegenhirt schniefte. «Dös wird scho gehn. Dös sin harte Bursch'n.»

Magnus holte seinen Rucksack im Lager, hängte den Feldstecher um. Wedelte mit seinem Hut gegen den Berghang. «Da hinauf.»

«Machs guat, Bub», rief ihm der Ziegenhirt nach. «Grüss den Iwan.»

Magnus schritt voran, bis sich der Weg im Schotter verlor. Stieg durch die rutschige Halde hoch, ohne sich umzusehen. Schweigend folgten ihm die beiden. Er hörte sie keuchen hinter sich, ihre Schuhe durchs Geröll schleifen. Manchmal spuckte einer aus. Er stieg noch schneller, bis ihm der Ältere etwas nachrief. Der Schutt verschwand unter altem Schnee. Eine Spur führte im Zickzack weiter.

Der Alte warf seine schwere Tasche ins Geröll, wischte sich den Schweiss mit einem farbigen Tuch von der Stirn. «Have rest.»

Magnus hockte auf einem Stein, sah zu, wie sie Brot und kaltes Fleisch auspackten, Stellmesser aufschnappen liessen, sich dicke Stücke wegschnitten, in den Mund schoben und kauten.

Einer grub mit der Hand eine Vertiefung in den Schutt, legte sich auf den Bauch, schlürfte das Schmelzwasser, das sich sammelte. Der Alte spiesste ein Stück Fleisch aufs Messer und streckte es Magnus entgegen. «Lamb.»

Magnus schob es in den Mund. Es schmeckte würzig, viel Pfeffer dran. «Woher kommen Sie?», fragte er.

Der Mann verstand ihn nicht.

«Woher? Land?»

Der Alte hob beide Hände, wiegte den Kopf. «Sorry, sorry.»

Er wollte nicht verstehen. Ein Geheimnis, was die beiden Fremden übers Joch trieb, in schäbigen Schuhen, dünnen Jacken und Hosen. Warum nahmen sie keinen bequemeren Weg? Es gab keine Grenzwächter mehr in der Gegend.

Magnus stand auf. Die Spur im Schnee war weich, seine Schuhe sanken ein. Ab und zu blieb er stehen, wartete auf die beiden, die immer wieder abrutschten, sich mit blossen Händen in den Schnee krallten und hochrappelten.

21

Sie stiegen über den Gletscher der Nordflanke auf, der steil war, aber mit Trittschnee bedeckt. Am Himmel zogen Schleierwolken vorbei, kündeten einen Wetterumschlag an. Es war noch früh am Tag, doch die Luft schon warm, so dass Andrea oft schuhtief einsank. Sie stapfte unverdrossen, hinter sich hörte sie den Schreiner schnaufen. Manchmal räusperte er sich, spuckte in den Schnee. Dann spannte das Seil, sie blieb stehen und wartete, bis er sich erholt hatte. Nach einer Steilstufe dauerte es länger, er stand gebückt, eine Hand auf den Bauch gepresst, rang röchelnd nach Luft wie ein Kind mit Keuchhusten.

«Geht's noch?», rief sie ihm zu.

Er schob sich einen Kaugummi in den Mund, das Papier warf er in den Schnee. Sein Blick war glasig, das Gesicht dunkelrot vor Anstrengung. Der Mann ist krank, dachte Andrea. Noch einmal möchte er die Plattenburg besteigen, hatte er gesagt. Meinte er damit ein letztes Mal? Sie mochte nicht fragen. Sein Wunsch war ihm einen Tag Arbeit wert. Gute Arbeit, den Marder hatte sie nicht mehr gehört.

«Es geht schon wieder.» Er packte den Pickel, den ihm Andrea ausgeliehen hatte, setzte Fuss vor Fuss in ihre Spur. Die Nordflanke war eine steile Skiroute, kaum jemand mühte sich im Sommer hier hinauf. Andrea wollte dem Schreiner jedoch nicht zumuten, über den Südgrat zu klettern. Es sei seine schwierigste Tour gewesen, damals mit Onkel Töni, hatte er erzählt. Nach Jahrzehnten erinnerte er sich noch an jeden Gratturm und die exponierten Stellen in der Schlusswand. Auf den Gipfel möchte er nochmals wegen des einmaligen Blicks in die Alpen, sagte er, Andrea glaubte ihm nicht. An diesem Tag war ohnehin nicht viel zu sehen, das Wetter schlug um. Er hatte trotzdem auf der Tour bestanden.

Andrea suchte den besten Weg zwischen Spalten, sicherte mit einer Eisschraube, als sie eine schmale Schneebrücke über einen Schrund überschritten. Dann neigte sich das Gelände, der schuttbedeckte Rücken, der zum Gipfel leitete, war aper. Der Himmel hatte sich inzwischen fast vollständig bedeckt, ein steifer Westwind blies ihnen ins Gesicht. Beim Steinmann mit dem Holzkreuz hockte Kernen auf eine Felsplatte. Er wirkte erschöpft, blickte stumpf zum Horizont, wo die Berge in einer bleiblauen Wolkenwand verschwunden waren.

«Gratuliere!» Sie gab ihm die Hand.

«Entschuldigen Sie», sagte er. «Ich war früher ein ausdauernder Gänger. Aber nun …»

«Sagen wir uns doch du.» Andrea reichte ihm einen Becher heissen Tee. «Du hast durchgehalten, hast es geschafft.»

«Walter. Man nennt mich Walti.» Er blieb sitzen, atmete noch immer schwer. Sie drängte ihn, etwas zu essen und zu trinken. Aus einer Aussentasche seines Segeltuchrucksacks mit Lederboden zog er eine Schachtel, drückte zwei Tabletten aus der Folie, wandte sich ab und schluckte sie rasch. Andrea tat, als habe sie nichts bemerkt.

«Kaugummi?», fragte er.

Sie nahm sich einen, suchte dann im Steinmann nach der Büchse, doch sie war verschwunden. Im Frühling hatte sich Andrea eingeschrieben, als sie die Urne ihres Vaters auf den Gipfel getragen hatte. «Das Gipfelbuch ist weg», sagte sie.

«Schade», murmelte Kernen. «Hätte gerne nachgeschaut, der Südgrat damals, mit Töni, ob das noch drin steht.»

«Wer stiehlt denn ein Gipfelbuch?» Sie suchte die Umgebung ab, drehte Steinbrocken um.

«Vielleicht hat es der Alpenclub geholt, weil es voll war?»

«Es war bestimmt nicht voll.»

Kernen wirkte enttäuscht, rappelte sich auf. «Von mir aus können wir absteigen.»

«Soll ich dir etwas aus dem Rucksack abnehmen? Du hast ja für eine Woche eingepackt.»

«Sicher nicht!» Er hob den Sack mit einem heftigen Schwung vom Boden auf, als sei er beleidigt über ihren Vorschlag. «Hinab geht's leichter.»

Der Abstieg ging tatsächlich schnell. Im weichen Schnee liess sie ihren Gast auf dem Hosenboden abrutschen, sicherte ihn mit dem Pickel. Tief unter sich sah sie eine Partie von der andern Seite gegen das Joch aufsteigen, zwei Leute hintereinander, einer alten Spur im Schnee folgend, ein dritter ein Stück voraus.

Vom Ende des Gletschers querten sie ein geneigtes Karstfeld, das man Silberplatte nannte. Eine Abkürzung zum Joch, nicht ganz harmlos. Die Erosion hatte Spalten und Löcher in den Kalk geschliffen, manche so tief, dass man einen Stein mehrmals aufschlagen hörte, bis er den Grund erreichte.

Auf dem Joch machten sie Rast. Kernen schien erholt und biss mit Appetit in ein Käsebrot. Andrea warf ihren Gaskocher an, kochte Kaffee. Die drei Touristen waren verschwunden.

Während sie tranken, flötete ihr Handy, es war Daniel. «Wieder im Fels, Bergführerin?»

«Heute im Schnee.»

«Nasse Füsse?»

«Gute Schuhe. Was willst du?»

«Ich bin in der ‹Alpenrose› und suche den Champagnerkübel.»

«Der Abfalleimer steht in der Küche.»

«Ist nicht stilecht.»

«In ein fremdes Haus einbrechen zeugt auch nicht von Stil.»

«Eine Wetterfront zieht auf. Du willst mich doch nicht im Regen stehen lassen.»

Sie drückte die Endetaste. «Es hat noch einen Schluck Kaffee, Walti.»

Kernen hielt ihr den Becher hin. «Wenn du ins Tal musst, geh nur. Ich möchte hier noch ein Weilchen sitzen. Finde den Weg allein.» Er griff in die Aussentasche seines Rucksacks, zog Pfeife und Tabak hervor.

«Ich darf einen Gast nicht allein am Berg zurücklassen.»

«Das ist doch ein Wanderweg. Ich rauche noch gemütlich ein Pfeifchen, hänge ein bisschen meinen Erinnerungen nach.»

Er erhob sich, legte seine Hände auf ihre Schultern. «Du hast mir eine grosse Freude gemacht, Andrea. Lass mich jetzt allein.»

Er sah sie an, sein Adamsapfel zuckte, er schluckte leer. Dann drehte er sich abrupt um, hockte auf seinen Rucksack. «Geh nur, geh.» Tränen rannen ihm über die Wangen in den Bart.

Sie packte den Kocher ein, schnallte den Pickel auf. «Also dann. Hast du ein Handy?»

«Brauch ich nicht.»

Es war ihr peinlich, dass er weinte. Etwas bewegte ihn im Innersten, aber sie wusste, dass sie von dem verschlossenen Mann nie erfahren würde, was es war. Eine alte Geschichte, die Erinnerung an Töni, an den Tod seines Onkels. An ihre gemeinsamen Abenteuer. Er wollte allein sein mit seinen Gedanken und Geheimnissen. Der Weg war gut markiert, er kannte ihn, das Wetter würde noch eine Weile halten.

«Dann also.» Sie nahm ihren Rucksack auf.

«Danke für den Kaffee. Und für alles.»

Unter der Felsstufe mit dem Drahtseil schaute sie nochmals zurück. Sah ihn auf den Felsblöcken im Joch sitzen, bewegungslos und grau wie eine Figur aus Stein. Sie winkte, er hob die Hand, in der er die Pfeife hielt.

22

Suna sprach mit den Fremden, begleitete ihren Wortschwall mit heftigen Handbewegungen. Magnus verstand nichts. In ihren Augen spiegelte sich das Feuer. Die Männer sassen mit verschlossenen Gesichtern am Tisch, zupften ihre Schnauzbärte. Sie antworteten einsilbig, meist nickten sie nur. Ihre Hände lagen auf den Knien. Erschöpft waren sie, rochen nach Schweiss. Ab und zu schob sich einer ein Stück Käse oder Brot in den Mund, kaute andächtig, spülte einen Schluck Wasser nach. Wein tranken sie nicht. Der Ältere besass nur noch wenige braune Zähne, beim

Kauen verzog er sein Gesicht, als ob sie ihn schmerzten. Die Schirmmützen behielten sie auf dem Kopf.

Iwan hatte ihre Schuhe an Fleischhaken über den Ofen gehängt, sie waren durchweicht vom nassen Schnee. Er sass den Männern gegenüber, den Kopf auf die Fäuste gestützt, hob ihn nur, wenn er sich Wein nachschenkte. Auch er schien kein Wort der fremden Sprache zu verstehen.

«Was sind das für Männer?», fragte Magnus.

Iwan fuhr auf, als sei er eingenickt. «Sie helfen uns auf der Alp.»

«Mit Turnschuhen?»

«Nur ein paar Tage. Suna muss weg. Du bist uns ja keine Hilfe.»

Iwan log, er wich seinem Blick aus.

«Ich hab sie geholt, drüben.»

«Ja klar, ist schon gut.» Iwan leerte sein Glas, fuhr sich mit der Hand über den blanken Schädel. «Ich muss zum Vieh.» Er stemmte sich hoch.

Die beiden Männer standen ebenfalls auf. Suna bedeutete ihnen, sitzen zu bleiben, redete weiter auf sie ein. Mit misstrauischem Blick sahen sie Iwan nach, der in seine Stiefel stieg und ins Freie trat. «Es regnet!», rief er von draussen herein.

Suna übersetzte. Die Männer rückten näher an den Tisch, schienen Fragen zu stellen. Suna antwortete halblaut, als fürchte sie, Magnus könnte etwas verstehen. Jetzt blickten sie zu ihm. Der Ältere streckte seine Hand über den Tisch.

«Er möchte dir danken», sagte Suna. «Gib ihm die Hand.»

Magnus ballte Fäuste in den Hosentaschen.

«Gib ihm die Hand. Es verletzt ihn, wenn du ihm die Hand nicht gibst.»

«Was sind das für Männer?»

«Gib ihm jetzt die Hand!» Sie packte ihn am Oberarm.

Magnus streckte seine Hand über den Tisch, spürte einen

harten Druck. Hornhaut, eine Hand, die zupacken konnte, auch wenn sie nur drei Finger hatte. Vielleicht auch zuschlagen.

«Was sind das für Männer?»

«Alpknechte.»

«Woher kommen sie?»

«Von drüben.»

«Drüben spricht man nicht so. Was ist das für eine Sprache?»

«Arabisch», sagt Suna.

«Das kannst du?»

Sie schüttelte ihre Filzlocken. «Meine Mutter stammt aus Algerien.»

«Die Männer auch?»

Jetzt mischte sich der Ältere ein, wollte wohl wissen, was Magnus fragte. Suna übersetzte. Der Mann nickte, knöpfte sein Hemd auf, zog einen Lederbeutel hervor, den er um den Hals trug. Er schnürte ihn auf, reichte Magnus einen Geldschein.

Magnus betrachtete das Geld, dann legte er den Schein auf den Tisch zurück.

«Du musst das annehmen. Es ist sonst eine Beleidigung.»

«Fremdes Geld. Kann ich nicht brauchen.»

«Zwanzig Dollar. Amerikanisches Geld. Kannst du auf der ganzen Welt brauchen. Und jetzt bedankst du dich.»

Amerika, das Land der Waljäger, kam Magnus in den Sinn. Er wollte nach der Banknote greifen, da ging die Tür auf, ein Windstoss fegte sie vom Tisch. Iwan stampfte herein, seine Plastikregenhaut tropfte. «Scheisswetter!»

Magnus bückte sich, hob die Dollarnote auf und steckte sie in den Hosensack. Er setzte seinen Hut auf. «Ich geh jetzt ins Heu.» Er blieb vor dem Alten stehen, sagte: «Danke.»

Der Mann verzog sein knittriges Gesicht zu einem Lächeln, nickte ihm zu.

Magnus trat vor die Hütte. Kalt klatschte ihm der Regen ins Gesicht. Er stapfte über den Vorplatz zum Heuschober.

23

Sie stiess die Tür zur Gaststube auf, warf ihren Rucksack neben dem Schanktisch auf den Boden. Sah Daniel im Halbdunkel vor der hinteren Wand stehen, er wandte ihr den Rücken zu. Etwas breiter war er geworden, die Haare gelichtet. Sie erkannte ihn an der Geste, wie er an seinen Ohrring griff.

«Was suchst du hier?»

Er wandte sich nicht um, sprach gegen die Wand mit den alten Fotos: «Die alte gute Zeit.»

«Und wie bist du eingebrochen?»

«Dein Schlafzimmerfenster war nur angelehnt. Wäre beinahe abgestürzt.»

«Darin hast du ja Erfahrung.»

«Kann man wohl sagen.» Er trat auf Andrea zu, hielt sie an beiden Armen fest und küsste sie auf den Mund. Sie liess es geschehen und vergass für einen Augenblick, wie er mit ihr gespielt hatte und dann verreist war, zwei Jahre nach Israel. Opfer von Bombenattentaten zusammenflicken, hatte er gesagt, interessanter Job. Weiterbildung. Sie fand das makaber und zynisch. Nie hatte er angerufen. Seine E-Mails waren selten geworden, von seinem Unfall hatte er nichts geschrieben. Die Kollegen aus der Kletterszene hatten davon erzählt, und dabei mit Genuss seine Affäre mit einer israelischen Ärztin erwähnt. Worauf ihn Andrea für alle Zeit aus ihrem Sinn verbannt hatte. Sie machte sich los.

«Noch immer stark», sagte er. «Welchen Schwierigkeitsgrad schaffst du?»

«Neun mehr als du. Du kletterst wohl nur noch an Hausfassaden.»

«Hab ein Trauma. Seit meinem Fehltritt am Toten Meer.»

«Meinst du den Absturz oder deine Affäre?»

«Ich habe immer nur dich geliebt, Andrea.» Er wollte sie umarmen, aber sie schob ihn weg. Beleidigt trat er vor die Wand mit den vergilbten Fotos und den Ringen auf dem Verputz, wo einst Gämshörner und Hirschgeweihe gehangen hatten. Er tippte auf ein Foto der Plattenburg, die punktiert eingetragene Route der Westwand. «Töni, der alte Wirt, hat sie zum ersten Mal geklettert.»

«Willst du sie gehen?», fragte Andrea. «Auf der Suche nach der alten guten Zeit?»

«Eine Bruchwand. Du bist letzthin durchgestiegen. Wozu?»

«Wozu klettert man auf Berge? Das weisst du selber am besten.»

Daniel angelte sich einen Stuhl, setzte sich rittlings. «Früher habe ich gemeint, ich wisse es.»

«Man steigt auf Berge, weil sie da sind.»

«Mallory hat das geschrieben. Am Everest verschollen.»

«Verschollen wie du.»

«Jetzt bin ich wieder da», sagte er. «Würde auch gerne wieder klettern. Mit einer schönen und starken Bergführerin.»

Sie ging zum Schanktisch, hob ihren Rucksack auf. «Entschuldige. Ich bin müde und verschwitzt. Muss duschen.»

Er blieb sitzen, legte den Kopf auf die verschränkten Arme. In Gedanken wohl in der alten guten Zeit, wie er das nannte, als er noch der verrückteste Kletterfreak der Gegend war. Er hatte sich verändert, sein Gesicht war härter geworden, über seine Stirn zog eine Narbe. Etwas Polster hatte er angesetzt.

Andrea liess sich Zeit, duschte ausgiebig, wusch sich die

Haare, fönte sie und liess sie offen. Sie griff sogar wieder mal zum Lippenstift, tupfte aus einem Musterfläschen etwas Parfum hinter die Ohren. Der unerwartete Besuch erregte sie mehr, als sie sich eingestand. Wann war sie das letzte Mal mit einem Mann zusammen gewesen? Alles nur kurze hoffnungslose Affären, verdrängt und vergessen.

Draussen war es dunkel, als sie wieder in die Gaststube trat. Es duftete nach Toastbrot, ein Tisch war gedeckt, Kerzenlicht spiegelte sich im Fenster. Das Wetter hatte umgeschlagen, ein Windstoss trieb einen Schwall Regen gegen die Scheiben. Daniel sass am gedeckten Tisch, als sei er der Hausherr und der Gastgeber.

«Was soll das?»

«Ich hab dir ja gesagt, dass ich Schampus dabei habe. Unser Wiedersehen.»

«Ich trinke keinen Alkohol.»

«Weiss ich doch.»

Er griff sich die Flasche aus dem Sektkübel, den er im Haus aufgestöbert hatte, begann den Drahtverschluss aufzudrehen. «Alkoholfrei!»

Andrea spürte, wie hungrig sie war, als sie die Teller mit Lachs, Zitrone und Kapern sah, die Oliven, Artischocken, das Trockenfleisch, den französischen Weichkäse. «Leider habe ich nirgends eine Pfeffermühle gefunden», sagte Daniel. «Setz dich, du magst sicher einen Bissen nach deiner Schneestampferei.»

Der Korken knallte gegen die Decke, er schenkte den Sekt in Weingläser. «Auch nicht ganz stilecht.» Er hob ein Glas, grinste, als habe sie ihn bei einem Bubenstreich ertappt. «Auf unser Wiedersehen, Andrea. Und auf dein Haus.»

«Mit Einbrechern stösst man sonst nicht an.» Sie prostete ihm zu, die Gläser berührten sich mit einem Klick.

Sie assen und tranken, erzählten sich Anekdoten, sahen sich in die Augen, brachen plötzlich ohne Grund in Lachen aus. Sie erzählte vom Schreiner, seinem eigenartigen Wunsch, die Plattenburg zu besteigen, nachdem er den Estrich gegen die Marder abgedichtet hatte.

Daniel erinnerte sich an Töni, den Wirt und Bergführer, dem er hie und da begegnet war. Vom abgeschnittenen Seil wisse er nichts. Er schenkte nach. «Es wäre schön, wenn es hier wieder ein Restaurant oder ein Café gäbe. Für die Bergsteiger, Wanderer, die Leute aus dem Dorf. Mit Gästezimmern und allem Drum und Dran.»

«Zuerst muss ich meine Kletterschule wieder in Schwung bringen. Dann sehen wir weiter.»

«Hast du nicht mal im Service gearbeitet?»

«Klar, ich bin vom Fach. Möchtest du dich als Koch bewerben? Es gibt ohnehin zu viele Ärzte.»

«Heute möchte ich aber dein Gast sein.» Er suchte ihren Blick.

Sie trank ihr Glas aus. «Die Gästezimmer sind noch nicht eingerichtet.»

«Einen Schlafsack hast du doch.»

«Klar, und eine Matte auch.» Sie holte ein Tablett und begann abzuräumen. Dachte dabei an den Marder, der immer zurückkehrte, wenn er einmal seine Duftspur gesetzt hatte.

24

Der Regen erzählte Geschichten. Leise Stimmen, das Rieseln auf dem Schieferdach des Schobers. Der Ablauf gluckste, als habe er den Schluckauf. Eine Dachtraufe leckte, Wasser plätscherte auf Steinfliesen. Der Regen erzählte vom Meer. Schwere See, das

Schiff rollt in der Dünung, Magnus hält sich an der Reling fest, schaut der Mannschaft zu, die Boote bereit macht. Ein Alter, braunes Gesicht, eine Klaue statt einer Hand, umklammert die Harpune. Ein Glatzkopf humpelt übers Deck, er hat nur ein Bein, das andere ist ein Walfischknochen. Der Kapitän, dem der weisse Wal ein Bein abgerissen hat.

Magnus schreckte auf, er zitterte. Er drückte die Fäuste zwischen die Oberschenkel, grub sich tiefer ins Heu. Stellte sich vor, wie die Boote zu Wasser gehen in der kochenden See, wie sie rudern, sich schinden und er ihnen nachschaut. Der Kapitän steht in einem von ihnen, neben ihm der Alte mit der Harpune. Dann taucht in den Wogen ein Schatten auf, der Wal! Der weisse Wal! Rufen will er, seine Stimme versagt. Er will aufspringen, doch sein Körper fühlt sich an wie Blei, das feuchte Heu umschlingt ihn wie ein Krake. Er kämpft, kann sich endlich befreien.

Der Regen hatte nachgelassen, der Ablauf gluckste leise. Es war ihm, als ob jemand seinen Namen rufe: Magnus! Magnus!

Er kroch aus seinem Loch, hielt sich mit klammen Händen an einem Balken fest, spähte durch eine Ritze zwischen den Wandbrettern des Schobers. Schwarze Nacht und Nebel. Wieder glaubte er, seinen Namen zu vernehmen, dicht an der Wand unter ihm. Magnus, Magnus! Vaters Stimme, leise und heiser. Komm heim, Magnus. Alles ist gut. Sandra ist weg, kommt nie wieder. Nur wir zwei, nur wir zwei.

Vater, wollte Magnus antworten. Doch seine Stimme versagte, ausgetrocknet vom Heustaub. Kein Laut drang aus der Kehle.

Plötzlich schien Licht auf bei der Hütte. Zwei Gestalten traten unter die Tür, der Glatzkopf und der Alte. Der Strahl einer Taschenlampe fingerte durch die Nacht, Nebeltröpfchen glitzerten wie schwebende Diamanten. Der Lichtstrahl tastete über den Vorplatz, der Wand des Heuschobers entlang. Magnus drückte sich ins Heu. Hörte Stimmen, Rufe, Schritte. Dann schlug die Tür zu. Es war wieder dunkel.

Magnus zitterte vor Kälte, kroch in sein Loch zurück. Lauschte lange, das Ohr nahe der Wand. Hörte den Regen, das Stampfen einer Kuh im Stall, das Murmeln des Wassers im Ablauf. Die Stimme des Vaters war verstummt.

25

Sie erwachte, weil ein Fensterladen gegen die Wand schug, heftig und immer wieder. Dann war längere Zeit Stille, bis ein Windstoss den Laden wieder zuwarf. Sie stand auf, öffnete das Fenster. Regentropfen schlugen ihr ins Gesicht. Sie band den Laden mit einem Stück Reepschnur fest, dabei wurde sie völlig durchnässt. Daniel drehte sich im Schlafsack um: «Ist was?» Er lag auf einer Matte neben ihrem Futon.

«Sturm.» Sie trocknete ihre Haare im Bad, schlüpfte zurück unter die Decke, lauschte dem Wind und Daniels Atemzügen. Im Schlaf knirschte er mit den Zähnen. Er hatte sie nicht bedrängt, hatte ihr einen Gutenachtkuss gegeben, als seien sie ein altes Ehepaar. Sie hatte erwartet, dass er in der Dunkelheit nach ihr taste, mit ihren Haaren spiele, ihre Nähe suche, doch er war gleich eingeschlafen. Sie lag lange wach, liess ihre Gedanken schweifen.

Nach Mitternacht schrillte das Telefon in der Gaststube. Sie blieb eine Weile liegen. Als das Klingeln nicht aufhörte, stand sie auf, taumelte ins Treppenhaus. Auf den ausgetretenen Stufen rutschte sie aus, prallte mit der Hüfte an den Handlauf, stiess einen Schrei aus.

«Hast du dir weg getan? Kann ich helfen?» Licht ging an, Daniel stand in T-Shirt und Unterhosen oben an der Treppe.

«Ich brauche keinen Arzt.»

«Dann geh doch endlich ans Telefon.»

«Welcher Idiot ruft denn mitten in der Nacht an?» Sie massierte ihren Hüftknochen.

«Vielleicht ein Rettungseinsatz.»

«Dann käme der Anruf aufs Handy.»

Andrea tastete sich durch die Gaststube zum Apparat an der Wand hinter dem Schanktisch, meldete sich mit «Hallo!».

Es war die Frau des Schreiners. «Walti ist nicht nach Hause gekommen. Er war doch mit Ihnen auf dem Berg.» Sie war aufgeregt, wurde immer lauter: «Wo ist mein Mann? Wo ist Walti?»

«Mein Gott», entfuhr es Andrea. «Warum rufen Sie erst jetzt an?»

«Warum, warum, darum! Er war mit Ihnen, Sie sind die Bergführerin. Sie müssen wissen, wo er steckt!»

«Er ist allein vom Joch abgestiegen, er kennt den Weg.»

«Warum ist er nicht nach Hause gekommen? Walti ist krank, wenn Sie das nicht gemerkt haben, Sie, Sie … Sie haben ihn im Stich gelassen. Einen kranken Menschen.»

Andrea verstand nicht mehr, was sie sagte, die Frau schluchzte und zeterte. Daniel trat herein. «Ist was?»

Andrea verschloss mit einer Hand die Sprechmuschel, der Hörer zitterte in ihrer Hand. «Der Schreiner ist nicht nach Hause zurückgekehrt.»

Die Stimme der Frau überschlug sich: «Sind Sie noch da? Da ist doch noch jemand. Er ist bei Ihnen!»

Andrea hob den Hörer wieder ans Ohr. «Da ist niemand.»

«Sie lügen! Ich habe eine Stimme gehört. Walti? Ist Walti dort? Er soll sofort nach Hause kommen. Sonst ruf ich die Polizei.»

«Ihr Mann ist nicht hier.» Andrea hängte den Hörer an den

Haken, hielt sich am Schanktisch fest. In ihrem Kopf war ein Bild eingebrannt. Der einsame Mann, den sie auf dem Joch zurückgelassen hatte. Vielleicht sass er noch immer zwischen den Felsbrocken, die Hand mit der Pfeife erhoben, erfroren im Sturm. «Warum ruft sie erst jetzt an?», murmelte sie.

Daniel fuhr ihr über die Haare. «Jetzt hast du ein Problem, Andrea.»

«Ich weiss», sagte sie.

26

Trotz dem Regen und dem heftigen Wind spürte Daniel die Nähe der Hütte, bevor er sie sehen konnte. Der Geruch von warmer Asche, von staubigen Wolldecken, durchtränkt vom Schweiss von Generationen, schlug ihm entgegen und erinnerte ihn an die Tage und Nächte, die er in der Kletterhütte verbracht hatte. Endlose Regentage, Abende voller Unrast vor grossen Routen. Gerüche sind die stärksten Erinnerungsträger, sagten Neurologen, der Geruchssinn ist der älteste Sinn des Menschen, die Ursäugetiere orientierten sich mit der Nase.

Der Lichtkegel der Stirnlampe traf auf die verwitterte Holzwand, glitt über die verschlossenen Fensterläden und die verrostete Dachrinne. «Nichts hat sich verändert», sagte er. Die Hütte stand wie einst, eine ausgediente Militärbaracke zwischen Felsblöcken. Der Anblick ergriff ihn zutiefst. Die Hütte gehörte zum wenigen, was blieb, während seine Welt sich unablässig veränderte. Das Gefühl, auf festem Boden zu stehen, verlieh ihm Energie, er fühlte sich auf einen Schlag wieder jung und voll Feuer wie einst.

Andrea rüttelte an der Türfalle. «Geschlossen. Hier ist er nicht.» Trotzdem holte sie den Schlüssel aus dem Versteck, versuchte aufzuschliessen, doch das Schloss klemmte. Nervös riegelte sie mit dem Schlüssel, schlug mit der Faust aufs Holz.

«Pass auf, du brichst ihn ab! Lass mich mal.» Daniel zog den Schlüssel heraus, steckte ihn sorgfältig wieder ein, zog an der Türfalle, während er ihn drehte. Das Schloss sprang auf. «Take it easy», sagte er. «Wenn die Luft feucht ist, klemmt die Tür. Das war früher unser Hygrometer. Ging das Schloss, dann konnten wir am andern Tag klettern.»

Andrea leuchtete die Hütte ab, die Küche, den Schlafraum, die Pritschen, suchte unter Tischen und Bänken. Die Wolldecken waren aufgeschichtet, die Kissen mit den karierten Überzügen lagen durcheinander. «Wird die Hütte noch benutzt?», fragte er.

«Gelegentlich. Auch von Leuten, die sich nicht einschreiben, nicht bezahlen. Die Bergführer brauchen sie nicht mehr.»

«Notschlafstelle im Gebirge?» Daniel legte die Hand auf den Herd. «Kürzlich hat da jemand gekocht.»

«Magnus vielleicht.» Andrea erzählte von einem Jungen aus dem Dorf, den sie in der Hütte angetroffen hatte, ein seltsamer Gast. Streifte durch die Gegend mit Militärrucksack und Feldstecher.

«Man wird Spuren sichern müssen», bemerkte Daniel und wusste sogleich, dass er besser geschwiegen hätte. Andrea wollte bestimmt nicht an den Mord in der Gegend erinnert werden, und auch nicht an die gemeinsame Nacht in der Hütte, als er sie nach einer Winterbesteigung der Sila verpflegt und verarztet hatte.

«Keine Spur», sagte sie. «Wir müssen weiter.»

Er schloss die Hütte ab, hängte den Schlüssel an den Nagel im Versteck. Leuchtete in den Holzschopf, der fast leer war. Eilte dann dem Strahl ihrer Stirnlampe nach, der wie ein aufgeregter

Glühwurm durch die Nacht irrte. «Wart auf mich», rief er, doch sie stieg unerbittlich weiter, als habe sie ihn nicht gehört.

27

Es dämmerte, als sie das Joch erreichten, schwitzend vom raschen Aufstieg durch die Nacht und durchnässt vom Regen, der ihnen kalt ins Gesicht schlug. In der Höhe hatte er sich mit Schnee vermischt, auf dem Joch lag er schon schuhtief. Es war viel zu kalt für die Jahreszeit, der Wetterumschlag hatte einen Temperatursturz gebracht, die sogenannte Schafskälte. Immer wieder waren sie stehen geblieben, hatten gerufen, gelauscht, doch der Sturm verwehte ihre Stimmen. Schneerutsche fegten über die Felswände.

Andrea kauerte unter einem Block, der notdürftig schützte. Sie setzte den Gaskocher in Gang, stellte die Pfanne unter eines der vielen Rinnsale, die über die Felskante rieselten. Daniel erzählte von einem Biwak, einer eiskalten Nacht ohne Ausrüstung an der Sila: «Die erste Nacht überlebt man immer.»

Sie hatte nicht richtig hingehört. Von welcher ersten Nacht erzählte er? Er redete auf sie ein, versuchte, sie mit seinen Geschichten zu beruhigen.

«Vergiss es», murmelte sie. Rührte Kaffeepulver ins kochende Wasser, drückte Kondensmilch dazu.

«Die erste Nacht am Berg überlebt jeder. Sagte damals mein Copain. Auch dein Schreiner wird's überstehen.» Daniel knabberte einen Getreideriegel. Dann zog er seine Wanderschuhe aus, die völlig durchweicht waren, rieb sich die Füsse.

«Hast du nicht Dienst heute?»

«Das ist ein Notfall.» Er schien es zu geniessen, am Berg herumzuirren statt im Spital seine Unfallopfer zusammenzunähen.

Trotz Sturm und Kälte war er in aufgeräumter Stimmung. Schwelgte in Anekdoten von einst, als es am Berg immer um Leben und Tod gegangen war. Im Spital erwarte man ihn erst zum Nachtdienst.

Andrea war froh, dass er sie begleitete. Nachdem sie unvermittelt den Halt verloren hatte, ins Rutschen geraten war, brauchte sie jemanden, der sie ans Seil nahm, sie sicherte, wieder aufbaute.

«Der Mann kennt sich doch aus, ein Einheimischer. Hat sich im Nebel verlaufen und ist in einer Alphütte untergekrochen.»

Sie dachte wieder an Magnus, den seltsamen Jungen. Er hatte sich erneut in der Kletterhütte aufgehalten. Hatte er etwas mit der Sache zu tun? Vielleicht hatten auch andere Leute in der Hütte übernachtet. Sie hatte von Illegalen gehört, die über die Grenze kamen. «Etwas geht vor an diesem verdammten Berg», stiess Andrea hervor.

«Du siehst Gespenster», sagte Daniel.

Er hatte recht. Milchiges Morgenlicht lag auf den Felsblöcken, die vor Nässe glitzerten und weisse Kappen trugen. Sie sah hingekauerte Gestalten, tanzende Schemen in den Nebelfetzen, die der Wind über das Joch riss, hörte Stimmen im Rauschen von Wind und Wasser, Gesichter in den Wänden, Hilferufe, Gelächter.

«Ja, ich sehe Gespenster.» Sie versuchte, einen klaren Gedanken zu fassen. «Als wir von der Plattenburg abstiegen, sah ich drei Leute von der andern Seite heraufkommen. Später waren sie verschwunden.»

«Du meinst, die drei hätten deinem Schreiner aufgelauert, ihn entführt oder ermordet?» Daniel hauchte in die Hände. «Kalt ist es, verdammt nochmal.»

«Er hatte etwas mit Anita, er hat sie im Spital besucht.»

«Mit Anita hatten viele was. Du meinst, wir seien einem Eifersuchtsdrama auf der Spur?»

«Ach, hör doch auf!» Andrea formte mit den Händen einen Trichter, schrie in den Nebel: «Hallo Walter! Hallo!» Es war nicht einmal ein Echo zu vernehmen, der Wind blies noch immer heftig. Sie griff nach ihrem Rucksack.

«Wohin geht's?», fragte Daniel.

«Wir suchen das Karrenfeld ab, die Silberplatte. Vielleicht ist er im Nebel auf die falsche Seite abgestiegen.» Sie konnte es sich eigentlich nicht vorstellen. Kernen kannte sich aus, der Weg war gut markiert. Mehr als anderthalb Stunden hätte er nicht gebraucht, um ins Dorf zu gelangen. Hatte er sich abgesetzt? Seine Frau schien ein Drache zu sein, so wie sie ins Telefon geschrien hatte. Warum hatte sie erst in der Nacht angerufen? Da stimmte doch einiges nicht.

Ich würde so gerne nochmals auf den Berg, hatte er sich gewünscht. Nochmals. War das eine Botschaft, ein Abschied? Nochmals bevor? Je länger sie darüber nachdachte, desto wütender wurde sie auf ihn. Nicht sie hatte ihn im Stich gelassen, sondern er sie. Warum musste er noch eine Pfeife rauchen? Er hatte doch das Rauchen aufgegeben. Krank sei er, hatte seine Frau behauptet. Krank war er ihr auch vorgekommen am Berg.

Andrea biss die Zähne zusammen, die Kälte kroch von den Beinen ins Becken, die Prellung an der Hüfte schmerzte. Durchfroren und zerschlagen fühlte sie sich. Am liebsten wäre sie auf der andern Seite abgestiegen, im andern Land, hätte sich davongemacht wie einst, nach Kalifornien, ins Yosemite. Jetzt war die Zeit der Big Walls, der sonnenwarmen Granitwände. Weg wollte sie! Fort aus all der Verantwortung, die wie eine Lawine über sie hereingebrochen war. In diesem kalten Moment hasste sie alles, das Haus, das Dorf, den Schreiner und sogar Daniel, der jetzt vorausschritt, vorsichtig über die scharfen und glitschigen Kalkkanten und Spalten hinweg, und dazu eine Melodie pfiff. Sie verabscheute die Sorglosigkeit des Herrensöhnchens, den Zynismus des Arztes. Auch er war schuld an ihrem Problem, unverhofft war er aufgetaucht, hatte angerufen, war in die «Alpenrose» und in ihre Welt eingebrochen.

Sie schritt hinter ihm her, und unvermittelt erfasste sie eine Welle der Zuneigung. Er war mit ihr gekommen ohne Frage, mitten in der Nacht, in lumpigen Trekkingschuhen und einer billigen Regenhaut. Trotz der Gefühle, die sie wie Wechselfieber schüttelten, versuchte sie einen klaren Kopf zu behalten. Als das Gelände steiler wurde, ging sie wieder voran.

Eine feuchte Schneeschicht bedeckte die Silberplatte, Spuren fanden sie nicht. Nach einer Stunde gaben sie auf, kehrten zurück zum Joch.

«Und nun?» Daniel rieb seinen Ohrring, sein Ausdruck hatte sich verändert, als habe er den Ernst des Problems begriffen.

«Die Rettungskolonne aufbieten.»

Ihre Daumennägel schmerzten, so heftig hatte sie an ihnen gekaut.

Er trat auf Andrea zu, hielt ihre Hände fest. «Ich lass dich nicht hängen.» Er streifte die Kapuze ihrer Windjacke nach hinten, kämmte ihre nassen Haare mit seinen Fingern. Dann küsste er sie auf den Mund, auf ihr Gesicht, auf ihre geschlossenen Augen.

Andrea machte sich los, zog ihr Handy aus der Tasche, rief die Bergsteigerschule in Pratt an. Frick war schon im Büro.

«Andrea, wo steckst du?»

«Auf dem Joch.»

«Schneit es dort oben?»

«Ein paar Zentimeter.»

«Sauwetter. Was verschafft mir die Ehre?»

«Rolf», sagte sie. «Ich hab Scheisse gebaut.»

Er hörte ihr zu, gab keinen Kommentar. «Wir übernehmen das. Komm runter, sonst holst du dir einen Schnupfen.»

28

Der Kuhhirt war Daniel auf Anhieb unsympathisch. Kahler Schädel, eine Stimme, als leide er an Kehlkopfkrebs. Die Alpleute waren nie seine Freunde gewesen, aber eine solche Gestalt hatte er doch nicht erwartet. Der Skinhead hockte auf dem Melkstuhl unter einer Kuh, fummelte an ihrem Euter herum, setzte die Zitzenbecher der Melkmaschine an. Ein Blinder sah, dass der Typ wenig Spass an der Alpwirtschaft hatte. Seine Hände waren schmutzig, aber es waren keine Bauernhände. Ein Aussteiger aus dem Unterland, das hörte man auch an seinem Dialekt.

Der Alphirt bequemte sich nicht, sich zu erheben, zum Gruss spuckte er neben den Melkkessel in den Mist. Durch blinde Scheiben drang nur spärlich Licht in den Stall, keine Lampe brannte, obwohl hinter der Hütte ein Generator knatterte und Dieselgestank verbreitete. «Grüss Gott auf der Alp», sagte Daniel.

«Geh mir aus dem Licht!», krächzte der Glatzkopf unter der Kuh hervor.

«Meinst du die Kuh oder mich?», gab Daniel zurück.

Der Alphirt stand auf, schaute über den Kuhrücken hinweg zur Stalltür, wo Andrea am Pfosten lehnte. «Aha, die Bergführerin! Mit Begleiter. Wollt ihr ins Heulager?» Er strich der Kuh über den Rücken, sie stampfte unruhig, peitschte mit dem Schwanz die Luft. Ihre Hinterbacken waren mit Kuhdreck verkrustet.

«Macht ihr immer noch Käse hier?»

«Die Zeiten sind vorbei. Wir liefern die Milch ins Tal.»

«Mit dem Schrottmobil, das in der Nacht auf dem Parkplatz stand?»

«Bist du Polizist?»

«Nein, Ethnologe.»

«Dann hau ab zu den Buschmännern.»

Der Alphirt bückte sich, zog der Kuh die Zitzenbecher vom Euter, stiess sie mit dem Ellbogen in die Seite, um Platz zu schaffen, und setzte sie der nächsten an. Die Tiere standen auf dem nackten Boden ohne Stroh, trampelten im eigenen Kot herum. «Sauwetter … Selbst dem Vieh ist's verleidet.»

Er schleppte den Kübel der Melkmaschine durch den Gang, leerte die Milch in eine Kanne.

Daniel folgte ihm. «Wir suchen einen Vermissten. Hast du jemanden beobachtet?»

«Einen Buschmann?» Der Alphirt bohrte mit dem Daumen in der Nase, rollte den Rotz zwischen den Fingern.

«Den Schreiner vom Dorf.»

«Kenn ich nicht. Wir sind nicht von hier.»

«Wir?»

«Die schöne Sennerin und ich.»

«Aussteiger also.»

«Einsteiger!» Er grinste. «Lieber die Schneegebirge im Rücken als die bösen Menschen.»

«Deine Schöne ist also zu Tal gefahren. Wozu?»

Der Glatzkopf stellte den Kübel auf ein Tablar, griff nach einer Schaufel, begann, Kuhfladen zwischen den Beinen der Kühe in den Jauchegraben zu kratzen. «Mit der Milch natürlich, Bulle.»

«Seh ich so aus?»

«Gut genährt wie Commissario Brunetti.»

«Keep cool, Mann. Wir suchen einen Vermissten. Vielleicht

hat er Autostopp gemacht, und deine Schöne hat ihn mitgenommen.»

«Du meinst, sie sei mit einem Holzwurm durchgebrannt?»

«Vielleicht hat sie das lustige Alpleben satt? Wo ist sie denn?»

«Geht dich einen Scheiss an!» Der Kuhmist klatschte Daniel
unvermittelt ins Gesicht, verklebte seine Brille, er sah nichts
mehr, hustete und spuckte und fluchte, wollte sich auf den
Glatzkopf stürzen, ihn in den Jauchegraben drücken, mit Kuhscheisse abreiben.

«Raus hier!» Andrea packte seine Hand, riss ihn durch die
Tür ins Freie.

«Dieses verdammte Schwein!» Daniel ballte Fäuste. «Dem
geb ich's.» Er zitterte vor Wut.

«Lass das.» Sie versuchte ihn zu beruhigen, hob die Brille von
seiner Nase, wusch ihm am Brunnen das Gesicht mit Papierta-
schentüchern, spülte seine Brille unter dem Wasserstrahl, tauchte seine Regenhaut in den Trog, schüttelte sie aus.

Der Glatzkopf trat unter die Stalltür, die Schaufel mit einer
neuen Ladung in der Hand. «Noch eine Frage?» Er hob die Schaufel an.

Sie zogen es vor, zu verschwinden.

«Kennst du den Typ», fragte Daniel beim Parkplatz.

«Er sei das erste Mal auf der Alp, hab ich gehört. Die finden
hier keine richtigen Sennen mehr.»

«Warum kennt er dich?»

«Keine Ahnung. Vielleicht aus dem Fernsehen.» Daniel erinnerte sich, dass man sie bei ihrer Winterbesteigung der Sila für die
Tagesschau gefilmt hatte. Aber das war schon ein paar Jahre her.

«Da stimmt doch etwas nicht, dass der Kerl so aggressiv rea-
giert. Das ist doch nicht normal.» Er fragte sich, ob er Anzeige
erstatten sollte. Verwarf den Gedanken wieder. Auch er hatte

nichts übrig für Polizisten. Nur für die Polizistentochter, die schweigend neben ihrem Jeep stand und ihren Blick über die Berge schweifen liess. Der Nebel hatte sich gehoben, die Felswände über der Alp waren verschneit wie im Winter. Ein kalter Wind blies vom Joch her.

29

Vor der «Alpenrose» parkten Geländewagen, Männer in Faserpelzjacken standen herum, die Hände in den Hosentaschen. Die Rettungskolonne. Gisler, der Obmann der Bergführer, hatte eine Karte vor sich, deutete mit dem Finger Routen an, teilte die Männer in Gruppen. Nebst den Führern waren Freiwillige vom Alpenclub dabei. Zwei oder drei holten ihre GPS-Geräte hervor.

«Macht noch Verbindungskontrolle mit den Funkgeräten.» Gisler kommandierte in militärischem Ton. Die Männer hoben ihre Rucksäcke auf, einer sprach ins Gerät: «Rolf antworten.»

Frick gab Antwort, dann winkte er Andrea zur Seite. «Die Schreinerin ist nicht im Haus. Hast du eine Ahnung, wo sie steckt?»

«Ich kenne sie nur vom Telefon.» Sie hatte keine Lust, der Frau zu begegnen. Sie würde eine Szene machen.

«Komische Geschichte.» Frick hängte ein Funkgerät an, fingerte daran herum. «Hast du eine Ahnung, was mit Kernen passiert sein könnte?»

Andrea erzählte, wie sie ihn im Joch zurückgelassen hatte. Mit seinem Wunsch, allein zu sein, noch eine Pfeife zu rauchen. «Von dort ist ein Weg ins Dorf.»

«Wenn ihm etwas zugestossen ist, könnte es dich die Lizenz kosten», sagte Frick mit gedämpfter Stimme.

«Ich weiss.»

«Gisler ist ziemlich sauer auf dich.»

«Der Alte meint ohnehin, Frauen taugten nicht für den Bergführerberuf.»

Das Funkgerät schaltete ein. «Rolf antworten», krächzte es aus dem Rauschen.

Frick hob das Mikrofon zum Mund. «Verstanden … alles bereit, können wir los?»

«Augenblick noch. Da kommt die Behörde.»

«Verstanden. Wir warten.»

Der BMW des Gemeindeverwalters hielt auf der Strasse, Frey stieg aus, öffnete die Beifahrertür, half einer pummeligen Frau beim Aussteigen. Sie hatte ein käsiges Gesicht, die blonden Haare zu Zöpfen geflochten und trug eine Art Tracht, einen weiten Rock und darüber eine weisse Schürze mit Stickereien.

Die Männer umringten die beiden, Gisler unterhielt sich mit dem Verwalter. Deutete zur Bergflanke, wo sich der Nebel in schmalen Bänken staute.

Andrea atmete tief durch, trat zu der Frau hin, wollte sie ansprechen, sich entschuldigen, erklären. Doch die gab einen Laut von sich wie eine Katze, die faucht, drehte ihren Kopf weg. Frey hielt sie sacht am Oberarm. «Frau Kernen geht es nicht gut.»

«Es ist ein Arzt hier», sagte Andrea.

Die Schreinerin riss sich los, trat einen Schritt auf sie zu: «Hau ab mit deinem Arzt. Verschwinde! Du machst hier alles kaputt.» Ihr fettes Kindergesicht glühte. Sie drückte es an Freys Schulter, klammerte sich an seinen Arm und begann zu schluchzen. Er versuchte sie abzuschütteln. «Schlimme Sache», stammelte er. «Ich bringe Sie nach Hause, Frau Kernen.»

Die Retter standen herum, die Rucksäcke auf den Schultern, traten von einem Fuss auf den andern. Gisler kommandierte: «Na, dann vorwärts! Ihr kennt eure Routen. Jede halbe Stunde

Verbindungskontrolle.» Er grüsste mit der Hand am Rand seiner Schirmmütze, der Gemeindeverwalter nickte ihm zu. «Viel Glück und besten Dank!»

Andrea blieb allein auf dem Platz zurück. Eine Weile stand sie noch benommen da, aufgewühlt von der Szene, erschöpft von der Suche in der Nacht. Als sie in die Gaststube trat, sass Daniel am runden Tisch, telefonierte mit dem Spital, gab Anweisungen. «Was ist?», fragte er, als er fertig war.

«Die wollen mir die Lizenz wegnehmen.» Andrea liess sich auf einen Stuhl fallen.

«Kannst ja hier eine Wirtschaft aufmachen statt der Kletterschule.»

Sie verschränkte ihre Arme auf der Tischplatte, legte ihren Kopf darauf, schloss die Augen. «Ich finde das gar nicht lustig.»

«Tut mir leid.» Er stand auf. «Ich mach dir einen Kaffee.»

Andrea hörte, wie Schranktüren auf und zu klappten, wie er an der Maschine hantierte, Dampf zischte.

Sie schreckte auf, als er eine Tasse vor sie hinstellte. Auf ihrem Unterteller lag ein Schokoladeherzchen. «Hab ich im Schrank gefunden, ein ganzes Glas voll.» Er lächelte.

30

Elf Schläge vom Glockenturm zählte er mit den Fingern. Der Turm mache die Menschen krank, hatte Vater gesagt. Es war Nacht, die Tür zur Werkstatt verschlossen. Alles dunkel. Er blickte durch ein Fenster, sah die zwei Spinnräder neben der Werkbank, mit weissen Tüchern bedeckt. Weisse Frauen, die Unglück brachten.

Die Haustür war verriegelt. Er rüttelte an der Falle, schlug mit Fäusten aufs Holz. Nichts regte sich. Vaters Lieferwagen stand im Schuppen, mit Dachlatten beladen. Er war also wirklich weg. Vermisst, hatte Iwan gesagt. Vielleicht übers Joch ins andere Land. Rettungsleute suchten ihn, die Bergführerin war dabei.

Iwan hatte sich aufgeregt, hatte ihm gedroht. Kein Wort von den Fremden! Fort waren sie, verschwunden wie der Vater.

Er hat es nicht mehr ausgehalten mit Sandra, dachte Magnus. Jeden Tag stritten sie, seit er zurück war aus dem Heim. Kein Stöhnen mehr in der Nacht. Nur immer wieder ihr Schreien und sein trauriges Murmeln. Vater wollte ihn mitnehmen. Hatte ihn gerufen in der Nacht zuvor. Vielleicht war es nur ein Traum, weil er es so sehr wünschte. Noch mehr als das Meer zu sehen, wünschte er sich, bei seinem Vater zu sein.

Magnus schritt an der Kapelle und am Glockenturm vorbei zur «Alpenrose». Der Jeep der Bergführerin stand auf dem Parkplatz, daneben ein Auto, das er noch nie gesehen hatte, ein schwarzes Kreuz neben der Nummer. Licht in der Gaststube. Er sah ihren Schatten hinter dem Vorhang. Dann ging das Licht aus. Sie trat mit einem Mann vor die Tür. Magnus konnte nicht verstehen, was sie redeten. Eine Zigarette glomm auf wie ein Stern unter den Millionen andern am Nachthimmel. Der Mann und die Bergführerin schwiegen. Die Zigarette erlosch.

Magnus schritt auf der Strasse talwärts bis zu den Ferienhäusern. Ein Auto kam ihm entgegen, die Scheinwerfer blendeten. Er setzte über den Graben, stolperte und fiel hin. Nasses Gras kühlte sein Gesicht. Der Bus des Alphirten fuhr vorbei, durchs Dorf und weiter den Berg hinan. Suna sass am Steuer, sie hatte ihn nicht erkannt.

Magnus kauerte am Strassenbord, feurige Ringe tanzten vor seinen Augen. Er fror, fühlte sich elend. Er stellte sich vor, wie er mit seinem Vater übers Joch wanderte. Wie sie drüben ein neues Leben begännen. Vater kannte Leute, er hatte drüben gearbeitet, Mutter kennengelernt. Manchmal erzählte er von früher, von seinen Bergtouren, von Kletterern in den Felsen mit Onkel Töni. In der «Alpenrose» hingen Bilder von Bergen, die Töni bestiegen hatte. Das Buch, das ihm Anita geschenkt hatte, und der Feldstecher gehörten Töni. Erinnerung an deinen Grossonkel, sagte sie. Machte ihm eine heisse Schokolade.

Magnus kletterte den Hang hinauf, klammerte sich an nassen Grasbüscheln fest. Auf einer erdigen Stelle rutschte er, kämpfte sich weiter. Hoch über ihm erhob sich das Haus des Gemeindeverwalters auf Pfeilern. Eine asphaltierte Zufahrt führte steil zum Parkplatz und den Garagen. Er erreichte einen Schachtdeckel neben dem Drahtzaun des Gartens. Unter der Terrasse parkten der BMW und der Sportwagen. Durch die Vorhänge hinter den hohen Fenstern fiel rötliches Licht über die Terrasse. Von der Seite konnte Magnus durch einen Spalt den Fernseher erkennen. Der Verwalter lehnte in einem schwarzen Ledersofa. Magnus zog sich den Feldstecher aus dem Rucksack, stellte scharf. Nun sah er den Kopf des Mannes deutlich, die nach hinten gekämmten Haare. In einer Hand hielt er die Fernbedienung. Neben ihm sass Sandra, die Beine übereinander geschlagen, der Rock weit über ihre Knie gerutscht. Magnus drehte am Fokus des Feldstechers. Auf dem Fernsehschirm sah er eine nackte Frau auf einem Bett, ein Mann kniete über ihr. Er meinte, das Stöhnen, das Knarren des Bettes zu hören.

Magnus schob den Feldstecher in den Rucksack. Er tastete über den Boden, kratzte die Erde auf, bohrte die Finger tief in den Grund, bis er auf einen Stein stiess. Er grub ihn aus, seine Nägel schmerzten. Mit aller Kraft schleuderte er den Stein gegen das Fenster. Hörte es splittern. Rutschte auf dem Hosenboden den Hang hinab. Die Stimme des Verwalters hallte durch die Nacht. Ein Fuss verfing sich in einer Staude, Magnus überschlug sich, fiel auf die Strasse.

Benommen vom Sturz blickte er in den Himmel, sah Sterne über sich, hörte Rufe oben am Hang. Alles schmerzte, sein Herz hämmerte im Kopf. In der Seite spürte er ein Stechen, bekam kaum Luft. Er drehte sich um, betastete mit der Hand sein Gesicht, warmes Blut rann über seine Finger. Dann flammte das Scheinwerferlicht eines Wagens auf, er stoppte. Eine Autotür ging, jemand beugte sich über ihn. «Mein Gott, bist du gestürzt?»

Die Stimme eines fremden Mannes. Er hob ihn hoch. Dann sah er nur noch die Sterne, den Nachthimmel und in der Ferne einen hellen Streifen. Der Horizont des Meeres.

31

Der Helikopter setzte auf der Nordseite des Jochs in einer Mulde auf. Frick sprang hinaus, rutschte auf dem Neuschnee aus, der die gefrorene Unterlage bedeckte, kippte zur Seite und fing sich mit ausgestreckten Armen auf. Andrea folgte ihm vorsichtig. Eine Fussspur war schwach zu erkennen, die im Zickzack gegen das Joch hinauf zog, weiter oben war sie verweht. An dieser Stelle hatte sie vor zwei Tagen die drei Wanderer beobachtet. Während der vergangenen Nacht hatte es aufgeklart, seit dem frühen Morgen suchten sie mit dem Helikopter den Gebirgszug ab. Auf den Alpen rund um die Plattenburg und die Hohe Platte hatten Rettungsleute jede Hütte, jeden Heuschober oder Unterstand untersucht. Auf der Nordseite war eine Kolonne der Bergwacht des Nachbarlandes aufgestiegen, hatte alles durchkämmt. Es war, als hätte sich der Berg geöffnet und den Schreiner verschluckt.

«Kannst du dir das vorstellen? Ein biederer Dorfschreiner, der sich ins Ausland absetzt?» Frick klopfte sich den Schnee von den Hosen.

«Er wollte noch eine Pfeife rauchen.» Wie er sie umarmt, wie er die Tränen unterdrückt hatte, behielt Andrea für sich. Vielleicht hatte sich Walter wirklich abgesetzt. Und sein Wunsch, die Plattenburg zu besteigen, war nur ein Vorwand gewesen.

«Seine erste Frau stammte aus dem Nachbarland», wusste Frick. «Verunglückt. Vielleicht hat er drüben Verwandte.» Er beugte sich nieder, wischte mit blossen Händen den Neuschnee von der alten Spur. «Eine Aufstiegsspur. Hier ist er jedenfalls nicht abgestiegen.» Er klappte sein Handy auf, machte ein Bild. «Dokumentation.»

«Wozu?»

«Es wird eine Untersuchung geben. Ein Mensch ist verschwunden. Könnte ein Mord sein.» Er schnalzte mit der Zunge. «Wäre nicht der erste in der Gegend.»

«Und ich die Mörderin?»

«Sorry. So war's nicht gemeint.»

Frick gab dem Piloten ein Zeichen, sie kletterten in den Helikopter zurück, der mit laufendem Rotor gewartet hatte. «Zur Basis.»

Sie setzten sich die Kopfhörer der Gegensprechanlage auf. Die Maschine stieg hoch, flog übers Joch hinweg, den Wänden der Plattenburg entlang, querte auf halber Höhe die Felsflamme der Sila, die im Licht lag. Weiss schimmerte der Kalk, durchsetzt von gelben Ausbrüchen und Überhängen. Zwei Kletterer klebten am glatten Fels, einer winkte. Schwarze Wasserstreifen zogen sich über die Wand. Wie gerne würde sie jetzt auf einer jener Routen klettern, dachte Andrea, die Nässe würde ihr nichts ausmachen.

Frick tippte ihr auf die Schulter, zog den Kopfhörer aus. «Du warst bei Anita im Spital. Wie geht es ihr?» Der Pilot sollte offenbar nicht mithören.

«Warum besuchst du sie nicht?»

«Ach, das ist so eine Geschichte …»

Er kam nicht dazu, zu erklären, der Pilot zeigte mit dem Daumen nach unten. Frick nickte. Die Maschine schraubte sich in steiler Kurve in die Tiefe. Auf dem Weg, der von der Alp gegen Westen führte, schritt eine Gestalt eilig dahin, blieb stehen, blickte nach oben, setzte dann mit einem Sprung in den Wald und verschwand. Andrea glaubte, eine grüne Jacke und einen Hut erkannt zu haben.

«Das war Magnus!», rief Frick aus. «Der Sohn des Schreiners.»

Andrea war sprachlos. Der Junge, der durch die Gegend geisterte und gelegentlich in der Hütte übernachtete, war Kernens Sohn. «Was tut der hier?»

«Sucht wohl auch seinen Vater.»

Der Helikopter strich über die Wipfel der Fichten, die nicht sehr dicht standen, zog mehrere Schleifen. Der Junge war nicht mehr zu sehen.

Sie setzten die Kopfhörer wieder auf. «Können wir landen?», fragte Frick.

«Zu steil, zu viel Wald», sagte der Pilot.

«Warum versteckt er sich?»

«Magnus tickt nicht ganz richtig», sagte Frick.

Könnte er etwas mit dem Verschwinden seines Vaters zu tun haben, fragte sich Andrea. Er hatte sich in den Wald verdrückt, als der Helikopter auftauchte. Ein Aussenseiter offenbar, der scheu und verschlossen in den Bergen herumstreunte. Der aus unerfindlichen Gründen über die Grenze ging.

Frick bedeutete dem Piloten, zur Basis zu fliegen. «Magnus war in einer Erziehungsanstalt. Ist mehrmals ausgebüxt. Die Polizei hat ihn immer wieder zurückgebracht, einmal sogar von drüben.»

«Glaubst du, auch sein Vater sei über die Grenze?»

«Vielleicht hat er ihn gesucht. Was weiss ich. Eine belastete Familie, seit die Mutter verunglückt ist vor zwei oder drei Jahren. Dann diese Stiefmutter, du hast sie ja gesehen. Kernen habe sie in Pratt im Puff kennen gelernt, erzählt man sich im Dorf.»

«Gibt es in Pratt ein Puff?»

«Andrea. Du bist doch nicht von gestern, oder?»

Alpen, Berghänge, Wälder zogen unter ihnen hinweg. Dörfer, von zerfallenden Terrassen umgeben, dann Pratt, der Ort auf dem Schwemmkegel nach der Klus, inmitten von Weinbergen. Eine Postkartenwelt. Sie flogen den Fluss entlang, das Zementwerk, der alte Steinbruch, die Autobahnraststätte, die Stadt. Am Horizont im Westen die Dampfsäule des Kernkraftwerks.

«Ist was?», fragte Frick, als der Helikopter auf die Basis zusteuerte.

«Nichts», sagte Andrea.

32

Dunkel war es im Zimmer. Die Schwester schwebte von Bett zu Bett, blieb kurz stehen. Wie die weisse Frau in der Sage vom Glockenturm, die Unglück brachte. Der Alte am Fenster wälzte sich und stöhnte. «Der stirbt bald», hatte der Dritte im Zimmer halblaut zu Magnus gesagt. Ein Auto hatte den Alten angefahren, schwer verletzt, jetzt war er verwirrt.

Magnus lauschte. Die Schritte der Nachtschwester entfernten sich im Korridor. Türen gingen, die Sirene einer Ambulanz näherte sich, verstummte. Dann war wieder Stille. Vorn beim Fenster zischte leise der Sauerstoffapparat. Der Alte gab keinen Laut mehr von sich.

Magnus glitt aus dem Bett. Spürte einen Stich in der Seite,

biss auf die Zähne. Der Mann neben ihm schnarchte leise. Magnus riss sich die Nadel des Tropfs aus dem Arm. Blut rann auf den Boden. In der Duschkabine wickelte er sich ein Handtuch um den Arm. Ohne Licht tastete er zum Schrank, in dem seine Hosen hingen, der Faserpelz und der Hut. Sein Rucksack stand da, der Feldstecher war drin. Die Unterwäsche hatten die Schwestern zum Waschen mitgenommen. Magnus öffnete das Fach seines Nachbarn, fand ein sauberes Hemd, Socken, Unterhosen, Leibchen. Das Zeug passte. Leise zog er sich an, schlich zur Tür. Ein Blick hinaus, der Korridor war leer. Mitternacht längst vorbei. Er irrte durch spärlich beleuchtete Gänge, suchte eine Zimmernummer. Als sich Schritte näherten, versteckte er sich in einer Toilette. Suchte dann weiter, folgte einem Schild über eine Passerelle. *Onkologie,* seltsames Wort. Endlich fand er das Zimmer. Sacht drückt er die Klinke, schloss die Tür hinter sich. Er sah sich um, Herzklopfen im Hals. Lämpchen leuchteten, rote und blaue Zackenlinien glitten über einen Bildschirm. Er trat ans Bett, das von Apparaten umstellt war, erkannte im Schein der Geräte ein bleiches Gesicht, einen Kopf ohne Haare. So hatte seine Mutter im Sarg gelegen, so weiss und schön und still. Ein Engel, das Gesicht umflossen von langen schwarzen Haaren. Anita dagegen war kahl und runzlig wie eine alte Frau. Sie war nicht tot, sie schlief, atmete stossweise.

Magnus zog die versteinerte Schnecke aus der Hosentasche, legte sie auf die Decke. Sie stammte aus dem Urmeer. War Millionen Jahre alt. Sie besass Kraft, alle Kraft der Welt. Er berührte Anitas Hand, die auf der Decke lag. Sie war kalt. Grauen packte ihn, er eilte zur Tür, blieb an einem Kabel hängen, etwas klirrte zu Boden. Hastig zog er die Tür hinter sich zu. Auf der andern Seite des Korridors leuchtete ein Schild: *Notausgang.*

33

Über Nacht hatte jemand die Tafel der Kletterschule rot übersprayt. Von *Rock'n'Ice* waren nur noch drei Buchstaben zu lesen: *nIe*. War das eine Botschaft? Andrea holte eine Leiter, schraubte die Tafel ab. Sie wollte die Dübel höher setzen, so schnell würde sie nicht aufgeben. Wer immer sie auch belästigte, konnte ihr keine Angst einjagen, sondern bestärkte sie in ihrem Willen, in der «Alpenrose» zu bleiben. Sich im Dorf niederzulassen, am Fuss der Berge, durch die sie als Kind mit ihrer Mutter gewandert war. Für sie lautete die Botschaft: Nie lasse ich mich einschüchtern! Nie lasse ich mich von hier vertreiben! Eine Nomadin würde sie bleiben, eine Nomadin mit einem Stammsitz in diesen Bergen, die sie kannte und liebte.

Sie holte die Akkubohrmaschine, die sie zum Einrichten von Kletterrouten brauchte, und Dübel. Während sie bohrte, bog ein Mercedes auf den Parkplatz, ein Mann im grauen Anzug stieg aus.

«Frau Stamm.»

«Marco?» Sie stieg von der Leiter, klatschte den Staub von den Händen. «Wir kennen uns doch.»

Der Mann strich sein Veston glatt, tippte mit dem Zeigefinger auf seine Lippen. Marco Färber war Untersuchungsrichter. Er hatte an einem Kletter- und Eiskurs teilgenommen, man hatte sich selbstverständlich geduzt.

«Kommst du wegen dem da?» Sie hob die versprayte Tafel mit beiden Händen in die Höhe.

Er trat näher, sah über den Rand seiner Brille hinweg. «Anscheinend waren Vandalen im Dorf. Letzte Nacht hat jemand beim Verwalter ein Fenster eingeworfen. Möchten Sie ebenfalls Anzeige erstatten?» Er blieb beim Sie.

Andrea liess die Tafel sinken. «Wozu auch?»

«Autosprayfarbe», sagte er. «Es dürfte kein Problem sein, den Täter zu finden.»

«Vielleicht war es eine Täterin. Komm rein.»

Er hielt ihr die Tür, sie lehnte die Tafel im Treppenhaus an die Wand. In der Gaststube bedeutete sie Färber, er solle sich setzen, wusch sich die Hände hinter dem Schanktisch. «Kaffee?»

«Gerne.» Er stand am Fenster, die Hände hinter dem Rücken verschränkt. Der Morgen war klar, die Berge eine blaue Wand. «Schön haben Sie das eingerichtet hier», rief er, «denken Sie daran, das Restaurant wieder zu öffnen?»

«Vielleicht muss ich.» Andrea trug die Kaffeetasse zu einem Tisch am Fenster. Auf den Unterteller hatte sie ein Schokoladeherzchen gelegt.

«Vielen Dank, Andrea.» Färber setzte sich, schob die Vase mit Alpenrosen zur Seite, legte seinen Aktenkoffer auf den leeren Stuhl. Er nahm einen Schluck, leckte sich den Schaum von den Lippen. «Entschuldige, dass ich dich draussen gesiezt habe. Ich bin amtlich hier. Es braucht niemand zu hören, dass wir uns kennen.»

«Warum nicht?»

«Die Frau des Vermissten will dich einklagen. Man könnte mir Befangenheit vorwerfen.»

«Ich weiss, ich hab Scheisse gebaut. Was will sie denn?»

«Leute wie sie wollen in der Regel Geld sehen.»

«Du kennst sie also?»

Färber wickelte das Schokoladeherzchen aus der Folie, schob es in den Mund. «Amtsgeheimnis, du verstehst. Aber kommen wir zur Sache. Ich muss eine Untersuchung führen.»

Andrea verstand. Die Sonntagszeitung hatte auf der Frontseite ein Bild von ihr gebracht, dazu einen fetten Titel: *Star-Bergführerin lässt Gast im Stich.*

Färber zog ein Aufnahmegerät, nicht grösser als ein Feuerzeug, aus seiner Vestontasche, legte es auf den Tisch. «Du erlaubst?»

«Ist das ein Verhör?»

«Eine Befragung. Routine.» Er lutschte an den Bügeln seiner Brille, während Andrea erzählte. Vom Wunsch des Schreiners, «noch einmal» auf die Plattenburg zu steigen. Von den Weidenkätzchen, die er Anita ins Spital gebracht hatte. Von seinem seltsamen Sohn Magnus, der wie ein Wildkind in den Bergen herumzog. Zerrüttete Familie, so mache es den Anschein. Der Mann habe krank ausgesehen, beim Aufstieg habe er Pillen geschluckt.

«Die Mutter des Jungen ist bei einem Verkehrsunfall zu Tode gekommen», bemerkte Färber und setzte seine Brille wieder auf. «Er war bis vor kurzem in einer Institution. Eine amtliche Massnahme.»

«Vielleicht wollte Walter einfach fort. Hat man drüben nachgeforscht?»

«Selbstverständlich. Die Kollegen im Nachbarland haben nichts gefunden. Hast du eine Ahnung, wohin der Mann verschwunden sein könnte? Gibt es dort oben Gletscherspalten? Eine Höhle oder Hütte?»

«Auf der Silberplatte hat es hunderte von Karstspalten, weiter oben an der Plattenburg ein paar Spalten auf dem Gletscher. Aber Walter ist wohl kaum wieder zurückgestiegen. Ich wüsste nicht warum. Er wirkte auch recht müde.»

«Und so hast du ihn zurückgelassen? Soll ich das so protokollieren?»

Andrea knabberte am Daumennagel. «Es war sein Wunsch. Als Einheimischer kannte er den Weg vom Joch ins Dorf bestens. Es ging ja nur noch bergab.»

«Theoretisch wäre ein Sturz in eine Spalte möglich, falls er aus irgendeinem Grund ein Stück zurückgegangen wäre?»

«Theoretisch ja, aber unwahrscheinlich.»

«Vielleicht hatte er etwas verloren, und er hat es erst entdeckt, als du schon weg warst.»

«Wir haben aber alles abgesucht, keine Spuren gefunden.»

«Wir müssen auch das Unwahrscheinliche als Möglichkeit in Betracht ziehen. Zu deinen Gunsten.»

«Warum hat die Frau nicht früher Alarm geschlagen? Warum erst mitten in der Nacht? Da stimmt doch was nicht.»

«Das werden wir abklären.» Färber tippte auf die Stopptaste des Aufnahmegeräts. «Kommt dir noch etwas in den Sinn?», fragte er, «off the record sozusagen.»

«Ich habe auf dem Joch einen Anruf bekommen. Deshalb bin ich abgestiegen.»

«Von wem?»

«Ist das wichtig?»

Färber hob die Schultern. «Jetzt nicht, später vielleicht.»

Es klang wie eine Mahnung. Er wusste mehr, als er sagte.

«Da ist noch was.» Andrea fiel es erst jetzt wieder ein. «Drei Leute haben wir gesehen. Sie sind von der andern Seite gegen das Joch aufgestiegen. Wir sind ihnen aber nicht begegnet.»

«Vermutest du einen Zusammenhang?» Sie dachte nach. Einer war vorausgestiegen. Magnus vielleicht. In der Kletterhütte hatte er gesagt, er komme von drüben, also kannte er den Weg.

Färber schaltete sein Gerät nochmals ein, liess sie erzählen, nickte manchmal. «Ist das nun wirklich alles?»

«Alles», sagte sie. «Wie geht es nun weiter?»

«Solange wir den Mann nicht finden, tot oder lebendig, geht nichts.»

«Ich komme also nicht mit Mordverdacht vor Gericht?»

Andrea lachte laut auf, hielt sich die Hand vor den Mund. «Entschuldige.»

«Ohne Leiche gibt's keine Strafklage. Sorge also dafür, dass man ihn nicht findet, falls du ihn umgebracht hast.»

«Und wenn man ihn findet? Tot?»

«Dann muss dir Doktor Meyer ein Alibi geben.» Färber stand auf, sah sie mit seinen blauen Augen an. «Der Kaffee war gut. Du solltest die ‹Alpenrose› wirklich wieder eröffnen. Ein gemütlicher Ort.» Sie spürte, wie ihr das Blut ins Gesicht stieg. Er wusste also, dass Daniel bei ihr gewesen war in jener Nacht.

«Wenn mir der Führerverband die Lizenz entzieht, bleibt mir wohl nichts anderes übrig, als hier zu wirten.»

«Nur keine Panik.» Färber blieb unter der Tür stehen. «Hattest du früher nicht kurze Haare? Eine Art Bürstenschnitt?»

«Hatte ich. Früher.» Sie trug die Tassen zum Schanktisch, stellte sie ins Spülbecken.

«Du siehst gut aus. Sehr, wie soll ich sagen …»

«Gesund und gefrässig. Ich habe zugenommen, ich weiss.» Er stand noch immer unter der Tür, suchte nach Worten. «Ich hätte dich lieber unter andern Umständen wieder getroffen, Andrea.» Jetzt wirkte er wie ein schüchterner Konfirmand in seinem Anzug, mit dem Aktenkoffer in der Hand. «Vielleicht wieder mal in einem Kletterkurs?»

«Warum nicht? Du warst ganz gut im Fels.» Sie band sich eine Schürze um, griff sich einen Putzlappen, nickte ihm zu.

«Danke», sagte er.

«Wofür.»

«Für deine Auskünfte, den Kaffee. Und das Herzchen.»

Auf dem runden Tisch lag seine Karte. *Dr. Marco Färber, Untersuchungsrichter.* Sie sah durch den Vorhang, wie er an der Kapelle vorbei gegen die Schreinerei schritt. Beim Glockenturm blieb er stehen, schaute an dem alten Gemäuer hinauf, als suche er etwas.

34

Der Chefarzt plauderte mit der blonden Assistentin, die neu war im Team, während eine Pflegerin rapportierte, ein Patient sei verschwunden, der Junge, den Doktor Meyer auf den Notfall gebracht habe in der Nacht zuvor.

Der Chef klopfte auf den Konferenztisch, warf Daniel einen Blick zu. «Doktor Meyer? Was haben Sie wieder angerichtet?» Seine Wangensäcke zitterten, während er sprach. «Hamster» hiess Professor Smits unter den Ärzten und Pflegerinnen.

«Hätte ich den Buben nicht mitgenommen, wäre er die ganze Nacht auf der Strasse liegen geblieben mit Rippenbrüchen, Schürfungen, Hirnerschütterung. Es war meine Pflicht als Samariter.»

«Krankentransport im Privatwagen ist gegen die Vorschrift», bemerkte ein Kollege von der Medizinischen. «Wir sind doch nicht in Afrika.»

«In Afrika sterben mehr Menschen an Vorschriften als an Hunger und Krieg», gab Daniel zurück. Der Kollege hob sein Kinn, sah in die Runde, als suche er Unterstützung. Doch alle schwiegen, blickten auf den Chef, ob er den Daumen hebe oder senke.

«Was suchen Sie überhaupt in einer so gottverlassenen Gegend?», fragte Smits.

«Pilze», sagte Daniel.

Jemand lachte, die Pflegerinnen tuschelten.

«Weiter!» Der Hamster blies seine Backen auf, klopfte auf den Tisch und widmete sich wieder dem Flirt mit der Assistentin.

Der Rapport schleppte sich dahin. Daniel gähnte, ohne die Hand vor den Mund zu legen. Maya Antenen sass schräg gegenüber am Konferenztisch, blätterte in Krankengeschichten, wich seinem Blick aus. Endlich stand der Alte auf, hakte sich der Blonden ein und schleppte sie ab Richtung Cafeteria.

«Wie geht's deinem Bären?», fragte Daniel im Korridor, während sich das Team mit wichtigen Mienen und wehenden Mänteln in die Abteilungen zerstreute. Sie hatte auf ihn gewartet. Ihr Gesicht zeigte keine Regung. Die Haare hatte sie straff nach hinten gekämmt und zu einem Knoten gebunden, was ihr einen strengen Ausdruck verlieh.

«Der Junge, der aus dem Notfall abgehauen ist, war der Sohn des Schreiners Kernen.»

«Warum kümmert dich das?»

«Deine Bergführerin hat den Mann im Stich gelassen.»

«Eifersüchtig?»

«Der Mann war krank, wie du weisst.»

«Und was hat das mit meiner Bergführerin zu tun?»

«Ich lese Zeitung.»

«Boulevardtratsch. Steht dir aber nicht.» Mit einem Finger versetzte er dem goldenen Kreuz an ihrem Hals einen Schwung. «Bist du etwa eine Nonne?»

«Blödmann.» Sie schob seine Hand weg. «Was treibst du denn in jenem Kaff, in der Nacht?»

«Stand in der Zeitung, ich hätte mit der Bergführerin geschlafen?»

Maya presste ihre dünnen Lippen zusammen, zog ihren Mund spitz.

«Wir können ein andermal reden», sagte er. «Hast du heute Abend was vor?» Er hielt ihr Handgelenk fest, doch sie riss sich los. Zwei Ärzte schritten vorbei, ihre lautstarke Fachsimpelei stockte für einen Augenblick. Daniel stellte sich schon den neusten Spitalklatsch vor. Der Meyer treibt's mit der Biene Maya, die Schöne und das Biest. Womöglich stand morgen auch noch was über ihn und Andrea in der Zeitung. Irgendein Schreiber hatte recherchiert und herausgefunden, dass sie mal eine Nacht gemeinsam in der Kletterhütte verbracht hatten. Bilder aus der Tagesschau, Andreas Alleingang an der Sila, ein Ausschnitt aus dem Hüttenbuch.

Als die Ärzte ausser Hörweite waren, sagte Maya: «Bei Kernen haben wir ein Pankreaskarzinom diagnostiziert.» Sie zog ein Mäppchen aus dem Stapel der Krankengeschichten. «Er müsste dringend operieren.»

Daniel blätterte durch Berichte, Laborwerte, hielt ein Magnetresonanzbild gegen das Licht. «Metastasen?»

Sie nickte.

«Weiss er es?»

«Ein paar Tage vor seinem Verschwinden hat er es erfahren.»

«Der Schock also. Darum hat er wohl durchgedreht. Kommt öfters vor.»

«Er wirkte gefasst. Mobilfunkantennen hätten ihn krank gemacht, meinte er.»

«Davon steht aber nichts im Bericht.» Daniel klappte das Mäppchen zu. «Warum hat man das nicht festgehalten?»

«Der Chef fand, Kernen fantasiere. Der Krebs könne von bleihaltigen Farben oder andern Giften stammen, die in der Schreinerei verwendet werden. Oder vom Rauchen und fetten Essen.»

«Jedenfalls wird er bald wieder in einem Spital auftauchen mit diesem Befund. Wenn er es noch schafft.»

«Anita Bender ist auch überzeugt, ihre Krankheit habe mit den Antennen zu tun.»

«Was bietet der Chef in ihrem Fall für eine Theorie an?»

«Kettenrauchende Künstlerin mit Hang zu Esoterik und Geistheilern. Nicht rechtzeitig richtig behandelt, hoffnungsloser Fall.» Sie spielte mit ihrer Goldkette.

«Hatte Kernen was mit Anita?»

«Macker, was soll das? Hast du immer nur einen Gedanken?» Maya riss ihm das Mäppchen mit spitzen Fingernägeln aus den Händen und liess ihn stehen.

35

Sie zählte die Glockenschläge, drehte sich zum hundertsten Mal auf dem Futon. Die ganze Welt schien sich gegen sie verschworen zu haben. Die Leute im Dorf grüssten kaum. Wenn sie ihnen begegnete, wichen sie aus oder grummelten etwas in den Bart, ohne ihr ins Gesicht zu sehen. Die Schreinerin redete schlecht von ihr, wo sie nur konnte, verbreitete Gerüchte. Die Sonntagszeitung setzte ihr zu, ein Journalist hatte die alte Geschichte von Claudia Baumberger-Lévi ausgegraben, die sie unter dem Weg zur Hohen Platte aufgefunden hatte, ermordet. Er hatte herausgefunden, dass sie das Haus ihres Vaters der Lévi AG verkauft hatte und daraus irgendwelche abstrusen Zusammenhänge konstruiert.

Andrea lag hellwach, während ein bedrückender Gedanke dem andern folgte. Was war mit dem Schreiner geschehen? Noch zweimal war sie zum Joch aufgestiegen, hatte nach Spuren gesucht, hatte alle Möglichkeiten bedacht, wohin er gegangen, wo er verschwunden sein könnte. Die Silberplatte, das Karstgebiet, war grösser, als sie in Erinnerung hatte, die Kalkschicht durchsetzt von unzähligen Spalten und Löchern, in denen ein Mensch spurlos verschwinden konnte. Sie war in einige der Erosionsschächte hinuntergeklettert, hatte oft weder einen Grund erreicht noch einen erkennen können. «Donnerlöcher» nannte man diese Dolinen, weil Steinbrocken mehrmals an die Wände krachten, bevor sie nach fünfzig oder hundert Metern unten aufschlugen. Sie hatte versucht, sich abzuseilen, doch nach einer halben Seillänge hatte sie eine Art Klaustrophobie gepackt, sie glaubte zu ersticken, begann in Panik mit den Steigklemmen zurückzuklettern ans Licht, sie kam nicht höher, der Schlund verengte sich über ihr, vollständig finster war es, kein Ausgang in Sicht, sie blieb stecken, konnte sich nicht mehr drehen, nicht mehr bewegen. Sie schrie um Hilfe, schreckte auf. Ein Alptraum.

Dann rief sie sich wieder die drei Passwanderer in Erinnerung, Magnus stieg voraus, sie war inzwischen sicher, dass er es gewesen war. Je öfter sie daran dachte, desto genauer sah sie das Bild vor sich. Er ging voraus, in seinem grünen Faserpelz und dem Hut auf dem Kopf, hinter ihm zwei Männer, finstere Gestalten, die den Schreiner entführen oder ermorden würden. Warum? Hasste Magnus seinen Vater, weil er den Drachen von Stiefmutter ins Haus gebracht hatte, eine ehemalige Nutte, die dann mitgeholfen hatte, ihn ins Heim abzuschieben? Ihr Vater, der alte Polizist mit seinem Spürsinn, hätte bestimmt weitergewusst, er hätte nachgeforscht, unerbittlich alle Spuren verfolgt, er hätte eine Lösung gefunden, er wäre ihr beigestanden. Er fehlte ihr wie nie zuvor.

Die Glocken vom Turm schlugen drei Uhr, Schläge wie Metallhämmer auf ihren Schädel. Andrea versuchte, sich auf gute Erinnerungen zu konzentrieren, «think positive». Die Erstbesteigung in Patagonien, Seillänge um Seillänge in jenem rotgelb flammenden Granit, auf dem Eispanzer glitzerten, sie machte Stand, sicherte sich an zwei Friends in einem Riss, noch zweihundert Meter zum Gipfel. Eine graue Wolkenbank schob sich von Süden heran, Wind kam auf. Reto rief ihr etwas zu, deutete hinab. Sie seilte ab, eine Botschaft war eingetroffen per Funk, ihr Vater war gestorben.

Als es halb vier schlug, begann Andrea im Kopf ihre finanzielle Situation durchzurechnen. Anfragen zum Führen trafen fast keine mehr ein, die Artikel in der Sonntagspresse hatten ihren Ruf ruiniert. Noch am Sonntag waren per Mail die ersten Absagen eingetroffen. Gegen Morgen wuchsen ihre Probleme zu schwarzen Gebirgen. Sie erdrückten sie, ihr Atem ging schwer, als ringe sie um die letzten Meter im Aufstieg auf einen Achttausender. Warum hatte sie sich nicht mit ihrer Erbschaft einer Expedition angeschlossen, eine verrückte Route im Himalaya geklettert? Sie hatte sich für die «Alpenrose» entschieden, es gab kein Zurück mehr, wie in einer grossen und schwierigen Wand, wenn das Material zum Abseilen fehlt.

Regen trommelte gegen die Fenster, die Tropfen zogen zittrige Bahnen in den Schmutz, der auf den Scheiben klebte. Putzen müsste sie, die Vorhänge waschen oder neue nähen. Andrea sass vor ihrem Frühstücksmüsli, blickte ins Grau, aus dem nur der Glockenturm hervortrat, die Mauern schwarz vor Nässe und düster. Sie fror und war verzweifelt, bekam Lust, alles liegen zu lassen, ihren Sack zu packen wie einst und sich davonzumachen. So wie der Schreiner. Man würde sich Geschichten zusammenreimen, die Sonntagszeitung hätte einen neuen Aufmacher. Star-Bergführerin seilt sich ab aus der Verantwortung. Sie könnte ihr Berufsdiplom wegschmeissen. Frick hatte am Vorabend angerufen, der Führerverband werde ihr wahrscheinlich die Lizenz entziehen, für ein halbes oder ein ganzes Jahr. Eine Sitzung sei angesagt, er werde sich für sie einsetzen. Es klang nicht sehr überzeugt.

Ein Kleinbus hielt auf dem Parkplatz an, ein halbes Dutzend Frauen in Windjacken stiegen aus, stülpten ihre Kapuzen hoch, schulterten Rucksäcke, griffen nach Wanderstöcken. Eine ältere Dame wies mit ihrem Stock in den Nebel, die andern schüttelten ihre Köpfe, dann schauten sie zum Fenster, eine schwenkte ihren Stock. Andrea öffnete.

«Gibt's hier Kaffee?», fragte die Leiterin der Gruppe, eine knochige Frau mit kurz geschnittenen weissen Haaren.

«Kommen Sie herein», rief Andrea spontan. Sie schloss die Haustür auf. Die Frauen schüttelten ihre Windjacken aus, hängten sie an die Haken im Treppenhaus, lehnten ihre Wanderstöcke in eine Ecke. Andrea führte sie in die Gaststube, bat um etwas Geduld, schaltete den Backofen ein, legte Frischbacksemmeln aus der Tiefkühltruhe aufs Blech, tischte Butter, Käse und Konfitüre auf. Die Geschäftigkeit tat ihr gut, wärmte auf. Jetzt war sie froh, dass sie einmal als Kellnerin gejobbt hatte. Keinen Schritt, keinen Handgriff zu viel, hiess das Rezept.

«Gemütlich ist es hier», sagte die Leiterin der Gruppe. «Wir wollten übers Joch, aber bei diesem Wetter.» Sie befänden sich auf einer Weitwanderung, einer alten Pilgerroute über die Alpen folgend.

«Warten Sie eine Stunde, es wird aufreissen», sagte Andrea.

«Sie kennen sich aus. Sind Sie die Wirtin?»

«Wirtin und Bergführerin.»

Die Gespräche verstummten, die Damen starrten Andrea an, als hätte sie gesagt, sie sei vom Mars. «Das ist sie», raunte eine Frau einer andern ins Ohr, die einen Hörapparat trug.

«Stand über Sie nicht kürzlich etwas in der Zeitung?», fragte die Leiterin.

«Ja, ich bin die.» Andrea zog sich hinter den Schanktisch zurück, schäumte mit Dampf Milch auf für Cappuccino. Die Frauen beugten sich über den Tisch, unterhielten sich halblaut, warfen ihr Blicke zu. Die Leiterin trat zum Schanktisch. «Würden Sie uns aufs Joch führen, junge Frau? Was würde das kosten?» Andrea nannte einen Preis. Noch hatte sie ihre Lizenz.

Nach einer Stunde liess der Regen nach, die Frauen zogen ihre Windjacken an, hoben ihre Rucksäcke auf. Andrea schritt voran, hinter ihr klapperten die Wanderstöcke auf dem Weg. Nach dem Joch würden die rüstigen Frauen den Abstieg ins Nachbarland selber finden.

36

Das Hauptgebäude der Universität roch noch immer gleich, eine Mischung aus Putzmittel und Bücherstaub. Das flaue Gefühl im Magen stellte sich ein, das Daniel so gut kannte, wenn er in der Frühe, meist verspätet, in die erste Vorlesung gehastet war, um dort sogleich einzuschlafen. Ausser es war ihm gelungen, neben einer der angehenden Medizinerinnen einen Platz zu ergattern. Leider waren die meisten im Verlauf der vielen Semester verschwunden, hatten zur Germanistik oder in die dritte Ehe eines Professors gewechselt und Kinder bekommen. Daniel dagegen hatte seine Liebe zur Wissenschaft und zu den Menschen im Allgemeinen entdeckt, das Studium war ihm im Laufe der Jahre immer leichter gefallen. Er hatte rasch und mit Auszeichnung abgeschlossen, zur Überraschung seines Vaters, der ihn schon längst als Versager abgeschrieben hatte.

An einem Tisch vor der Aula unter der grossen Kuppel nahm eine Hostess seine Konferenzkarte entgegen, reichte ihm eine Mappe mit Unterlagen und das Namensschild, das er in den nächsten Papierkorb warf. Er hasste es, angeschrieben herumzulaufen. Die Konferenz befasste sich mit «Gesundheit und Mobilfunk», eigentlich nicht sein Fachgebiet. Professor Smits hatte ihn trotzdem ziehen lassen, die Klinik hatte eine Freikarte bekommen, er war der einzige Arzt, der sich für das Thema interessierte.

Die Aula war halb gefüllt, Herren in grauen Anzügen, die wenigen Damen in Schwarz mit langen blonden Haaren. Daniel war der Einzige in Jeans und T-Shirt. Er fühlte sich in den engen Klappbänken gleich wieder als Student und musste sich gegen die Müdigkeit wehren, die sich über ihn legte wie früher.

«Ist Elektrosmog die Pest des 21. Jahrhunderts?» Zur Eröffnung hatte man einen bekannten Schriftsteller eingeladen, unverkennbar durch seinen weissen Charakterkopf und die blauen Augen über melancholischen Tränensäcken. In schweren Metaphern beschwor er den Untergang der Menschheit im «Wellental der elektronischen Wellen», Elektrosmog sei der «unsichtbare Tsunami», der die «gesicherten Ufer des technologischen Fortschritts überrolle». Derweil träumte Daniel von den Verschneidungen und Rissen des El Capitan, hoch am Stand winkte Andrea, während er sich mit den Jümarklemmen durch die Luft hocharbeitete. Er zuckte zusammen, als ihn sein Nachbar anstiess. «Oh, sorry. Hab ich geschnarcht?»

Ein vernichtender Blick des Herrn Kollega streifte ihn. «Sie haben mit den Zähnen geknirscht. Haben Sie ein Problem?» Psychologe, stand auf seinem Namensschild.

«Nein, ein starkes Gebiss.»

Auf dem Katheder referierte ein schmales Männchen mit einer Einstein-Mähne, projizierte statistische Kuchendiagramme und stellte eine Studie vor, die von der elektromagnetischen Strahlung von Mobilfunkantennen hervorgerufene Tumore nachgewiesen habe. Dazu schwere Schlaf- und Sehstörungen, Herzprobleme, Hyperaktivität von Kindern. Auch bei tiefer Belastung habe man Beschwerden festgestellt, inzwischen strahlten die Mobilfunkantennen neuester Breitbandtechnik aber noch hundertmal stärker. Wissenschaftlich erhärtet sei wenig, weitere Studien notwendig, doch wie immer fehle das Geld. Denn würde man nachweisen, dass Mobilfunk fatal für die Gesundheit vieler Menschen sei, könnte das die Verbreitung neuer Technologien nachhaltig hemmen, wenn nicht gar verhindern. «Was sich gegenwärtig abspielt, ist ein Feldexperiment mit Millionen von Menschen», rief er aus und schlug mit der flachen Hand aufs Katheder. Köpfe fuhren hoch, er sah sich um und fuhr weiter. Die Krebsregister, die man da und dort führe, würden bewusst unter Verschluss gehalten. Oder nicht systematisch und interdisziplinär ausgewertet. «Meine Vorredner haben aufgezeigt, dass wir noch sehr wenig wissen über die Auswirkungen elektromagnetischer Wellen auf die Gesundheit. Wie aber erweitern wir unser Wissen, meine Damen und Herren? Doch nur durch Forschung, und zwar durch unabhängige freie Forschung. Im Fall von Elektrosmog sind breit angelegte, interdisziplinäre Studien notwendig. Ingenieure, Physiker, Mediziner, Biologen, Biomediziner und sogar Psychologen müssen sich beteiligen.» Daniels Banknachbar bekundete durch heftiges Nicken seine Zustimmung. «Wir müssen unsere Glashäuser verlassen, meine Damen und Herren, wir müssen unsere Vorurteile ablegen und zusammenarbeiten.»

Kurzer Applaus unterbrach ihn. «Wer aber, ich frage Sie, wer aber veranlasst, wer finanziert solche Forschung in einer Zeit, wo der Staat an allen Ecken und Enden spart? Sie wissen es selber, meine Damen und Herren. Die Antwort lautet: Niemand! Und das ist eine Katastrophe. Ich habe geschlossen.»

Das Männchen schleuderte mit einer Kopfbewegung seine langen Haare aus dem Gesicht, wischte sich mit der Hand den Schweiss von der Stirn. Der Applaus war dürftig. Der Tagungsleiter dankte und lud zum Kaffee.

Der Schriftsteller eilte nach vorn, schüttelte dem Referenten die Hand, hakte ihm ein, ein paar Damen folgten den beiden. Im Foyer drängte sich die Gesellschaft an das Büfett, bediente sich mit Gipfel und Kaffee aus Thermoskrügen. Man stand kauend herum, Gebäckkrümel auf den Anzügen. «Unwissenschaftlich … Panikmache … Ökoterror … grüner Fundamentalismus.» Solche Wörter schnappte Daniel auf, stellte seinen Kaffeebecher nach einem Schluck wieder aufs Büfett zurück, drängte sich durch den Herrenclub in Richtung des kritischen Redners, neben dem der Schriftsteller Widmungen in Bücher schrieb. Die einzige Frau, die nicht schwarz, sondern Lachsrot trug, war Maya. Daniel zupfte an ihrer Seidenbluse, sie fuhr herum. «Was suchst denn du hier?»

«Pilze», sagte er und grinste. «Und du? Dich hätte ich am allerwenigsten erwartet.»

Statt ihr goldenes Kreuz trug sie eine zweireihige Perlenkette, die sie älter erscheinen liess, eine gepflegte Dame.

«Ich weiss, dass für gewisse Ärzte alle Pflegerinnen dumme Hühner sind, gerade recht fürs Bett.» Sie streckt ihm die Zunge heraus.

«Der Kaffee hier ist scheusslich», sagte Daniel. «Komm, ich weiss ein nettes Café in der Nähe.»

Sie wandte sich zum Schriftsteller, hielt ihm ein dickes Taschenbuch hin.

«Wünschen Sie eine Widmung?» Er strahlte sie mit seinem verklärten Blick an.

«Für einen unverbesserlichen Macker.»

Der Schriftsteller sah sie erstaunt an. «Das soll ich schreiben?»

«Ja, bitte.»

Er schrieb, unterschrieb, reichte ihr das Buch, während er schon die Nächste anlächelte.

«Danke.» Daniel nahm Maya das Buch aus den Händen, blätterte. *Der grüne Reiter*. «Worum geht's? Ich reite ja nicht.»

«Um einen erfolglosen Bärenjäger, eine tragische Figur.»

«Frisst ihn der Bär?»

Ein Gong erklang, das Tagungspublikum drängte sich zur Aula. Daniel hielt Maya an der Bluse fest. «Kommst du mit?»

Sie schüttelte den Kopf. «Ich hab für die Tagung selber bezahlt. Mich interessiert das Thema.»

Sie machte sich los.

«Mich auch. Zum Beispiel interessiert mich, ob bei euch auf der Onkologie eine Krebsstatistik geführt wird?»

Sie nickte flüchtig und ging. Die Tür der Aula schloss sich hinter ihr. Daniel stand unschlüssig da, das Buch in der Hand. Im Foyer räumten Frauen das Büfett ab, eine wischte Krümel am Boden zusammen.

«Gehen Sie nicht zum Vortrag?», fragte der Schriftsteller, der bei einem Stehtisch sein Mäppchen packte.

«Und Sie?»

«Ich habe meine Mission erfüllt. Sie lesen mein Buch?»

«Später. Jetzt brauche ich einen guten Kaffee», sagte Daniel.

«Gute Idee.» Der Schriftsteller lächelte. «Darf ich Sie begleiten?»

Daniel nickte.

37

Die Freunde hatten Tagliatelle gekocht, aus Finale mitgebracht, dazu Sugo «all'arrabbiata» aus dem Glas und ein paar Flaschen Barbera. Reto Kocher zeigte mit einem Beamer Bilder und Videos aus Patagonien. Eine Wand, goldener Granit, «arschglatt». Reto fuhr mit dem Lichtzeiger einer schwach ausgeprägten Rissreihe entlang zum Gipfel. «Nächstes Jahr, der Fitz Roy. Andrea, bist du dabei?»

«Ich bin jetzt Wirtin, kann nicht mehr jederzeit los.»

«Hast du schon eine Tracht?», rief einer.

«Zöpfe solltest du tragen und Margriten im Haar. Dein Rossschwanz ist out.»

«Du kannst uns im Basislager bewirten. Im Winter läuft ohnehin nichts in der ‹Alpenrose›.» Für die Freaks war klar, Andrea gehörte ins Team. «Ohne dich kommen wir da nicht hoch», meinte Alwin, und er hatte wohl recht. Meist führte Andrea die schwierigsten Längen.

Ein Regensonntag. Wie üblich in diesem Sommer. In der Halle hatten sie sich an den Kunststoffgriffen totgeklettert, dann hatte Reto das Expeditionsteam und ein paar Freaks aus der Szene zur Pasta-Orgie eingeladen. Sportkletterer brauchten Kohlehydrate. Pepe war dabei, der Manager der Kletterhalle, und seine Partnerin Sue, eine ehemalige Landesmeisterin der Kunstwand. Nach den Bildern drehte sich das Gespräch um Andreas Geschichte mit dem Verschwundenen. «Wenn der Führerverband dir die Lizenz wegnimmt, hauen wir den Ärschen in Pratt die Bude ein!» Alwin hob sein Weinglas.

«Wie manchen Scheiss haben die schon gebaut?», schnaubte Pepe. «Dem Gisler ist mal ein Gast in einen Spalt gestolpert, tot. Der Oberbergführer hat ihn nicht angeseilt und ist trotzdem Obmann geworden. Da hat niemand von Entzug der Lizenz gesprochen.»

Andrea übernachtete im Schlafsack auf dem Sofa bei Reto Kocher und seiner Partnerin. Der vertraute Geruch des Daunensacks, in dem sie hundertmal biwakiert hatte, die Gesellschaft der Freunde aus der Stadt, die Müdigkeit nach der Kletterhalle. Alles tat ihr gut.

Beim Frühstück bemerkte Reto: «Vorgestern war ich überzeugt, ich hätte den Schreiner gesehen.»

«Erzähl keinen Quatsch.»

«Wir haben doch zusammen dein Dach saniert.» Reto köpfte sein Frühstücksei.

«Du hast dich sicher getäuscht.»

Reto tunkte Brot ins Eigelb, kaute bedächtig. «Ein kleiner grauer Mann mit Heilandbart. Wir besuchten meine Mutter im Spital. Da kam er uns entgegen.»

«Du bist einfach vorbeigegangen. Guten Tag, Herr Kernen, nett, Sie hier zu treffen.» Sie stand auf, wischte sich mit der Serviette den Mund, schmiss sie auf den Tisch.

«Beruhige dich, Andrea. Ich hab so viel im Kopf, das Büro, die Vorbereitungen für Patagonien. Wollte dich anrufen, und sicher bin ich ja auch nicht. Er hat mich nicht angeschaut, sondern auf den Boden.»

Andrea trank ihre Kaffeetasse im Stehen leer. «Danke für alles. Ich muss, tschüss.» Sie sah Kernen vor sich, wie er durch den Spitalkorridor geschritten war, Blick auf den Boden gerichtet.

«Jetzt sei doch nicht eingeschnappt», rief ihr Reto nach.

Sie parkte neben dem steinernen Engel vor dem Stadtspital, hastete durch die Eingangshalle, durch Korridore und über die Passerelle zur Onkologie. Es roch nach Milchkaffee, Pflegerinnen schoben Rollwagen mit Frühstückstabletts von Zimmer zu Zimmer. Atemlos stand Andrea vor Anitas Tür. Wenn der Schreiner in der Stadt war, dann hatte er sie besucht. Irgendetwas verband die beiden. Kernens erste Frau war verunglückt, Anita hatte sich von Frick getrennt. Zwei einsame Nachbarn im Dorf, was lag näher, als dass sie sich zueinander legten. Warum hatte der Schreiner dann die Nutte aus Pratt geholt? Vielleicht war es auch umgekehrt. Weil er seinen fetten Drachen nicht mehr ertrug, hatte er

Trost bei der grossherzigen Anita gefunden. Ein Eifersuchtsdrama, hatte Daniel gespottet. Am Ende hatte er wohl recht.

«Suchen Sie jemanden?» Eine Pflegerin stand neben ihr, mit einem Blick so streng wie ihre Frisur.

«Anita Bender war doch hier im Zimmer?»

«Sie sind die Bergführerin», sagte die Pflegerin. Andrea sah auf ihr Namensschild: *Maya Antenen, Onkologie.* Spitze rote Nägel spielten mit dem goldenen Kreuz, das sie am Hals trug. Andrea wandte sich um, drückte die Klinke, stiess die Tür auf. Geräte standen in einer Ecke auf Rollwagen, das Bett war leer und ohne Bezug. Sie drehte sich um. «Wo ist Anita?»

Die Pflegerin zeigte ein kühles Lächeln. «Frau Bender ist nicht mehr bei uns.»

Andrea erschrak. «Mein Gott …»

«Sie wurde gestern in ein Hospiz überführt. Auf eigenen Wunsch.»

Andrea zog die Tür zu. «Wie geht es ihr?»

«Sie wissen wohl, was das bedeutet. Ein Hospiz.»

Andrea wusste es. Ihre Mutter war an Krebs gestorben. «Hatte sie vorgestern Besuch, von einem Mann?»

«Doktor Meyer hat sie besucht.» Die Pflegerin liess ihr goldenes Kreuz klimpern. «Sie kennen ihn.»

Dann schritt sie davon, ohne sich umzusehen, verschwand in einem Zimmer. Andrea hielt noch immer die Türfalle in der Hand, sie musste sich festhalten. Anita lag im Sterbehospiz. Reto hatte Kernen gesehen, als er sie besuchte. Möglich, dass er sich getäuscht hatte. Es gab Doppelgänger. Oder es war ein Wiedergänger, ein Geist, auferstanden, um seine Geliebte hinüberzuholen ins Schattenreich.

«Ist Ihnen nicht gut?» Eine Frau in blauer Schürze, die einen Wagen mit Geschirr vorbeischob, blieb stehen.

Andrea wischte sich mit der Hand übers Gesicht, ihre Nase war feucht.

«Sie sind doch die Bergführerin, die letzthin in der Zeitung war. Kann ich Ihnen helfen?»

Andrea liess die Frau stehen und ging.

38

Daniel fuhr auf den Besucherparkplatz der Siedlung, stellte den Motor ab. Im Erker im dritten Stock sah er Licht, Maya war zu Hause, wenn er sich nicht in der Wohnung irrte, was leicht möglich war in der Reihe von Wohnblöcken mit identischen Balkonen, Vordächern und Erkern. Im Rasen hing ein Schild an einem Pfosten: *Eigentumswohnungen zu verkaufen, Lévi Immobilien,* eine Telefonnummer. Maya, dachte er, pedantische Pflegeleiterin, die kühle Schönheit mit dem Kater, besass eine eigene Wohnung. Er wählte ihre Handynummer, ihre Stimme antwortete aus der Combox.

Daniel trat unters Vordach zu den Briefkästen, es nieselte aus dem Nebel, durch eine Dachrinne blubberte Wasser. Er fand die Klingel mit ihrem Namen, drückte zweimal kurz.

«Wer ist da?», zischte es aus der Gegensprechanlage.

«Ein unverbesserlicher Macker», sagte er.

Sie antwortete nicht.

«Der tragische Bärenjäger.»

«Der Bär schläft.»

«Und du?»

«Müde.» Weg war sie, alles Klingeln umsonst.

Ein Wagen parkte, ein Paar stieg aus, kam Händchen haltend zur Tür. Daniel grüsste. Der Mann, ein Afrikaner, nickte ihm zu, hob die Hand: «Hi! How you doin'?»

Die Frau blickte zur Seite. Hier wohnen die einsamen Schönen, dachte Daniel und trat hinter dem Paar ins Treppenhaus. Der Afrikaner hielt mit dem Fuss die Lifttür auf. «Big enough for three of us.» Sein Lachen dröhnte durchs Treppenhaus, seine Partnerin machte ein Gesicht, als finde sie das nicht so lustig.

«Prefer walking, chap. Good time.»

«See you, sportsman!» Der Schwarze blinzelte mit einem Auge, die Lifttür flappte zu. Das Licht schaltete im Treppenhaus automatisch ein. Im dritten Stock klopfte Daniel an Mayas Tür. Sie spähte durch den Spion, öffnete einen Spalt, die Sicherheitskette spannte sich. «Was willst du?»

«Mehr wissen über den Schreiner und Anita Bender.»

«Deine Bergführerin hat schon genug geschnüffelt.»

«Lass Andrea aus dem Spiel. Mir geht es um den Krebs. Rein medizinisches Interesse.»

Sie klinkte die Kette aus, liess ihn eintreten. In der Wohnküche stand eine Nähmaschine auf dem Tisch. Maya schob Stofflappen, Fadenspulen und eine Schere beiseite. «Willst du was trinken?»

Der Kater sprang auf den Fenstersims, richtete den Schwanz auf, glühte Daniel mit seinen gelben Augen an.

«Ich dachte, der Bär schläft.»

«Du hast ihn geweckt.»

«Sorry, Bär.» Daniel versuchte, den Kater zu streicheln, aber er duckte sich und fauchte.

«Er heisst Manousch.»

«Entschuldige, Manousch.» Jetzt hob der Kater den Kopf, rieb ihn an Daniels Hand.

Maya holte Mineralwasser und eine Tüte Apfelsaft aus dem Eisschrank.

«Gibt's auch was für den harten Mann?»

«Du bist auf Pikett.»

«Studierst du meine Dienstpläne?»

«Und du meine Personaldaten?»

«Deine Handynummer habe ich aus dem Telefonverzeichnis. Dein Curriculum habe ich nicht angesehen.»

«Ist kein Geheimnis, Herr Doktor. Medizinstudium abgebrochen, die grösste Dummheit meines Lebens. Wegen eines Mannes natürlich. Geschieden, kinderlos, Single mit Kater, sammle Barbies und nähe gern.»

«Und was ist dein Geheimnis?» Daniel setzte sich auf einen Hocker am Tisch, mischte Mineralwasser und Apfelsaft. Griff sich das angefangene Kleidchen, das auf einem Musterblatt lag, blaue Hosen und Jacke, sorgfältig vernäht. «Barbie bei der Polizei?»

Maya gab keine Antwort, sie sass ihm gegenüber, fern und fremd, so dass er sich fragte, was wirklich vorgefallen war in jener Nacht, als sie ihn besoffen in ihre Wohnung geschleppt hatte. Sie war nicht die Frau, die sich mit einem Betrunkenen ins Bett legt.

«Was willst du wissen?», fragte sie nach einer Weile.

«Du hast Zugang zum Krebsregister.»

«Eigentlich nicht. Ich bin kein Arzt.» Der Bär hüpfte auf ihren Schoss, rieb seinen Kopf an ihren kleinen Brusthügeln. Sein aufgereckter Schwanz zitterte vor Erregung. Sie kraulte seinen Bauch. Man habe an einem Rapport über die Krebsfälle im Dorf gesprochen. Eine Familie sei weggezogen, weil die Tochter an Leukämie erkrankt war, ein Bauer an einem Gehirntumor verstorben, seine Frau kurz zuvor an Brustkrebs. Jetzt die Wirtin, der Schreiner.

«Es gibt unerklärbare Häufungen», sagte Daniel. «Fünf Fälle sind statistisch nicht relevant.»

«Es gibt dort Breitband-Mobilfunkantennen mit starker Strahlung.»

«Woher weisst du das?»

Sie strich ein Stück Seidenstoff glatt, hielt es ins Licht. «Anita Bender sagt, die Antennen seien illegal in den Kirchturm eingebaut worden.»

«Sie hat zu viel geraucht. Jetzt sucht sie einen Grund für ihre Krankheit.»

«In den Bergen muss eine Antenne eine grössere Fläche abdecken. Sie braucht deshalb mehr Leistung. Die Strahlung im Dorf ist weit über dem Grenzwert.»

«Du hast gut aufgepasst an der Konferenz.»

Maya stand auf, hob die Nähmaschine in einen Koffer, legte die Stoffresten und das angefangene Kleidchen in eine mit Bauernmalerei verzierte Holzschachtel. Einen Wisch Fäden warf sie in den Abfallkübel unter der Kombination.

«Als junger Kletterfreak hing ich mal dort oben in einer Felswand im Schneesturm, verletzt und halb erfroren», erzählte Daniel. «Es gab noch keine Handys. Beinahe wäre ich draufgegangen … Hörst du mir überhaupt zu?»

«Ich bin müde.» Sie lehnte an der Küchentür, ohne Make-up wirkte ihre Gesichtshaut welk, ihre Haare waren ohne Glanz. Eigentlich sollte ich sie jetzt in die Arme nehmen, dachte er. Doch etwas hielt ihn zurück.

«Ein Bergdorf braucht starke Antennen. Damit die Einwohner telefonieren können. Damit sie mit moderner Technik arbeiten können, den Anschluss nicht verlieren. Damit man bei Unfällen Alarm schlagen kann. Der Fortschritt ist nicht für uns Stadtmenschen reserviert.» Er stand auf, fasste sie bei den Händen. «Entschuldige, ich wollte dir keinen Vortrag halten.»

«Du wolltest das Krebsregister.»

«Kannst du mir die Daten beschaffen?»

Sein Handy zirpte, er liess ihre Hände los, antwortete, hängte auf und fluchte. «Ein besoffenes Arschloch hat einen Fussgänger über den Haufen gefahren.» Er ging zum Tisch, leerte das Glas. «Manchmal hasse ich meinen Beruf.»

Manousch strich ihm um die Beine, Maya begleitete ihn zur Wohnungstür, einen Augenblick standen sie im Halbdunkel des Korridors nebeneinander. «Zum Glück hast du nur Süssmost getrunken.»

«Ich bin eben ein Glückspilz.» Er hielt sie fest, küsste sie auf die zusammengepressten Lippen. Draussen hörte er, wie sie den Schlüssel zweimal drehte.

39

Andrea liess ihren Jeep an der Strasse stehen und stieg zu Fuss über die Einfahrt zum Haus des Gemeindeverwalters hinauf. Sein BMW stand unter der Terrasse, daneben ein rotes Cabrio. Das Haus auf Betonstützen war das oberste am Hang der Feriensiedlung mit Terrassenbauten, Bungalows mit flachen Dächern, Chalets und Villen mit Erkern und Türmen. Ein Freiluftmuseum kleinbürgerlicher Alpträume, nannte Reto Kocher diesen Teil des Dorfes. Andrea fragte sich, warum Leute ein Haus bauten und es dann elf Monate im Jahr leer stehen liessen. Als sie mit ihrer Mutter in der Gegend wanderte, war das Dorf arm und etwas verwahrlost, aber noch unversehrt wie vor hundert Jahren. Von der Sonne schwarz gebrannte Blockhäuser mit Giebeln, die der Wetterseite silbergrau ausgebleichte Schindelfassaden zuwandten, kleine Fenster mit grünen Jalousien. Wie eine Herde Schafe drängten sich die niedrigen Bauten um die Kapelle und den Turm. Wenn sie an das Dorf dachte, blendete sie das Siedlungsgeschwür am Hang einfach aus, so wie man mit der Zeit auch eine Hochspannungsleitung oder eine Seilbahn nicht mehr wahrnimmt.

Zum ersten Mal betrat sie eines der protzigen Bungalows, ein Flachbau mit breiten Fensterfronten. Sie klingelte, der Türöffner summte, der Verwalter trat ihr entgegen, als hätte er gewartet, hielt ihre Hand etwas zu lange. «Freut mich sehr, dass Sie mich besuchen.»

Er trug weisse Hosen, ein weisses T-Shirt, er führte sie durch eine Halle, in der afrikanische Skulpturen herumstanden. An den Wänden hingen Masken, mit Löwenfell bespannte Schilde und Speere. «Ich bin Kunstsammler», bemerkte er.

Im Salon deutete er mit einer Handbewegung auf eine Sitzgruppe. «Nehmen Sie Platz, Frau Stamm. Oder möchten Sie zuerst das Haus besichtigen?»

«Danke. Später vielleicht.» Andrea setzte sich auf die Kante eines Sofas, von dem aus sie durch die Fensterfront über den Wald hinweg auf die andere Talseite sehen konnte. Latinomusik klang dezent aus schmalen Boxen, Buena Vista Social Club. «Stört Sie die Musik?»

«Lassen Sie, die CD gefällt mir, ich habe den Film gesehen.»

Frey deutete Tanzschritte an. «Havanna, Kuba … Sie kennen die Karibik?» Auch die Turnschuhe, die er trug, waren weiss.

«Ich war in den USA und in Patagonien. Überall, wo's Berge hat.»

«Bergführerin, klar.» Er lachte.

Der Salon irritierte sie, schwarz und weiss die Möbel und die Stereoanlage, an den Wänden Aktfotos in grobkörnigem Schwarzweiss, neben dem Kamin ein breiter Fernsehschirm. Sie bemerkte, dass die Scheibe auf der rechten Seite der Fensterfront eingeschlagen war. Transparentes Klebeband hielt die Glassplitter zusammen, die Bruchstelle funkelte im Licht wie ein regenbogenfarbener Stern.

«Ein Schaden vom letzten Sturm.» Frey hatte ihren Blick bemerkt. «Bis der Glaser aus Pratt kommt, dauert es. Es gibt ja immer weniger zuverlässige Handwerker.»

Andrea nickte. War der Sturm so heftig gewesen, dass er Steine durch die Luft schleuderte? Der Untersuchungsrichter hatte von Vandalen gesprochen. Frey log aus irgendeinem Grund. Dass es immer weniger Handwerker gebe, war wohl eine Anspielung auf das Verschwinden des Schreiners. Er wollte etwas von ihr.

«Darf ich Ihnen einen Drink anbieten?»

«Nur Wasser bitte.»

«Oh, entschuldigen Sie mein schlechtes Gedächtnis. Sie trinken keinen Alkohol.» Er ging zur Bar, die in eine Ecke des Raums eingebaut war, drei Hocker vor einem schwarz lackierten Tresen, öffnete einen Eisschrank. «Fruchtsaft? Cola? Mineral?»

«Gewöhnliches Wasser bitte.»

«Sie sind bescheiden.» Er verschwand kurz, erschien wieder, ein Tablett auf der flachen Hand balancierend, geschliffene Gläser, eine Karaffe mit Wasser, Flaschen mit Fruchtsäften, eine geschnittene Zitrone. Und eine angebrochene Flasche Rotwein. «Hahnenburger, frisch vom Berg. Vielleicht versuchen Sie doch einen biologischen Fruchtsaft, Vitamine für Kraft und Gesundheit. Mir selber erlaube ich ein Glas Burgunder.» Er schenkte ein, hob sein Glas. «Können wir uns trotzdem … ich meine, wir sind sozusagen Nachbarn. Ich heisse Peter.»

Sie tippte mit dem Rand ihres Wasserglases an seinen Weinkelch. «Andrea. Danke für die Einladung.»

«Wir Neuzuzüger müssen doch zusammenspannen.» Er setzte sich neben sie, unangenehm nahe, entschuldigte sich sogleich.

«Damit ich die Aussicht auch geniessen kann. Wenn es ausnahmsweise mal nicht regnet.» Er rückte noch näher, während er ohne Unterlass schwatzte. Von Börsengeschäften, die er dank High-Tech-Ausstattung von hier aus erledigen könne, so gut wie in der Stadt, wo er aber auch noch ein Büro unterhalte, eine Sekretärin halbtags beschäftige, von Beratungsmandaten und Immobiliengeschäften, von seiner Tätigkeit im Grossen Rat und verschiedenen Kommissionen und der Verwaltung der Gemeinde, die ihm Sorgen bereite. Die Abwanderung. Die fehlenden Arbeitsplätze. «Ein Glück, dass Leute wie du hierherziehen, junge unternehmerische Menschen. Wie läuft deine Kletterschule? Tolle Website übrigens, Kompliment.»

«Jemand hat mir das Firmenschild versprayt», sagte Andrea. «Mit roter Autofarbe.»

«Ich hab zwar ein rotes Auto, aber ich war es nicht.» Er lachte laut, nahm einen Schluck. «Die Sensationspresse hat gegen dich gehetzt. Die Journalisten machen so viel kaputt in diesem Land, nur das Negative interessiert. Good News is no News.» Er schenkte sich den Rest aus der Flasche nach, stand auf und trat zum Fenster. «Wenn du Schwierigkeiten hast, ich kann vielleicht helfen mit meinen Beziehungen.»

«Der Führerverband will mir die Lizenz entziehen.»

«Hab ich vernommen. Aber ich bin zuversichtlich, die Sache wird sich klären. Und sonst hab ich auch noch ein Wörtchen zu reden mit den Herren. Unsere Gemeinde braucht deine Kletterschule. Das bringt uns Gäste, frischen Wind. Ich habe gehört, du möchtest die ‹Alpenrose› wieder öffnen, eine Art Café.»

«War nur so eine spontane Idee.»

«Die spontanen Geschäftsideen sind immer die besten, glaub mir.» Er stand auf, das Glas behielt er in der Hand.

Sie folgte ihm, obwohl sie das Haus nicht interessierte. Ein

Raum voller Bildschirme und Computer überraschte sie. «Mein Büro. Komm nur herein.» Sein Atem roch nach Alkohol, sie beugte sich scheinbar interessiert über die Geräte, während er auf sie einredete: «Für die weltweiten Finanzmärkte braucht es heute eine Top-Ausrüstung. Schnell und breitbandig, Geschwindigkeit ist alles. Auch hinter den sieben Bergen sind wir Bürger im Global Village.»

Er führte sie über eine Wendeltreppe auf eine Galerie. Auch hier standen Geräte herum, eine Videokamera auf einem fahrbaren Stativ. «Ich beschäftige mich ein wenig mit Film. Hobbymässig.» Die Tür zum Schlafzimmer stand offen, es lag auf der Bergseite, halb ausgefüllt von einem breiten Bett. Eine Spiegelwand verdoppelte den Raum, irritierte auch. Durch rote Vorhänge fiel diffuses Licht über die Bettbezüge, die Schränke und Teppiche. «Nett, nicht? Meine Werkstatt, sag ich dem.» Sein Lachen klang verkrampft. Sie sah im Spiegel, dass er hinter ihr stand, klein und schmächtig. «Fällt mir eben ein. Der Gesundheitsinspektor hat angerufen. Die Küche der ‹Alpenrose› muss komplett erneuert werden. Ist nicht mehr zugelassen.»

Andrea schob ihn beiseite, trat auf die Galerie zurück. Er folgte ihr, drängte sich neben sie an die Brüstung. «Aber ich werd mal ein Wort für dich einlegen. Vielleicht lässt er mit sich reden. Es ist ja ein Bergrestaurant, da gibt's Ausnahmen. Du verstehst mich doch.»

Andrea stellte das Wasserglas, das sie noch immer in der Hand hielt, auf einen Sims. «Ich hab verstanden. Aber ich möchte jetzt gehen.»

«Du bist ja kaum angekommen.» Er folgte ihr die Treppe hinab. «Trink doch noch etwas. Ich könnte Spaghetti kochen. Wir haben einiges zu besprechen.»

«Hab keinen Hunger. Besprochen haben wir alles.»

«Glaubst du?» Er fasste sie an der Schulter, in einer Hand hielt er noch das Weinglas. «Die Bewilligung fürs Restaurant, deine Bergführerlizenz. Ich sorge dafür, dass alles ins Gleis kommt. Und du …» Er versuchte sie an sich zu ziehen.

«Ich soll wohl mit dir in die Werkstatt? Nein danke.» Sie schubste ihn mit einem energischen Stoss von sich weg. Er taumelte, stiess an eine Statue, der Wein kleckerte über seine weissen Hosen.

«Du hast zwar einen Arsch wie ein Boy», rief er ihr nach. «aber ich steh auf die richtigen, falls du das nicht bemerkt hast, Bullentochter.»

Im Jeep klammerte sich Andrea ans Steuerrad und atmete tief durch. Bevor sie wegfuhr, warf sie einen Blick zu Freys Bungalow. Er stand am Fenster, ein weisser Schatten hinter der Scheibe, in der sich die Hügel und Berge der andern Talseite spiegelten.

40

Magnus lag tief ins Heu eingegraben. Er atmete flach, wenn er zu viel Luft holte, fuhr ihm ein Stich durch den Körper. Gebrochene Rippen. Kopfweh von der Gehirnerschütterung. Der Schmerz peinigte ihn, er hatte kaum Schlaf gefunden. Eine endlose Nacht. Hunger.

Am Abend war er erschöpft auf der Alp angekommen. Den ganzen Weg vom Tal herauf zu Fuss, durch weglose Wälder und Schluchten. Iwan war mürrisch, grüsste kaum. Er stellte gekochte Milch und kalten Haferbrei auf den Tisch. Magnus löffelte den Brei, trank die Milch, obwohl ihn die dicke Haut ekelte.

Iwan hatte nichts gefragt, kaum ein Wort gesagt. Starrte ins Feuer, den Kopf auf die Fäuste gestützt. Mehrmals versuchte er zu telefonieren, tippte SMS, fluchte, da er niemanden erreichte. Vielleicht hatte ihn Suna verlassen. Zusammen mit den falschen Alpknechten.

Ein heller Schimmer drang durch die Spalten in der Wand in den Heuschober. Stille draussen, kein Regen fiel. Ein kalter Morgen.

Magnus grub sich tiefer ein, klemmte die Hände zwischen die Oberschenkel, krümmte sich wie ein Kind im Mutterleib. Er biss die Zähne zusammen, damit sie nicht schnatterten vor Kälte. Die Schuhe hatte er mit Zeitungen ausgestopft. Unter die verschwitzten Kleider Zeitungspapier geschoben, damit sie über Nacht trockneten. Das feuchte Papier klebte auf seiner Haut. Nase und Mund waren mit Heustaub verstopft, der Hals ausgedörrt. Trinken und etwas essen sollte er. Dann über die Grenze. Sein Vater wartete auf ihn im Dorf jenseits des Jochs. Vielleicht.

Magnus schloss die Augen, sah seinen Vater winken. Er rief seinen Namen wie vor ein paar Tagen in der Nacht. Magnus eilte auf ihn zu, der Vater breitete die Arme aus, lachte, und um seine Augen bildeten sich Falten. Da ist ein Hafen, Schiffe. Der Vater steht in einem Boot, der Motor knattert. Vater! Nimm mich mit!, ruft Magnus, versucht zu rennen, doch seine Beine sind wie Blei. Hört immerzu diesen Motor, versucht sich zu bewegen, ganz nah kommt jetzt das Motorengeräusch.

Er drehte sich im Heu. Der Lärm drang von draussen herein, näherte sich, bis die Hütte zitterte und Heustaub von den Balken und von den Spinnweben herabrieselte, die unter der Decke hingen.

Helikopter, mindestens zwei. Ihr flackerndes Dröhnen peitschte die Luft, Windstösse schlugen gegen die Wand, trieben durch die Ritzen in den Heuschober. Die Tür unten schlug auf und zu. Magnus spähte ins Freie. Der Rotorwind fegte über das

Gras auf dem Hügel neben den Hütten, drückte es flach. Kühe galoppierten mit scheppernden Schellen davon.

Ein blauer Helikopter mit der Aufschrift *Polizei* setzte langsam auf der Weide auf, ein zweiter blieb über dem Dach der Alphütte stehen. Ziegel wirbelten durch die Luft, krachten zu Boden.

Magnus kroch ins Heu, von Panik gepackt. Sie suchen mich, weil ich aus dem Spital abgehauen bin. Weil ich dem Verwalter einen Stein ins Fenster geschleudert habe. Sie bringen mich in eine Anstalt. Der Wand entlang grub er sich ein, warf Heu über sich. Durch einen Spalt konnte er ins Freie sehen und bekam Luft. Polizisten mit Helmen und Gesichtsmasken setzten aus dem Helikopter, schwärmten gebückt auseinander, Gewehre auf die Hütte gerichtet. Einer stand auf dem Hügel, brüllte Kommandos durch ein Megafon. Nach wenigen Sekunden schleppten zwei Polizisten Iwan auf den Vorplatz. Er duckte sich, wälzte sich im Dreck, wollte sich losreissen. Ein dritter Mann warf sich auf ihn, sie rangen und kämpften. Dann lag Iwan auf dem Bauch, die Hände auf den Rücken gefesselt, eine schwarze Mütze über den Glatzkopf und das Gesicht gezogen. Er bewegte sich nicht mehr, im Gedröhn der Helikopter war seine Stimme nicht mehr zu hören.

Ein Mann stiess die Tür zum Schober auf, brüllte etwas herein. Dann watete er durchs Heu, stocherte da und dort. Magnus hielt den Atem an, sein Herz hämmerte gegen die Schläfen.

«Hier ist nichts!», rief der Mann.

Magnus lag wie gelähmt. Er hörte, wie die Helikopter abhoben. Ihr Brummen wurde leiser und verebbte. Dann vernahm er nur noch das ferne Läuten der Herde und das Rauschen von Bächen am Berg. Seine gebrochenen Rippen schmerzten heftiger als zuvor. Er fühlte sich elend wie noch nie. Erst nach langer Zeit wagte er sich ins Freie. Kaum war er draussen, würgte ihn ein heftiger Brechreiz. Er kauerte nieder, kotzte braunen Schleim, schluchzte und schlug mit den Fäusten auf den Boden, bis er sich beruhigt hatte. Dann taumelte er zum Brunnen, wusch sich Gesicht und Hände, spülte seinen Mund und trank. In der Hütte fand er trockenes Brot und Käse.

Dann wanderte er los, der Morgen war frisch, roch nach Tau und feuchter Erde. Durchs Tal zogen Nebelschwaden, bleich der Himmel über den Felsen. Eine Kuh trottete ihm entgegen, glotzte ihn aus traurigen Augen an. Magnus fuhr ihr über den Rücken. Die Kuh senkte ihren Kopf, stiess ein klagendes Muhen aus. Ihr Maul dampfte. Eine zweite näherte sich, drängte die andere weg. Ihre raue Zunge leckte seine Hand. Was soll ich nur tun?, fragte er sich. Die Kühe müssen gemolken werden. Noch nie hatte er Kühe gemolken, nur zugeschaut.

Er kehrte zur Hütte zurück, die Kühe folgten ihm. Ihre Glocken klangen rhythmisch und ruhig. Zielbewusst trotteten sie auf den Stall zu, andere schlossen sich an, drängten durch die Tür.

Als Magnus den Generator angeworfen hatte, standen die Kühe vor den leeren Krippen, jede an ihrem Platz. Sie drehten ihre Köpfe mit bittenden Augen nach ihm um. Er erinnerte sich, dass ihnen Iwan manchmal Salz hingestreut hatte. Rasch fand er den Sack. Sie leckten ihm das Salz aus der Hand, ihre Klauen tappten unruhig über den Betonboden. Magnus holte den Melkkübel vom Rost, schloss ihn an die Pumpe. Er strich der ersten Kuh die Zitzen, wie er das bei Iwan gesehen hatte. Anrüsten musste er sie, damit sie die Milch hergab. Dann setzte er die Zitzenbecher an, hörte, wie die Milch in den Kübel rann. Er molk eine Kuh, leerte die Milch in eine der Kannen, die bereitstanden.

Magnus arbeitete, als wäre er der Alphirt. Die Kühe liessen sich alles gefallen, gutmütig und zufrieden kackten und pissten sie, dass es spritzte, schlugen ihm ihre Schwänze um die Ohren. Nach dem Melken machten sie sich in aller Ruhe wieder auf den Weg zur Weide. Zwei stiessen ihre feuchten Schnauzen gegen den Salzsack, leckten das Papier. Mit einem Stock trieb Magnus sie aus dem Stall. Die letzte, eine kleine braune, blieb stehen. Er streichelte die Kraushaare zwischen ihren Hörnern. Sie schüttelte ihre Glocke, setzte dann mit übermütigen Sprüngen der Herde nach, die sich in den Schattenhängen unter den Felsen zerstreute.

Die Sonne stand im Mittag. Magnus hockte auf der Bank neben der Hüttentür. In eine Schale frische Milch hatte er Schokoladepulver eingerührt. Er tunkte ein Stück Brot hinein und kaute bedächtig. Der Himmel war klar, ein Flugzeug zog einen Kondensstreifen von einem Berggipfel in den Raum. Die Wärme strömte durch seinen Körper bis in die Fingerspitzen und Zehen. Magnus lehnte seinen Kopf an die Holzwand und schlief ein.

41

In der Schreinerei brannte Licht. «Ich warte hier», sagte Andrea.

«Du hast doch nicht etwa Angst?» Daniel klopfte und trat ein. Sie folgte ihm zögernd, fühlte sich unsicher wie ohne Seil auf einem verschneiten Gletscher. Die Werkstatt roch nach Hobelspänen und Leinöl. Sie war aufgeräumt, der Boden gewischt. «So hinterlässt einer seinen Arbeitsplatz am letzten Tag.» Daniel trat zur Werkbank, neben der zwei Objekte standen, mit Leintüchern zugedeckt. Er hob sie an, es waren Spinnräder, die Flachsbüschel mit roten Bändern geschmückt. Er tippte mit der Schuhspitze auf die Pedale, leicht und lautlos drehte sich das Rad. «Exzellente Arbeit. Das sind Kunstwerke.»

«Lassen Sie die Finger davon!» Andrea fuhr zusammen. Sie

hatten die Schreinerin nicht bemerkt, die im Halbdunkel auf einer kurzen Treppe stand, die zur Wohnung führte. Sie trug einen Unterrock mit Spitzen, hielt mit einer Hand eine Strickjacke über ihrem breiten Busen zusammen, die andere umklammerte einen Schraubenzieher. «Wer sind Sie?», schrie sie Daniel entgegen. Ein hasserfüllter Blick traf Andrea. «Was will die da? Die hat hier nichts zu suchen.»

Daniel zog einen Ausweis aus der Gesässtasche, trat auf die Frau zu. «Daniel Meyer. Ich bin Arzt.»

Sie riss ihm den Ausweis aus der Hand, hielt ihn dicht vor die Augen. «Was wollen Sie? Ich bin nicht krank. Mein Mann ist krank.»

«Krebs, ich weiss», sagte Daniel. «Er wird sich in einem Spital melden, wenn er Medikamente braucht.»

«Er ist tot», zeterte die Frau, «und die da ist schuld!» Sie machte einen Schritt auf Andrea zu, ihr Gesicht glühte. Sie zückte den Schraubenzieher wie einen Dolch. «Die hat meinen Walti verführt!»

Daniel packte ihr Handgelenk, bog ihren Arm nach aussen, der Schraubenzieher fiel zu Boden und rollte weg. Sie wimmerte, Schaum in ihren Mundwinkeln. «Sie tun mir weh! Lassen Sie mich los, ich rufe die Polizei.»

«Tun Sie das. Magnus wird vermisst.» Daniel liess ihre Hand los. «Ihr Junge hatte einen Unfall. Er ist aus dem Spital getürmt. Deshalb sind wir hier.»

«Magnus ist nicht mein Junge.»

«Wissen Sie, wo er sein könnte?»

«Keine Ahnung. Er haut immer ab. Er ist nicht richtig im Kopf. Er gehört in eine Anstalt.» Sie zupfte mit einer Hand ihre zerzausten Haarsträhnen zurecht. «Und nun gehen Sie, verschwinden Sie alle beide.»

Daniel hob den Schraubenzieher auf, trat zur Wand, an der Werkzeuge aufgereiht in Metallklammern hingen, klinkte ihn an seinem Platz ein. «Schicken Sie Magnus bitte ins Spital zurück, falls er auftaucht. Wir sollten ihn nochmals untersuchen. Und den Ausweis seiner Krankenkasse brauchen wir.»

«Er geht mich nichts an.» Sie zog die Strickjacke, die sich gelöst hatte, mit beiden Händen zusammen. «Sein Vater hat sich um seine Sachen gekümmert.»

Andrea sah, dass der Schreinerin Tränen über die Wangen liefen. Ihr gerötetes Gesicht mit den Pausbacken hatte einen kindlichen Ausdruck bekommen. Ein trauriges, missbrauchtes Kind stand mit hängenden Schultern vor ihnen und weinte.

Sie trat auf sie zu. «Es tut mir leid, Frau Kernen, es war ein Fehler, dass ich Ihren Mann allein gelassen habe.» Andrea versuchte, ihr in die Augen zu sehen, doch die Schreinerin hob die Faust, als umfasse sie noch immer den Schraubenzieher. «Du sollst dich aufhängen wie der alte Wirt!», fauchte sie. Die Tür zur Wohnung schlug zu, das Licht in der Werkstatt ging aus.

«Komm, wir gehen.» Daniel fasste Andreas Hand. «Das hab ich nicht gewollt.»

«Töni war Waltis Onkel», sagte Andrea. «Er hat sich erhängt. Mit seinem Bergseil. Jemand hat ihn gefunden und abgeschnitten.»

«Ich weiss. Es stand damals in der Zeitung.»

«Du hast mir nie etwas gesagt.»

«Die Wahrheit ist nicht immer hilfreich.»

Benommen folgte sie ihm ins Freie. Neben der Schreinerei stand in einem Schuppen ein roter Pickup, Holzlatten auf der Ladebrücke. Beim Glockenturm blieb Daniel stehen. «Kernen und Anita waren überzeugt, dass hier drin Mobilfunkantennen strahlen und sie krank gemacht haben.» Er drückte die Klinke der Pforte, die alte Eichentür war verschlossen. Die gusseiserne Türfalle war als Faust geformt, mit einem Handschuh, wie ihn Bischöfe tragen. «Ein alter Bann gegen böse Geister», bemerkte Daniel, bückte sich und betrachtete die Verriegelung. «Das Sicherheitsschloss ist neu. Wahrscheinlich mit Alarmanlage.»

Andrea erinnerte sich. Da ist nur … der Glockenturm … «Anita hat gewusst, dass hier etwas nicht stimmt.»

Daniel schlug mit der flachen Hand auf die Tür, das Echo im Turm klang, als habe er die Saite einer elektrischen Gitarre angezupft. «Anita sucht Erklärungen für das Unerklärbare.»

«Das suchen wir doch alle», sagte Andrea.

42

Magnus schaufelte Kuhmist auf eine Karre, schob sie durch den Stall ins Freie. Mit Anlauf stiess er sie über ein Brett auf den Misthaufen und kippte. Franz, der neue Alphirt, stand vor der Hütte und winkte. Magnus liess die Karre stehen, schlurfte in seinen zu grossen Stiefeln über den Platz. Franz schlug ihm mit seiner breiten Hand auf die Schulter. Er gab Laute von sich, die an die Sprache der Fremden erinnerten.

«Znüni?», fragte Magnus.

Franz nickte heftig. Sie verstanden sich, seit er auf der Bank vor der Hütte erwacht war und in dieses zerfurchte Gesicht geblickt hatte. Der Seehundschnauz, dessen Zipfel Franz ständig kaute. Graue Bartstoppeln standen auf seinen faltigen Wangen nach allen Seiten, seine Froschaugen lachten immerzu. Er hatte nach Schnaps und Tabak gerochen, in die Brusttasche seines blauen Arbeitskittels gegriffen und eine Identitätskarte herausgeklaubt, sie Magnus vors Gesicht gehalten: *Franz Alder, landwirtschaftlicher Betriebshelfer*. Mit dem Kopf hatte er ein Zeichen gegeben: Komm! Einer Milchkanne einen Tritt versetzt, Magnus zugenickt, die Faust gemacht und den Daumen gehoben. Dann hatte er ihm fast die Hand zerquetscht beim Grüssen, Magnus hatte aufgeschrien und Franz gelacht.

Sie setzten sich an den Tisch vor der Hütte. Franz tischte Brot, Butter, Konfitüre, Käse und den Krug mit dem abgeschlagenen Henkel voll Kaffee auf. Hoch am Berg bimmelten die Glocken der Herde sanft und hell. Die Tiere waren zufrieden mit dem neuen Senn und seinem Knecht. Franz ging die Arbeit leicht von der Hand. Er bewegte sich bedächtig und packte fest zu. Kein Schritt und kein Handgriff zu viel. Wenn er molk, redete er mit den Kühen in seiner Sprache. Es klang so sanft, als spreche er zu einer Geliebten. Magnus war sicher, dass ihn die Tiere verstanden. Sie gehorchten ihm aufs Wort.

Auch Magnus verstand ihn bestens. Gab er eine Anweisung, so drückte er mit Händen, Kopf und dem ganzen Körper aus, was er wollte. Und wenn er etwas wollte, dann gab es nichts zu fackeln.

Franz hob die Schnapsflasche ins Licht der Morgensonne. Der Klare schillerte in Regenbogenfarben. Franz gluckste und grunzte, zog den Korken heraus, roch daran, nickte genussvoll. Er füllte seine Kaffeetasse auf, seine Froschaugen lachten. Magnus schüttelte den Kopf. Er liebte den Duft des Schnapses im warmen Kaffee, trinken mochte er ihn nicht.

Ein Pickup holperte zur Hütte. Der Alpmeister holte die Milch ab. Hinter ihm folgte ein schwarzer Mercedes, blieb auf dem Parkplatz stehen. Magnus stand auf, wollte sich verdrücken. Franz erwischte ihn am Ärmel des Pullovers, hielt ihn zurück.

«Lass mich!» Er wollte sich losreissen, doch der Griff des Alphirts um sein Handgelenk war fest wie ein Schraubstock. Die

Laute, die er von sich gab, klangen beruhigend. Magnus verstand so etwas wie: Keine Angst! Ich pass schon auf dich auf!

Der Alpmeister trat in Hemdärmeln und Hosenträgern an den Tisch, klopfte mit dem gekrümmten Zeigefinger aufs Holz. Die Bank ächzte, als sich der schwere Mann niederliess. Sein Hund setzte sich neben ihn, blickte ihn an, hechelte mit hängender Zunge. Der Fahrer des Mercedes suchte sich einen Weg am Dreck vorbei, stellte sich vor den Tisch, in der Hand einen Aktenkoffer. «Da bist du also, Magnus.»

Magnus starrte auf die Spitzen seiner Stiefel. Sie bohrten sich in den Dreck, als gehörten sie nicht zu ihm.

Der Alpmeister lachte, dass es dröhnte. «Er ist zwar nicht taubstumm wie der Franz, aber reden tut er noch weniger.» Er schnitt ein Stück Brot ab, strich dick Butter drauf und belegte es mit Käse. Ein Stück Käse warf er in die Luft, der Hund schnappte darnach, frass und wedelte mit seinem Ringelschwanz.

Franz holte in der Hütte einen Hocker für den Mann in Anzug und Krawatte, stellte rote Tassen mit weissen Tupfen auf den Tisch, schenkte Kaffee ein. Dem Alpmeister füllte er reichlich Schnaps nach, der feine Herr wehrte mit dem Finger über der Tasse ab. Schliesslich liess er sich zu einem Schuss nötigen.

«Gut ist der Kaffee Schnaps erst, wenn man einen Batzen am Grund der Tasse sieht.» Der Alpmeister prustete los.

Wie es so laufe auf der Alp, fragte er Franz. Ob ihm Magnus eine Hilfe sei. Der Alphirt nickte, gab Laute von sich und zwirbelte mit zwei Fingern die Schnauzzipfel.

«Tüchtig der Junge», übersetzte der Alpmeister. «Er hat von sich aus das Vieh gemolken und versorgt nach der Verhaftung des Halunken.» Mit einem Zündholz stocherte er zwischen seinen braunen Zähnen.

«Es wurde mir berichtet.» Der Herr legte einen Ausweis auf

den Tisch. «Marco Färber, Untersuchungsrichter. Ich muss dir ein paar Fragen stellen, Magnus.»

Magnus scharrte mit seinen Stiefelspitzen im Dreck. Franz stiess ihn in die Seite, packte sein Kinn und drückte es hoch. Jetzt blickte er dem Untersuchungsrichter ins Gesicht.

«Du bist aus dem Spital ausgerissen.»

Magnus nickte.

«Wo hast du dich verletzt?»

Magnus biss auf die Zähne, bis ihn Franz wieder knuffte. «Ausgerutscht. Im nassen Gras.»

«Beim Haus des Gemeindeverwalters. Hast du den Stein in sein Fenster geworfen?»

«Ich will auf der Alp bleiben», presst Magnus hervor.

«Das darfst du», sagte der Untersuchungsrichter. «Wenn du meine Fragen ordentlich beantwortest. Du bekommst ein Taggeld, und wenn du sparst, kannst du das Fenster ersetzen. Dann wird der Gemeindeverwalter die Strafanzeige zurückziehen.»

Er nickte Franz und dem Alpmeister zu, sie erhoben sich bedächtig, begannen, die Milchkannen auf die Brücke des Pickups zu laden.

Färber legte ein Gerät auf den Tisch, so klein wie ein Feuerzeug. «Ich zeichne unser Gespräch auf. Bist du einverstanden?»

Magnus nickte. Erzählte stockend von Iwan, von Suna, von den Fremden, die er drüben abgeholt hatte in der Meinung, es seien Alpknechte.

«Es war der Tag, als dein Vater verschwand», bemerkte Färber.

«Wo ist mein Vater?» Magnus schlug die Faust auf den Tisch, dass ihn die Knöchel schmerzten.

Färber ergriff seine Hand. «Das wissen wir nicht. Weisst du etwas? Hast du etwas gesehen oder gehört?»

Magnus schob seine Unterlippe vor, erzählte mit gepresster

Stimme. Er hatte hoch oben zwei Bergsteiger gesehen, auf einer Spur zwischen den Spalten, die sich wie Runzeln durch den Gletscher zogen. Er hatte nicht geahnt, dass es sein Vater war mit der Bergführerin, sonst hätte er die Fremden allein zur Alp geschickt und auf dem Joch gewartet.

«Du hast gewusst, dass dein Vater an Krebs leidet?», unterbrach ihn der Untersuchungsrichter.

Magnus wischte sich mit dem Ärmel übers Gesicht. «Der Glockenturm hat ihn krank gemacht.»

«Der Glockenturm? Wie kommt das?»

«Die Wellen, hat er gesagt.»

«Eigenartig. Was für Wellen sollen das sein?»

«Es hat Antennen im Turm. Für Handys.»

«Woher weisst du das?»

«Ich habs gesehen. Es hat ein Fenster.»

Färber hob seine Brille von der Nase, steckte die Bügel in den Mund. Er blickte zu den Felsen, die in der Sonne standen. Vorsprünge, Kanten und Bänder warfen ein Schattenmuster. Ständig veränderte es sich. Er schaute hinauf, als ob er da etwas lesen könnte. Schliesslich setzte er seine Brille wieder auf, steckte das Gerät ein. «Danke, Magnus. Du hast mir sehr geholfen.»

«Darf ich auf der Alp bleiben?»

«Solange der Franz zufrieden ist mit dir. Das mit dem Fenster regeln wir im Herbst, nach der Alpabfahrt.» Der Untersuchungsrichter trank seine Kaffeetasse leer, formte mit beiden Händen eine Schale, hauchte hinein und schnupperte. Er prüfte, ob man den Schnaps roch. Im Heim hatten sie das auch gemacht, wenn sie Bier getrunken oder geraucht hatten.

«Mach's gut, Magnus.»

Er sah sich nach Franz um, doch der stieg zu den Kühen hinauf. Hoch oben hörte man den eigenartigen Singsang seiner

Stimme. Der Alpmeister war mit der Milch abgefahren. Magnus schlurfte zum Stall und türmte eine neue Ladung Mist auf die Karre.

43

Der Postbote wartete vor der Tür mit einem eingeschriebenen Brief vom regionalen Bergführerverband. Andrea unterschrieb, sie brauchte nicht zu lesen, sie wusste, was das bedeutete. «Möchten Sie etwas trinken?», fragte sie den Mann.

«Muss weiter, bin im Dienst», gab er ruppig zurück, bestieg sein kleines gelbes Auto und fuhr los.

In der Gaststube riss sie das Kuvert auf, zog das Schreiben heraus. Sah Fricks Unterschrift neben jener des Obmanns Gisler. «Mieser Fink», stiess sie hervor.

«Wer?», fragte Daniel.

«Gisler schmeisst mich raus. Und Frick unterschreibt auch noch.» Sie liess sich auf einen Stuhl fallen.

Liebe Andrea, der Vorstand hat an seiner letzten Sitzung beschlossen, deine Lizenz zu suspendieren, bis die Untersuchung zum Verschwinden deines Gastes Walter Kernen abgeschlossen ist. Wir sind zuversichtlich, dass das bald der Fall sein wird. In Anbetracht der Medienkampagne, die dem Ruf der Bergführer und vor allem auch deinem Schaden zugefügt hat, haben wir uns zu dieser Massnahme gezwungen gesehen. Wir hoffen …

Sie riss das Schreiben in Fetzen, schleuderte sie in die Luft, dass sie wie Schneeflocken durch die Gaststube wirbelten.

«Frey steckt dahinter, das Schwein.» Sie stand auf, ging zur Kaffeemaschine, so erregt, dass ihr eine Tasse entglitt und am Boden zersplitterte. Daniel fasste ihre Handgelenke. «Scherben bringen Glück.»

Sie beruhigte sich, erzählte, wie sie den Gemeindeverwalter besucht, wie er sie angemacht hatte. Sie hatte ihn abblitzen lassen, jetzt rächte er sich. «Er brüstete sich mit Beziehungen.»

«Vielleicht wollte er mit dir einen Porno drehen. Dafür braucht er wohl die Breitbandtechnik.»

«Für Börsengeschäfte, behauptete er.»

«Ein skrupelloser Geschäftemacher handelt mit allem, was Geld bringt. Pornofilme oder Aktien, beides ist pervers.» Daniel griff sich an seinen Ohrring. «Eine Bergführerin mit Klettergürtel und sonst nichts wäre eine scharfe Nummer.»

«Du findest das auch noch zum Grölen. Hau doch ab, lasst mich doch alle in Ruhe.»

«Ich hab's nicht so gemeint.»

Sie stiess seine Hand von ihrer Schulter, holte Schaufel und Wischer. Er blieb neben ihr stehen, während sie die Scherben und die Papierschnipsel zusammenkehrte. Zog ein Gesicht wie ein Schulbub, den die Lehrerin bei einem dummen Streich ertappt hat. Sie wollte nicht mehr mit ihm reden, sie wollte allein sein.

«Ich muss erst morgen früh in der Klinik sein. Soll ich bleiben?»

Sie presste ihre Lippen zusammen, gab keine Antwort.

«Rolf ist sicher überstimmt worden im Vorstand. Er ist auf deiner Seite, das weisst du.»

Er erinnerte Andrea daran, wie er und Frick sie vom Berg geholt hatten, in jenem Winter nach ihrem Alleingang an der Sila, als ihre Seile klemmten. Ihre Nacht damals, in der Hütte. Er schwärmte von früher, sprach davon, dass sie zusammen wieder klettern könnten. Mit ihm als Seilpartner brauche sie keine Lizenz. Sie liess ihn reden, während sie den Schanktisch aufräumte, die Tassen abwusch.

«Soll ich gehen?», fragte er.

Sie schüttelte den Kopf.

44

Die Glockenschläge vom Turm hämmerten auf seinen Schädel. Das Gästezimmer, in das er sich verkrochen hatte, war gegen die Kapelle gerichtet, nach Stunden hatte er das Fenster geschlossen. Es hatte wenig gebracht. Kein Wunder, schlief Andrea schlecht in dieser Bude. Sie war unerbittlich, gab ihm nicht einmal einen Gutenachtkuss. Sie hatte ihm Leintücher, einen Kissenanzug und eine Wolldecke auf die Matratze gelegt, er musste das Bett selber machen. Hotel «Alpenrose». Eine Matratze, die nach Schweissfüssen roch. Was für ein Volk hatte wohl in dem tristen Schlag schon übernachtet? Wenn er kurz eindämmerte, zogen Bilder durch seinen Kopf. Töni, der alte Wirt, steht vor der Tür der Wirtschaft, die Brissago zwischen den Zähnen, schaut zu, wie Daniel aussteigt aus dem Wagen, der ihn mitgenommen hat. Ein Freak aus der Stadt. Misstrauen liegt im Blick des Alten. Die Jungen entweihen seine Berge mit Bohrhaken und Magnesia, denkt er wohl, wie so viele Alte, die einmal Spitze waren und es nicht ertragen, dass die Jungen die Welt neu erfinden und dabei mehr erreichen, als sie sich je erträumt haben. Daniel war nur wenige Male in der «Alpenrose» eingekehrt, hatte etwas getrunken, aber nie mit dem alten Wirt gesprochen. Er hatte das Dorf gehasst, damals, diese Menschen und Ziegen, die ihn anglotzten, als ob er ein Wesen aus einer andern Welt wäre. Am Ende hatte sich Töni aufgehängt mit seinem Bergseil. Vielleicht war er auch krank gewesen oder hatte es einfach nicht ertragen, dass er nicht mehr der Alpenkönig war, sondern ein einsamer alter Mann.

Es schlug ein Uhr, dieser einzige Schlag traf Daniel so heftig, dass er von der Matratze rollte. Er war verschwitzt, obwohl er nur Hemd und Unterhose trug. Was war nur los? Waren wirklich Strahlen im Spiel? Der «unsichtbare Tsunami» des Schriftstellers, mit dem er in einem Café diskutiert hatte. Vom Corretto waren sie zum Cognac übergegangen und zum Du und ihren Lebensgeschichten. Beide hatten unter autoritären Vätern gelitten. Das Buch «Der grüne Reiter» sei die Abrechnung mit seinem Alten, hatte der Schriftsteller bekannt. Der war allerdings schon längst gestorben. «Meine Abrechnung war das Klettern», hatte Daniel gesagt, schon ziemlich benebelt. «Mein Alter lebt aber noch.»

Mitten in der Nacht stand er auf, schlüpfte in die Jeans, nahm seine Schuhe in die Hand und stieg, so leise es ging, die Treppe hinab. Eine Stufe knarrte. Dann war er draussen.

Er fühlte sich befreit, atmete die kühle Luft mit Genuss. Eine Eule rief im Wald, sonst war alles still. Die Sterne schimmerten matt, der Mond zeigte sich nicht. Daniel zog seine Schuhe an, schritt über den Kiesplatz zum Zaun, dann auf der Strasse zur Kapelle. Im Gras durchnässte der Tau seine Schuhe. Die Tür zum Turm war verriegelt. Er tastete sich der Mauer entlang, die aus roh behauenen Steinen gefügt war. Auf einer Seite, vier oder fünf Meter über dem Grund, entdeckte er ein vergittertes Fenster. Selbst ohne Training würde er diese Kletterpartie noch schaffen, die Spalten zwischen den Mauerquadern waren tief. Mit den Fingern tastete er über den feuchten, mit Flechten bewachsenen Kalkstein. Die Quader hatten gute Kanten, boten Griff und Tritt. Er rieb die Schuhsohlen mit der Hand trocken. Dann kletterte er hinauf, wischte den Staub von den Griffen, bis er sicher war, dass er nicht abrutschte. Instinktiv langte er mit der Hand nach hinten, wo früher immer das Magnesiasäcklein am Gürtel hing. Die Bewegung brachte ihn ins Gleichgewicht. Mit der andern Hand bekam er eine Stange des Gitters zu fassen, zog sich hoch, fand auf einem Vorsprung Stand für die Füsse. Er schüttelte die Hände, um sie zu lockern, dann grabschte er im Hosensack nach dem Feuerzeug, knipste es an und drückte sein Gesicht ans Gitter. Die Flamme spiegelte sich in Armaturen aus glänzendem Metall. Neben dem Zugseil der Glocke sah er Geräteschränke, dicke Kabel führten zu sternförmig angeordneten Antennenmodulen in der Spitze des Turmes. Kontrolllichter blinkten. Die Elektronik wirkte fehl am Platz in dem alten Gemäuer. Es war jedoch nicht ungewöhnlich, dass sich moderne Installationen in Kirchtürmen befanden, auch die Uhrzeit wurde nicht mehr von alten Räderwerken bestimmt, sondern vom Empfänger eines Zeitsenders mit Atomuhr. Das Alte war nur noch Fassade.

Dann zuckte er zusammen, als habe ihm jemand einen Hammer auf den Kopf geschlagen, um ein Haar stürzte er, klammerte sich fest. Das Feuerzeug fiel ihm aus der Hand, prallte im Innern des Turms auf etwas Metallenes und verlöschte. Er schaute hinter sich, sah hinab, und ein leiser Schwindel packte ihn. Der Turm schien sich zu neigen, die Mauern schwankten. Daniel klammerte sich mit beiden Händen ans Gitter, presste die Stirn gegen die Mauer und sprach leise vor sich hin: «Keep cool, Tritt um Tritt, alter Freak. Denk an früher.»

Schritte näherten sich durchs Gras. «Halt dich fest, sonst stürzst du.» Andreas Stimme.

Ich doch nicht, dachte er, und in diesem Augenblick glitt ein Fuss weg, er krallte sich an eine Kante, spürte, wie die Nägel knickten und die Haut seiner Fingerbeeren riss. Bevor er ins nasse Gras rollte, hörte er deutlich den Knacks im Fuss. «Verdammt.» Schmerz spürte er nicht, nur ein Kribbeln im Gelenk.

Andrea kniete neben ihm. «Hast du dir weh getan?»

«Das Sprunggelenk.» Er versuchte sich aufzurichten, ein elek-

trischer Schlag zuckte durch den Fuss. «Hoffentlich nur verstaucht.»

«Soll ich dich stützen?»

«Es geht schon.»

Doch es ging nicht. Er konnte den Fuss nicht mehr aufsetzen, ohne dass ein rasender Schmerz durchs Gelenk fuhr. Sie
legte seinen Arm über ihre Schulter, zog ihn hoch. Auf einem
Bein hüpfte er hinüber zur «Alpenrose».

«Mein Feuerzeug ist in den Turm gefallen», sagte er.

«Ein teures?»

«Nein. Nur ein Souvenir.»

In der Gaststube rückte sie Stühle zusammen, damit er den
Fuss hoch lagern konnte, holte Kissen, band ihm mit Tüchern
einen Eisbeutel ums Gelenk. Dann machte sie Kaffee, toastete
Brot, tischte Butter und Konfitüre auf. «Hast du was gesehen im
Turm?»

«Antennen. Elektronische Installationen, jede Menge.»

«Es ist also was dran an dem Gerücht von den Handyanten-
nen.»

Sie sass bei ihm, überliess ihm beide Hände, er hob sie an seine
Lippen, küsste ihren Handrücken. Über dem Grat färbte sich der
Himmel violett. Daniel erzählte von früheren Stürzen, einige
Male hart am Tod vorbei. In Israel habe er Glück gehabt. Zehn
Meter war er über Felsstufen gerollt, dann hängen geblieben über
einem mehrere hundert Meter tiefen Wadi. «Manchmal war mir,
als blicke ich schon durchs Fenster hinüber ins Schattenreich.»

Andrea fragte unvermittelt: «Warum hat sich der alte Töni
umgebracht?»

«Das weiss niemand. Alt war er, einsam, verwahrlost.»

«Meinst du, das könnte mir hier auch passieren?»

Daniel suchte nach einem Scherz, um die trübselige Stimmung zu brechen, doch es fiel ihm nichts ein. «Ich werde das nicht zulassen», sagte er nur. Schaute auf die Uhr. «Jetzt muss ich aber ins Tal, meinen Fuss röntgen.»

«Ich fahr dich.»

Sie half ihm auf die Beine, er wollte sie umarmen, doch sie drehte sich weg, stützte ihn unter der Schulter.

«Du bist eine gute und starke Frau, Andrea. Gib mir ein bisschen Hoffnung.»

«Komm jetzt», sagte sie, hielt ihn kräftig fest und half ihm die Treppe hinunter.

45

Die Blätter der Kastanien in der Gartenwirtschaft am Fluss hatten schon braune Ränder. Ihre gezackten Finger zitterten im Wind, der durch die Kronen der Bäume strich. Ein Blatt löste sich, wirbelte in spiralförmiger Bahn zu Boden und landete im Kies. «Heb es mir doch bitte auf», bat Anita. Sie sass im Rollstuhl, verpackt in Wolldecken, um den Kopf einen Turban aus einem violetten Seidentuch.

Andrea reichte ihr das Blatt. Anita ergriff den Stiel mit zwei Fingern, zwirbelte das Blatt, fächerte sich Luft zu und führte es zur Nase. «Herbst», sagte sie mit heiserer Stimme.

Die Sonne stand tief. Nur noch wenige Leute sassen an den langen Schiefertischen, Bierhumpen oder Karaffen mit rotem Sauser vor sich. Vom Grill beim Büfett wehte bläulicher Rauch herüber, es roch nach gebratenem Fleisch.

«Weisst du, was mein grösster Wunsch wäre?», fragte Anita.

Gesund sein, dachte Andrea. Noch ein Stück Leben vor dir haben. Malen, eine Ausstellung in der «Alpenrose». Anita räusperte sich: «Eine Bratwurst.»

«Und deine Diät?»

«Im Hospiz haben sie eine neue verordnet. Antroposophische Naturkost. Keine Nachtschattengewächse, weil der Tumor in der Tiefe, im Finsteren wächst. Man muss ihn aushungern.»

«Mit Bratwürsten?»

«Das sind doch keine Nachtschattengewächse.»

Ihr Gesicht zuckte leicht, wahrscheinlich versuchte sie zu lächeln. Andrea half ihr, den Apfelsaft an die Lippen zu führen. Sie waren von einem Ekzem verkrustet. Man hatte sie trotzdem geschminkt, ihr einen roten Punkt auf die Stirn gemalt. Anita legte beide Hände um das Glas, doch ihre Kraft reichte nicht, es zu halten. Andrea schob ihr das Röhrchen zwischen die Lippen, gierig schlürfte sie den Saft. «Und jetzt die Wurst!»

Als Andrea mit der Bratwurst im Papier vom Grillstand zurückkam, sass Frick rittlings auf der Bank neben Anita und hielt ihre Hand. «Hallo», grüsste er ohne aufzublicken. «Nicht am Berg in diesem Altweibersommer?»

Es war wohl eine Anspielung auf ihre Tour mit den alten Damen. «Meine Lizenz liegt auf Eis. Hast ja selber unterschrieben.» Andrea setzte sich, die Bratwurst in der einen, die Semmel in der andern Hand.

«Ich hab mich für dich eingesetzt, glaub mir. Die Kollegen haben die Hosen voll wegen der Presse.»

«Ich dachte, die machen nur in die Hosen, wenn sie mal einen Fünfer klettern müssen.»

«Bitte kein Streit», sagte Anita, griff nach der Bratwurst. Andrea half ihr, einen Bissen zu nehmen, wischte ihren Mund mit der Papierserviette und verschmierte dabei ihre Schminke. Anita kaute lange, würgte und schluckte mit Mühe. Dann drehte sie den Kopf zur Seite. «Danke, das war gut. Iss du den Rest.»

Andrea nahm die angebissene Wurst entgegen, doch sie wi

derstand ihr, als ob Krebs ansteckend wäre. «Hab keinen Hunger.»

«Das Sportklettergirl mag keine Wurst», sagte Frick. «Sie schaut aufs Gramm.»

«Dann nimm du sie.»

Frick biss hinein, verspeiste sie rasch und spülte mit Bier nach. Mit dem Handrücken wischte er sich den Mund. Er erzählte Anekdoten von den drei Wochen als Bergführer in der Armee, die hinter ihm lagen. «Gut bezahlt, hilft über finanziell flaue Zeiten hinweg.»

«Soll ich mich auch beim Militär melden?», fragte Andrea.

«Hab doch ein bisschen Geduld. Du musst den Verband verstehen. ‹Bergführer bedeutet Sicherheit› ist unser Slogan. Wir können uns keine negativen Schlagzeilen mehr leisten.»

«Walti lebt bestimmt noch», hauchte Anita mit ihrer Fistelstimme. «In der letzten Nacht im Spital stand er neben meinem Bett.» Sie nestelte mit einer Hand einen Stein aus einem Tuch. «Er hat mir das dagelassen. Eine Schnecke, ein Symbol des Ewigen.»

Frick griff nach dem Stein, hielt ihn ins Licht. «Ein Ammonit. Gibt es im Karstgebiet in Mengen. Man kann sie auch in Souvenirläden kaufen.»

«Walti war bei mir.» Beleidigt griff sie nach der Versteinerung.

«Das Gerücht geht, man habe Kernen am Bahnhof gesehen, mit Rucksack und Bergschuhen. Er sei abgehauen wegen seines Hausdrachens. Kannst du dir das vorstellen?»

Frick sah Andrea an, doch sie schwieg. Wut auf den Schreiner packte sie. Er hatte sie benutzt, wofür auch immer, hatte ihr etwas vorgemacht. Er hatte sich abgesetzt und sie um ihre Lizenz gebracht. Anita nannte ihn Walti, dabei bekamen ihre Augen einen melancholischen Schimmer. Kernen hatte etwas gehabt mit ihr, hatte es nicht verwunden, dass sie Konkurs gegangen war und Andrea die «Alpenrose» gekauft hatte.

«Ihr müsst Walti finden.» Anitas Atem klang wie eine Raspel auf Holz. «Es gibt in Pratt einen Pendler. Er kann euch sagen, wo Walti ist.»

Frick nahm einen Schluck Bier, schnitt eine Grimasse. «Der Tschudy. Ein alter Bauer und Quacksalber, findet Wasseradern und Schafe, die sich verstiegen haben. Nicht immer, aber immer öfter …» Er lachte.

«Mach dich nur lustig über mich.» Anitas Kopf sank vornüber.

«War doch nur ein Scherz.» Frick legte den Arm um ihre Schultern.

«Ich hab kalt. Bringt mich ins Hospiz zurück.»

Frick stand auf. «Ich mach das.» Er legte die Wolldecke sorgsam um sie.

Andrea küsste sie auf beide Wangen. «Gehst du zum Pendler? Mir zuliebe?»

«Ja», sagte Andrea.

«Versprochen?»

«Versprochen.»

Die Kranke schloss die Augen, wiegte den Kopf. «Vielleicht bin ich im nächsten Leben eine Schwalbe. Jetzt sammeln sie sich doch, oder nicht? Es ist bald Herbst.» Ihre Lippen bewegten sich lautlos weiter.

«Wir sehen uns.» Frick nickte Andrea zu, schob den Rollstuhl über den Kiesboden der Gartenwirtschaft. Ein seltsames Paar, der sonnengebräunte Bergführer in Kletterhose und Faserpelz und die aufgeschwemmte Kranke mit dem violetten Turban, eingehüllt in Wolldecken wie eine verpuppte Raupe. Ihre Hand hing auf der Seite herab, das Kastanienblatt schleifte über den Kies. Wir sehen uns nie mehr, ging es Andrea durch den Kopf. Ihre Hände zu Fäusten geballt, blickte sie den beiden nach, bis sie auf dem Weg am Flussufer verschwanden.

46

«Mein Sohn!» Sein Vater federte vom Stuhl, kam mit ausgestreckten Armen auf Daniel zu. Eine Welle von Rasierwasserduft und Männerparfum schwappte über ihn hinweg, er stolperte über eine Krücke, sie krachte auf den Boden. «Verletzt? Noch immer der verrückte Bergsteiger?»

«Kleine Distorsion, nicht der Rede wert. Bin aus dem Bett gefallen.» Daniel bückte sich, hob die Krücke auf.

«Kann passieren, wenn man bei einer rabiaten Dame liegt.» Der Alte lachte, nahm ihn am Arm, schob ihn zum Tisch am Fenster, wo eine Blondierte mit Pagenschnitt sass, vom Solarium geröstete Gesichtshaut spannte sich über Wangenknochen.

«Tina. This ist my beloved son.» Der Alte gab sich Mühe, ihren Namen mit englischem Slang auszusprechen.

Daniel griff flüchtig nach den Fingern, die ihm gleich wieder entglitten wie glatte Fische. «Daniel. Nice to meet you.»

Tina zog ihren Mund spitz, sah aus dem Fenster. Eine Hand klimperte mit Autoschlüsseln. Der Alte hat ihr wohl einen Sportwagen geschenkt, dachte Daniel. Auch ihm hatte er mal einen versprochen, für eine bestandene Prüfung, als er noch ein wilder Kerl war und seine Prüfungen in Felswänden ablegte. Gelegentlich las Daniel auf medizinischen Websites, dass der Professor in Tokyo oder Philadelphia einen Chirurgenkongress präsidierte. In diesen Kreisen alter Herren gehörte die junge Begleiterin dazu wie der Smoking zum Schlussbankett. Der Herr war gebräunt und gefönt, trug die weissen Haare, die ihm oben fehlten, im Nacken überlang. «Schön, dich zu sehen, mein Sohn», sagte er und zu seiner Gefährtin gewandt: «Mein Sohn ist ebenfalls Mediziner. Traumatologe, Experte für Unfall- und Terroropfer. Und gelegentlich …», er gab ein kurzes Lachgebell zum besten, «… gelegentlich praktiziert er an sich selber.» Er boxte Daniel in die Seite.

Tina zog ein Gesicht, schien sich nicht für den erfolgreichen Sohn zu interessieren, doch Daniel begegnete im Spiegel des Fensters zwei Augen, die ihn musterten.

«Nenn mich doch Daniel», sagte er zum Alten, doch der hörte nicht hin, wie er eigentlich nie hinhörte. Ein Leben lang hatte er doziert, referiert, angeordnet, befohlen. Und operiert natürlich. Eine Kapazität, das musste Daniel einräumen, Pionier in minimal-invasiven Operationsmethoden. Mit einem Kanülenstich operierte er eine Diskushernie. Man sprach ihn oft auf seinen Vater an: Sind Sie der Sohn von Professor Meyer? Seine Antwort war meist: Es gibt sieben Millionen Meyers auf der Welt. Welchen meinen Sie?

«Du dinierst mit uns», bestimmte der Alte.

Daniel sah, wie sich die gezupften Brauen der Schönen einen Millimeter hoben, die Schlüssel klimperten in leicht erhöhter Frequenz. Er bedauerte. Er habe zu tun.

«Wenigstens einen Aperitif?»

«Ein Aperitif ist okay.»

Der Alte bestellte zwei Single Malt und einen frisch gepressten Orangensaft. Sie prosteten sich zu, Tina hob ihr Glas mit dem Saft und formte einen Schmollmund mit ihren glossierten Lippen.

«Sie fährt», sagte der Alte und wieder brach das bellende Lachen aus ihm heraus, an das sich Daniel nicht erinnerte. Sein Vater war ein ernster und harter Mann gewesen, meist abwesend oder dann fordernd. Leistung, Leistung, in der Schule, in der

Freizeit auf Bergwanderungen, immer mit der Uhr, dem Höhenmesser, der Landkarte, dem Pulsmesser. Er konnte sich nicht vorstellen, was er mit dieser Schaufensterpuppe redete, was im Bett lief zwischen den beiden.

Als habe er seine Gedanken erraten, sagte sein Vater: «Tina ist eine Kollegin. Leitende Ärztin an der Kinderabteilung im Whitechapel Hospital in London.»

Er legte seinen Arm auf die Stuhllehne, ohne sie zu berühren, bellte wieder los, als habe er einen Witz erzählt, dessen Pointe nur er verstand. Soll ich das glauben, fragte sich Daniel. Aber eigentlich war es egal. Er trank seinen Whisky aus, spürte den leichten Schwindel des Alkohols und den Schmerz im Sprunggelenk. «Ich muss mal schnell.» Er griff nach den Krücken, die am Stuhl lehnten.

«Gute Idee.» Der Alte folgte ihm auf die Toilette, trat zur Schüssel neben ihn, fummelte am Hosenschlitz herum. «Ich wollte dir etwas vorschlagen …»

Daniel erinnerte sich, wie er ihm einmal ins Gesicht geschleudert hatte: Von dir brauche ich nichts! Kein Geld! Keine Ratschläge! Ich schlage mich allein durchs Leben. Er war abgehauen, Klettern in Südfrankreich, einen ganzen Winter. Klettern und Frauen und seinen eigenen Weg gehen, ohne den Ballast der Wünsche von Vater und Mutter, die sie in ihren Sohn projizieren. Er hörte, wie sich der Alte abmühte mit dem Wasserlassen, wie er schnaufte und ächzte.

«Prostata?», fragte Daniel, bekam keine Antwort. «Musst du operieren?»

«Verdammt nochmal», stöhnte der Alte. «Soll ich mich kastrieren lassen?»

«Ich weiss, kein Chirurg traut dem andern. Und du weisst, was es bedeutet, wenn du nichts unternimmst.»

Sie standen vor dem Lavabo, wuschen sich die Hände. Der Alte strich sich mit der nassen Hand die schütteren Haare glatt, sah Daniel im Spiegel in die Augen. «Ein Freund, Professor Peter Hardy in San Diego, sucht einen Traumatologen als persönlichen Assistenten. Ich hab ihm von dir erzählt. Du warst in Israel, du hast Erfahrung. Peter bekommt die interessantesten Fälle der Welt, Armeeangehörige aus Auslandeinsätzen zum Beispiel, lebendes Hackfleisch. Der Job wäre mit einer Assistenzprofessur verbunden. Peter lädt dich mit meiner Empfehlung zum Interview ein. Was meinst du?»

Daniel trocknete seine Hände unter dem warmen Luftstrahl, das verletzte Bein über den Griff einer Krücke gehängt. Der Alkohol war eingefahren, er spürte einen leichten Schwindel, als stehe er auf einem Felsband ohne Seil. Der Alte packte ihn am Ellbogen, sagte leise: «Ich werd's wohl nicht mehr lange machen, mein Sohn. Ich wollte dir nur einmal sagen, wie stolz ich auf dich bin. Du hast deinen Weg gemacht, immer mit dem Kopf durch alle Wände und meist gegen meinen Willen. Überleg dir meinen Vorschlag, hör ein einziges Mal im Leben auf deinen Vater. Die Klinik ist top, Weltspitze, es wäre ein Karrieresprung.»

Daniel fand keine Worte, die Stimme seines Vaters klang, als verschlucke er Tränen. Die Sentimentalität des Alters. Er war krank und er wusste es genau. Vierzig Jahre lang hatte er an Menschen herumgeschnippelt, und jetzt packte ihn Panik vor einem Routineeingriff.

«Ich war ein schlechter Vater, ich weiss», hörte er ihn sagen. «Was war, kann man nicht ändern.»

«San Diego, hast du gesagt?» Josua Tree, fiel Daniel ein, Josua Tree war nicht weit. Warmer Sand, die uralten Palmlilien, die es sonst nirgends auf der Welt gibt. Im Herbst trifft sich die Kletterszene, Kleider und Haut in Fetzen nach dem langen Sommer.

Andrea hatte ein paar Wochen dort verbracht, geschwärmt. Wüste, rund geschliffene Granitfelsen, glatte Risse ohne Bohrhaken, nur mit Friends abgesichert, Sonnenuntergänge, Lagerfeuer, dicke Steaks, Bier und Joints. Überhaupt, die Sierra, der Westen, die Neue Welt. Weg aus dem Mief dieses Provinznests.

«Ich werde es mir überlegen», sagte er.

«Wie steht's mit Frauen? Freundin?»

«Ich bin Single.»

«Umso besser. Dann bist du ja frei.» Er führte ihn am Ellbogen sacht, fast zärtlich ins Lokal zurück. Frei war ich einst, dachte Daniel, ein Freeclimber. Jedenfalls glaubte ich das. Frei bis zum nächsten Haken.

Die Kinderärztin hielt ihr Handy ans Ohr gepresst, quasselte in rauem Englisch medizinisches Kauderwelsch. Daniel winkte ihr, gab seinem Vater die Hand und humpelte dann auf seinen Krücken durchs Lokal, vorbei an der Rezeption, wo ihm eine Asiatin zulächelte und einen schönen Tag wünschte. Kenne ich sie?, ging ihm durch den Kopf.

Erst draussen fiel ihm ein, wer sie war. Ning, die Partnerin von Andreas Vater. Er kehrte zurück, begrüsste sie. «Wie geht es Robert?»

Sie blickte angestrengt auf den Bildschirm, tippte irgendwas ein, schob die Computermaus hin und her. Sagte dann leise: «Robert ist gestorben. Im Frühling.»

«Tut mir leid», murmelte Daniel. Mehr fiel ihm nicht ein. Er war froh, dass Gäste zur Rezeption kamen. Ning empfing sie so heiter und freundlich, wie sie immer gewesen war. Er hatte den alten Polizisten gemocht, ein Infarktpatient, ein schwerer Mann mit gebrochenem Herzen.

Daniel stakte zum Auto, der Boden schwankte unter seinen Füssen.

47

So hatte sie sich als Kind den Rand der Welt vorgestellt. Ein Zaun und dahinter eine unendliche Leere, ein bodenloser Abgrund. Sie hatte angehalten, war ausgestiegen, auf der Strasse lagen Erdklumpen, die von den Lastwagen gefallen waren. Der Wind wirbelte Staub über das Pflaster. Sie trat an den Zaun, sah in die Baugrube hinab, auf deren Grund zwei Männer mit weissen Helmen arbeiteten. Einer hielt Pläne in der Hand, der andere visierte mit einem Messgerät irgendwelche Punkte an, rief Zahlen. Die Pfählmaschine, die schon eine ganze Reihe von Stahlprofilen in den Moränenschutt getrieben hatte, stand still. Zwei Krane hatten ihre Hebevorrichtungen hochgezogen. Feierabend. Nur die Bauleiter oder Ingenieure arbeiteten noch im kalten Schatten der tiefen Grube. Die Reihenhäuser waren verschwunden, über den Rand der Welt ins Nichts gestürzt. Ein Wohnblock aus den Sechzigerjahren in der Nachbarschaft, der ihr immer riesig vorgekommen war, schien geschrumpft, ein Zwergenhaus zwischen den Kranen, Gerüsten und Betonsilos. Verschwunden im Nichts die Welt ihrer Jugend, das Elternhaus, Mutters Garten, die Brombeerhecke, die Beete, die Plattenwege, der Zaun und das Tor aus Holz. Vater hatte sich der Überbauung widersetzt, ein Querulant, ein Fortschrittsverhinderer, der seinen kleinbürgerlichen Muff gegen eine grosszügige, soziale, sonnige Wohnsiedlung verteidigte. Er hatte gewusst, dass nicht nur Holz, Backstein und Ziegel verschwinden würden, sondern auch Erinnerung. Ein Schneckenhaus, die weissen runden Steine von einer Fahrt ans Meer, die Gewürzpflanzen, die in einer Rabatte wucherten. Erinnerungen an Mutter, an eine einfache und gute Zeit.

Andrea ging zum Jeep, setzte sich hinters Steuer, steckte den Knopf des iPod ins Ohr. Bonnie Tyler, I climb every mountain, I cross every sea, to lay in your arms for eternity … Sie fuhr auf der Autobahn gegen die Berge, im Abendlicht schimmerte der erste Schnee auf den Kämmen.

48

Franz hockte mit gebeugtem Rücken vor dem Herdloch. Die Ellbogen stützte er auf die Knie, das Kinn in beiden Händen. Stundenlang sass er am Abend da und starrte in die Glut. Der Herd war sein Fernseher. Er sieht Dinge, die wir nicht sehen, dachte Magnus. Von Zeit zu Zeit griff er nach einem Scheit, legte es auf die Glut. Blaue Flammen sprangen an, loderten auf, färbten sich rot und gelb. Franz faselte vor sich hin. In der Hütte war es warm. Am Morgen lag draussen der erste Schnee, sie mussten die Rinder von den steilen Halden herabtreiben. Bald war Alpabfahrt.

Magnus mochte nicht daran denken, was nachher kam. Die Zukunft war wie der nebelverhangene Herbsttag. Alles verwischt, nur da und dort eine schemenhafte weisse Gestalt, eine verlorene Seele. Vor ihm auf dem Tisch lag das Buch der Waljäger, in dem er immer wieder las, obwohl er vieles nicht verstand. Das Kapitel, das er aufgeschlagen hatte, war mit *Weiss* überschrieben, es ging um alles Weisse in der Welt, weisse Pferde, weisse Bären, weisse Meere und Berge, weisse Wale und Haie und weisse Menschen, die Albinos. Er las, Weiss bedeute das Entsetzliche und Unheimliche. Er dachte an die weisse Frau vom Glockenturm. Ihn fror, er legte das Buch weg. Es war dick, viele Jahre würde er brauchen, bis er ans Ende kam. Zur Jagd auf den weissen Wal. Manchmal blätterte er nach hinten, betrachtete das Bild, die riesige Schwanzflosse des Wals, die ein Boot in die Luft schleuderte, Männer, Ruder und Harpunen ins Wasser stürzte. Das Bild machte Angst.

Franz stand auf, nahm seine Schaffelljacke vom Haken und schlüpfte hinein. Er packte die Schnapsflasche am Hals, setzte sie an, zog tüchtig, wischte sich den Mund. Seine Augen glänzten im Schein des Feuers. Das flackernde Licht verwandelte ihn in einen Urmenschen. Sein Ledergesicht glich jenem der Leiche, die vor Jahren aus einem Gletscher geschmolzen war. Franz schob Magnus die Zeitung hin, die der Alpmeister am Morgen gebracht hatte, tippte mit dem Finger auf eine Seite. Magnus brauchte das Papier zum Ausstopfen der nassen Schuhe oder zum Feuer machen. Selten las er Zeitung, er hatte sein Buch. «Danke, Franz.»

Der Alphirt stiess nochmals seinen Zeigefinger auf einen Titel in der Zeitung, bis Magnus hinschaute. Ein Bild des Glockenturms. Darüber stand fett: *Krebsdorf: Antennen machen krank!* Jetzt griff er sich das Blatt, las. *Im Glockenturm der historischen Kapelle sind Breitband-Mobilfunkantennen installiert worden. Der von der Regierung eingesetzte Gemeindeverwalter Dr. Peter Frey erklärt, dank der modernen Infrastrukturen werde der Ort attraktiv für Kleinunternehmen im IT-Bereich.*

Magnus verstand nicht alles, blätterte weiter. Auf der nächsten Seite ein Bild von Sandra in der Werkstatt. Sie trug ihre Tracht, eine Masche im Haar, lehnte neben den Spinnrädern an die Werkbank, die weissen Leintücher waren weg. Unter dem Bild stand: *Verzweifelt: Vor zwei Monaten ist ihr Ehemann spurlos verschwunden. Auch ihn hat der Glockenturm krank gemacht, ist Sandra K. überzeugt.* Dann stand da auch noch, Leute behaupteten, sie hätten den Verschwundenen gesehen, drüben im andern Land. Nachforschungen bei der Familie seiner ersten Frau, die von dort stamme, hätten allerdings nichts ergeben. *Ein Rätsel.*

Franz lag in der Kammer und schnarchte. Magnus riss das Bild aus der Zeitung, legte es auf die Glut. Sandras Gesicht bekam braune Flecken, plötzlich loderten Flammen aus ihren Haaren, ihr fetter Körper krümmte sich. Lichterloh brannte sie, dann zerfiel und zerbröselte das Papier in hauchdünne Ascheblättchen, die in der heissen Luft in die Höhe wirbelten und sich im dunklen Raum zerstreuten. Magnus sass vor dem Herd, starrte in die Glut. Sein Gesicht war gerötet, von der Stirn tropfte ihm Schweiss. Hinüber, dachte er.

49

Tschudy wohnte im obersten Haus von Pratt, die Zufahrt war so steil, dass der Jeep im Kies durchdrehte. Andrea liess ihn stehen, schob Steinbrocken unter die Hinterräder, die zu diesem Zweck am Wegrand lagen. Die Schindeln der Hausfassade waren schwarz, an den Rändern angefault, die Leinenvorhänge hinter den Fenstern vergilbt. In einem Pferch standen vier Schafböcke mit geschweiften Hörnern, die ekelhaft stanken und sie mit glasigen Augen anstarrten. Oben am Waldrand weidete die Herde. Ein Appenzellerhund bellte sich heiser und zerrte an der Kette.

Andrea betätigte den Glockenzug, wartete, trat dann in einen Korridor, der nach Knoblauch roch. An der Wand aufgereiht hingen Hörner von Gämsen und Steinböcken und ein ausgestopfter Hirschkopf mit mächtigem Geweih und Glasaugen. Sie klopfte an die erste Türe. «Nur rein!», knarrte eine Stimme.

Der Raum war mit orientalisch gemusterten Stoffbahnen abgedunkelt, Kerzen brannten auf einem siebenarmigen Leuchter. Ein Alter mit zerknittertem Gesicht und Spitzbart sass hinter einem Schiefertisch, er trug einen Hut, eine Strickjacke mit ledernen Flicken auf dem Ellbogen und einen roten Schlips.

«Herr Tschudy?»

«Zwei Minuten zu spät», brummte er, ohne auf eine Uhr zu schauen.

«Entschuldigen Sie, die Strasse.»

«Hock ab!»

Andrea zog den Schemel heran, der so kurze Beine hatte, dass sie zum Alten aufblicken musste. Die Simse, Gestelle und der Tisch waren überstellt mit alten Büchern, Kupferstichen, Keramikschalen und Tassen, Silberkelchen, Porzellandosen, Muscheln und kleinen Spiegeln. Eine Brockenstube, die nach Lavendel und Schafmist roch.

Tschudy griff sich aus einem Körbchen einen Tierschädel, wahrscheinlich von einer Katze, drehte ihn zwischen seinen Fingern und murmelte vor sich hin. «Du kommst wegen des Schreiners», verstand sie schliesslich.

«Ja», sagte Andrea. «Sie sind mir empfohlen worden.»

Er durchbohrte sie mit einem Blick aus schmalen Augen. «Du hast ein Problem.»

«Natürlich habe ich ein Problem», sagte sie, «so lange man den Mann nicht findet.»

«Dein Problem hockt tiefer.» Tschudy warf den Schädel ins Körbchen zurück, griff sich einen Stapel Karten. «Zieh eine!»

«Wozu?»

«Frag nicht. Zieh!»

Die Karte, die sie zog, zeigte einen spitzbärtigen König mit Krone, der auf einem Thron sass. In der Rechten hielt er einen Stab mit einem Ring als Spitze, die Lehnen und Armstützen des Throns waren mit Widderköpfen bestückt. Schafböcke, wie jene im Pferch, Spitzbart wie Tschudy. Unter der Karte stand: *Der Herrscher.*

«An wen erinnert er dich?»

An Sie, wollte sie sagen. Aber sie traute sich nicht, dachte an ihren Vater, doch der hatte nie einen Bart getragen, war dicker gewesen und weder Herrscher noch König. Die Augen vielleicht, der hintergründige Blick dieses Spielkartenkönigs, erinnerte sie an Robert.

«Du hast ein Vaterproblem. Hast dich nicht abgelöst.»

«Mein Vater ist tot», sagte Andrea. «Aber deswegen bin ich nicht hier.»

Tschudys Zunge leckte über seine dünnen Lippen. «Alles hängt zusammen, die Fäden, an denen wir tanzen, führen in die Vergangenheit und verknoten sich. Adam und Eva, Kain und Abel, Abraham, Ismael und Isaak. Nichts steht nur für sich. Lös den einen Knoten, dann lösen sich alle andern.»

«Danke», sagte Andrea und stand auf.

«Setz dich! Hast du den Plan dabei?»

«Welchen Plan?»

«Ich sagte dir doch am Telefon, du sollst die Landkarte mitbringen von der Gegend, wo der Schreiner verschwunden ist.»

«Ach so.» Andrea zog die Karte aus der Windjackentasche, faltete sie auf, breitete sie vor dem Alten auf dem Tisch aus. Er beugte sich darüber, berührte mit der Nase beinahe das Papier. «Zeig mir den Ort.»

Sie tippte mit dem Finger aufs Joch.

«Ein Übergang, richtig?»

«Das Joch.»

«Das Joch, das uns Menschen auferlegt ist. Im Schweisse unseres Angesichts essen wir unser Brot. Kehren zurück zum Acker, von dem wir gekommen. Denn Staub sind wir und Staub werden wir.» Tschudy hielt zwischen Daumen und Zeigefinger ein kleines Messingpendel, tippte mit der Spitze auf die Stelle, wo sie Kernen ein letztes Mal gesehen hatte. «Hier?»

Andrea nickte. «Die Grenze.»

Wieder züngelte Tschudy, holte tief Atem. «Die Grenze, der Übergang», murmelte er. Die Pendelspitze begann leicht zu kreisen. «Ich spüre die Energie … Schwach, schwach. Er bewegt sich, ganz langsam. Er schreitet über Felsen.» Das Pendel kreiste in Spiralen über die Silberplatte bis an ihren unteren Rand, wo die Kalkschicht in einer etwa vierzig Meter hohen Felswand abbrach, wie sich Andrea erinnerte.

«Er bleibt stehen, müde ist er, sehr müde. Drückt seine Hand auf die Brust, setzt sich. Hier!» Das Pendel stand still, die Spitze zeigte auf eine Stelle, wo sich unter dem Felsabbruch Bänder durch steile Halden zogen. «Hier musst du suchen.»

Die Zunge fuhr über die Lippen, Tschudy schob seinen Hut in den Nacken, sein Gesicht war rot, er schwitzte. «Das wär's dann. Hast du dir die Stelle gemerkt?»

Andrea nickte. «Was schulde ich Ihnen?»

Der Alte spitzte seinen Mund. «Das, was dir mein Rat wert ist.»

«Keine Ahnung», sagte sie.

«Doch, du spürst das. Ist es dir nichts wert, so gibst du mir nichts. Ist es dir eine Million wert, so gibst du mir eine Million. Dem Kaiser, was des Kaisers.» Tschudy stand auf, schob eines der bunten Tücher vor dem Fenster zurück, Licht fiel in den Raum. Er schaute hinaus. «Ein starkes Auto hast du. Es passt zu dir, starke Frau, mutige Frau, schöne Frau. Denk daran, was ich wegen deines Vaters gesagt habe.»

«Haben Sie ihn gekannt?»

Tschudy überhörte ihre Frage. Andrea zupfte eine Note aus ihrer Geldbörse, legte sie gefaltet auf den Tisch. Tschudy schob sie zurück, blies die Kerzen aus, drehte sich um. «Du glaubst mir nicht. Drum nehm ich kein Geld.» Andrea steckte die Note wieder ein, murmelte einen Gruss. Tschudy stand am Fenster, Hände in den Hosentaschen, er drehte sich nicht nach ihr um.

Im Pferch standen die vier Schafböcke noch immer an derselben Stelle, starrten sie aus ihren Pupillenschlitzen an, während ihre Zungen über ihre Lippen fuhren und Speichel von ihren dampfenden Schnauzen troff. Andrea schob mit dem Fuss die Steinbrocken unter den Rädern ihres Jeeps weg und rollte vorsichtig rückwärts den steilen Weg hinab.

50

In der Cafeteria verstummten die Gespräche für einen Augenblick, als Daniel mit seinen Krücken durch den Raum stakte. Er stiess kräftig ab, nahm einen Siebenmeilenschritt, landete auf dem gesunden Fuss. «Klettern Sie wieder, Herr Doktor?», rief ihm ein Pfleger nach.

Daniel wandte sich nicht um. Er trug keinen weissen Mantel, nur einen Pullover und ausgebeulte Levis 501. Sie waren zu eng geworden, den obersten Knopf brachte er nicht mehr zu. Am Zeitungsständer steckte noch die Sonntagszeitung, zerknittert und zerlesen. Er zog sie heraus, schwang sich herum, stelzte zum Tisch, an dem Maya Antenen mit zwei Kolleginnen bei Kaffee und Kuchen sass. «Die Damen erlauben?» Eine Krücke entglitt ihm, fiel gegen die Tischkante. Maya fing sie auf. Er entschuldigte sich mit einer kleinen Verbeugung.

«Wir sind am Gehen. Sollen wir Ihnen einen Kaffee bringen?» Die drei barmherzigen Schwestern erhoben sich, ergriffen ihre Tabletts.

«Du bleibst!» Er blickte Maya an, fächerte ihr mit der Zeitung Luft ins Gesicht.

«Meine Pause ist vorbei.» Sie hob das Tablett mit einer Hand hoch, dicht vor Daniels Gesicht.

«Setz dich!»

Sie ging zum Gestell, schob ihr Tablett hinein, kehrte zurück.

«Ich hole Ihnen Kaffee, Herr Doktor. Und was Süsses dazu?»

Er knallte die Zeitung auf den Tisch. Die Frontseite zeigte ein Bild des Dorfes, dazu die Headline. *Krebsdorf: Illegale Antennen machen krank.*

«Was sagst du dazu?»

Maya setzte sich, sah sich um, bevor sie leise sagte: «Meine Eltern besassen in dem Dorf ein Ferienhaus.»

«Besassen? Und jetzt?»

«Mein Ex hat es sich unter den Nagel gerissen.»

«Dein Ex? Wie kommt das?»

«Eine üble Geschichte.» Sie schob die Zeitung zurück. «Er ist Gemeindeverwalter. Er hat die Antennen errichten lassen. Für seine Geschäfte.»

«Illegal, steht hier.»

«Legal oder illegal. Ist doch egal, wenn du krank wirst.» Maya stand auf. «Muss dringend zum Rapport.»

«Der Alte kann warten.» Daniel stützte sich hoch, hüpfte mit seinen Krücken der Pflegerin nach, die zum Ausgang schritt, ohne sich umzusehen. Ihm war auch egal, was die Klatschtanten hinter ihm tuschelten. Im Korridor überholte er Maya, hob eine Krücke hoch wie einen Schlagbaum. «Wie kommt diese Geschichte in die Presse?»

«Vielleicht ist einem Journalisten aufgefallen, dass dort oben nicht alles mit rechten Dingen zugeht.» Sie schob die Krücke zur Seite.

«Abrechnung mit deinem Ex?»

«Da ist keine Rechnung mehr offen. Er hat das Haus, ich meine Freiheit. Wir sind quitt.»

«Du verschweigst etwas.»

Sie blickte auf die Spitzen ihrer Mokassins. «Er ist ein perverses Schwein.»

Daniel versuchte sie aufzuhalten, doch sie hüpfte über seine Krücke hinweg und huschte davon.

Er stelzte in die Cafeteria zurück. Auf dem Tisch lag noch immer die Zeitung mit dem Bild des Glockenturms. Er legte den Fuss mit dem Stützverband auf einen Stuhl. Dann las er den Text nochmals. Der Journalist zitierte den Gemeindeverwalter Peter Frey, Unternehmensberater und Grossrat: Neue Technologie sei eine Chance für die Entwicklung von Randgebieten, dank Breitbandtechnik könnten sich junge Unternehmen, Softwareentwickler, Designer, Kreative im Dorf ansiedeln. Die Häufung von Krebsfällen sei Zufall oder habe soziale und genetische Ursachen, ein schädlicher Einfluss der Antennenstrahlung sei nicht nachweisbar. Das habe ein wissenschaftlicher Kongress der Universität bestätigt. Frey behauptete auch, als von der Regierung eingesetzter Gemeindeverwalter habe er die Kompetenz, die Antennen zu bewilligen. Maya hiess nicht Frey, sie war geschieden, wie sie einmal erwähnt hatte. Vielleicht hatte sie tatsächlich Medizin studiert und aufgegeben wegen eines Mannes, den sie heute ein perverses Schwein nannte. Doch mit ihrem Ex, dem Filzpolitiker und Pornofilmer, war sie nicht im Reinen.

Eine Frau in einer blauen Schürze stellte ein Tablett vor Daniel auf den Tisch, mit einer Tasse Kaffee und einem Mandelgipfel auf einem Teller. «Offeriert», sagte sie. «Gute Besserung, Herr Doktor.»

«Danke. Von wem?» Daniel griff nach dem Kaffee, ohne von der Zeitung aufzusehen. Als er die Tasse abstellte, bemerkte er auf dem Tablett einen Umschlag, darin steckte eine CD-ROM, weiss, ohne Beschriftung. Er zog die Silberscheibe heraus, sie trug kein Label.

«Doktor Meyer.» Der Chefarzt stand am Tisch. «Darf ich stören?»

Daniel legte die CD-ROM auf die Zeitung. «Haben Sie nicht Rapport?»

Smits stutzte, sah auf die Uhr. «Aber doch nicht um diese Zeit.» Er setzte sich. Griff sich die CD-ROM. «Interessante Daten?»

«Fachartikel», sagte Daniel. «Sonst wird es mir noch langweilig.» Er hob seine Krücke.

Der Hamster blähte seine Backen. «Ihr Vater hat mich besucht, Professor Meyer und ich kennen uns seit langem. Ihm liegt sehr viel daran, dass Sie nach San Diego gehen. Haben Sie sich schon entschieden?»

Daniel nahm ihm die CD-ROM aus der Hand, schob sie zwischen die Zeitungsseiten. «Muss mir die Sache noch überlegen.»

Der Chefarzt beugte sich vor: «Ich lasse ein Empfehlungsschreiben aufsetzen. Peter Hardy nimmt Sie mit Handkuss, wenn Sie nur wollen.» Er stand auf, warf einen Blick auf Daniels Fuss. «Was macht Ihre Fraktur?»

«Nur Distorsion. In zwei Tagen bin ich wieder im Einsatz.»

Daniel lehnte sich zurück, verschränkte die Hände im Nacken und schaute dem Chefarzt nach, der davonsegelte. War das Empfehlungsschreiben eine Beförderung? Oder ein Rauswurf? Er stemmte sich hoch, liess die Krücken an den Tisch gelehnt stehen und humpelte zum Ausgang, die Zeitung mit der CD-ROM unter den Arm geklemmt.

51

«Wir sind kein Krebsdorf», rief Frey in die Gaststube. Kopfnicken und zustimmendes Murmeln antwortete. Zwei Dutzend Leute aus dem Dorf hatten sich eingefunden. Alteingesessene am runden Tisch und den Fenstern entlang, ein paar Neuzuzüger hinten an der Wand unter den Fotos und Aquarellen. So viele Leute hatte Andrea noch nie gesehen in der «Alpenrose», sie hatte es kaum geschafft, allen ihr Bier oder Cola zu bringen und einzuschenken, bevor der Gemeindeverwalter eröffnete. Er hatte per E-Mail reserviert, *laut Gemeindeordnung ist das Restaurant «Alpenrose» für öffentliche Versammlungen unentgeltlich zur Verfügung zu stellen.* Er hatte Andrea flüchtig per Sie begrüsst, dann seine Geräte installiert.

Mit dem Beamer projizierte er Presseberichte der vergangenen Wochen, kommentierte. «Reine Sensationsmache. Es besteht kein Grund zur Aufregung. Fachleute bestätigen, dass die Strahlung unserer Antennen im Rahmen der zulässigen Grenzwerte liegt.»

Andrea stand hinter dem Schanktisch im Halbdunkel, nach dem Vortrag schaltete sie das Licht ein. Ein Bauer in blauer Kutte meldete sich zu Wort, erhob sich. «Seit zwei Jahren geben meine Kühe weniger Milch. Das ist wegen der Antennen!»

Andere Stimmen folgten, Frey machte sich Notizen. «Meine Frau hat ständig Kopfweh!» «Lisa hatte eine Fehlgeburt!»

Die Leute begannen durcheinander zu rufen, diskutierten immer lauter an den Tischen, bis Frey mit zwei Gläsern klingelte. «Bitte um Aufmerksamkeit, meine Damen und Herren. Eine Fehlgeburt ist nie gemeldet worden auf der Gemeinde.»

«Aber beim Viehdoktor!» Die Leute brachen in Gelächter aus. Wieder klingelte Frey mit Gläsern. Dann stellte er einen Fremden vor, der bisher schweigend neben der Türe gesessen hatte. Professor Ibrahim Khan stamme aus Pakistan, habe aber an der Universität in der Stadt Mathematik und Psychologie studiert. Er sei Experte für sogenannte Biogeometrie, eine Methode, die Mensch und Tier Hilfe bringen könne, wenn sie empfindlich auf elektromagnetische Strahlen reagierten.

Kahn erhob sich, über dem Anzug trug er einen mit Palmetten bedruckten Überwurf, auf dem Kopf eine tellerförmige bestickte Kappe. Er verneigte sich vor der Versammlung, die Handflächen zusammengepresst wie zum Gebet. Dann stellte er einen Aktenkoffer auf den Tisch, klappte den Deckel auf und hob eine kleine Pyramide aus Plexiglas ins Licht. Während er sie drehte, huschten regenbogenfarbene Lichtstreifen über die Wände.

«Verehrte Damen und Herren», begann er in Mundart mit sanft moduliertem Unterton. «Dies ist eine der Formen, mit denen ich negative Energiefelder harmonisiere.» Er habe das schon mehrmals mit Erfolg durchgeführt, nannte Ortsnamen in verschiedenen Teilen des Landes. «Biogeometrie stärkt das Immunsystem von Mensch und Tier.» Gleich morgen werde er die Situation im Dorf analysieren, die Strahlung der Antennen im Glockenturm ausmessen und geeignete Massnahmen vorschlagen. Wer besonders leide, könne sich an ihn wenden, dann werde er auch in seinem Haus an sensiblen Stellen solche Formen anbringen. «Glauben Sie mir, Sie werden wieder ruhig schlafen, niemand wird mehr erkranken, Ihr Vieh wird Milch geben, es wird keine Fehlgeburten mehr geben.»

Zum spärlichen Applaus verbeugte sich der Mann mit gefalteten Händen, setzte sich wieder.

Der Bauer, dessen Kühe angeblich weniger Milch gaben, streckte einen Finger auf: «Und was kostet der Spass?»

«Für Sie rein gar nichts», erklärte Frey. «Ich habe durchgesetzt, dass die Fernmeldegesellschaft sämtliche Kosten trägt.»

«Das heisst, die geben zu, dass die Antennen schädlich sind», rief einer vom Tisch der Neuzuzüger.

«Absolut nicht», erwiderte Frey. «Trotzdem unterstützt die Gesellschaft die Forschungsprojekte von Professor Khan.»

«Wir sind also Versuchskaninchen», gab der Neuzuzüger zurück. Wieder zog Gemurmel durchs Publikum, jemand hob seine

Bierflasche gegen das Büfett. Frey beantwortete noch ein paar Fragen, rief dann: «Hiermit erkläre ich die Versammlung für geschlossen.»

An den Tischen gingen Diskussionen los, der Lärm nahm zu. Andrea kam ins Schwitzen. Bier, Kaffee, Wein wurden verlangt. Hier wollte man etwas essen, dort bezahlen. Eine ältere Frau, die sie noch nie im Dorf gesehen hatte, stand auf. «Soll ich helfen?» Sie packte zu, als hätte sie nie etwas anderes gemacht, als in der «Alpenrose» zu servieren.

Als Andrea dem pakistanischen Professor ein Mineralwasser brachte, sagte er: «Junge Frau, Ihr Haus liegt sehr ungünstig im elektromagnetischen Feld. Bestimmt schlafen Sie schlecht.»

Andrea nickte, schenkte ein.

«Ich lasse Ihnen diese Form da, wenn Sie nichts dagegen haben.» Er hob die Plexiglaspyramide zwischen zwei Fingern in die Höhe.

«Nützt's nichts, so schadet's nichts», sagte jemand am Nebentisch.

«Von mir aus.»

«Sie werden sehen, es wirkt.» Er stellte die Plexiglaspyramide auf den Fenstersims, schob sie hin und her, schloss seine Augen, nickte.

«Sie dürfen die Form keinesfalls verschieben, sonst wird sie die Felder stören statt harmonisieren.»

Frey packte seine Geräte und die Leinwand ein, verliess mit Khan die Gaststube, ohne sich zu verabschieden. An einem Tisch verlangten vier Männer nach dem Jassteppich. Andrea kassierte, wusch Gläser, die Frau räumte ab, putzte Tische. Sie schien sich am Schanktisch und in der Küche bestens auszukennen. Die Kartenspieler bestellten nochmals eine Runde. Mitternacht war vorüber, als sie aufhörten und sich die Münzen zuschoben, die sie verloren oder gewonnen hatten. «Gemütlich hier», meinte einer. «Fast wie früher.»

Die Frau wischte mit einem Lappen über den Schanktisch. «Ich hab beim Töni serviert.» Ihre Augen bekamen einen seltsamen Glanz. «Das waren noch Zeiten.»

«Komm jetzt.» Einer der Kartenspieler fasste sie am Arm. «Morgen geht es wieder früh los.»

«Ich bin die Alice.» Sie reichte Andrea die Hand.

«Herzlichen Dank. Allein hätt ich's nicht geschafft. Was kann ich dir geben?» Sie griff nach der prallen Servierbörse.

«Sicher nicht! Das nächste Mal dann. Ruf mich an, wenn du Hilfe brauchst.»

Die Glocke vom Turm schlug halb zwei, als Andrea auf den Futon sank. Sie erwachte erst, als die Sonne ins Zimmer schien.

52

Er hatte wieder vom El Capitan geträumt. Wie sie damals aus der Wand einen Helikopter beobachtet, einen Notfall vermutet hatten. Der Heli war im Tal in der Nähe von Camp 4 gelandet. Als er aus einer Staubwolke aufstieg, hing unter ihm am Seil ein Bär im Netz, betäubt von einer Spritze. Gelegentlich mussten die Ranger Bären abtransportieren, die Autos knackten und Zelte zerfetzten, weil sie süchtig nach Zucker waren. Der Heli kurvte nahe an der Wand vorbei, jetzt sah Daniel, dass es gar kein Bär war. Es war Mayas Kater, der im Netz hing und mit gelben Augen herüberstarrte. Der Heli schraubte sich höher, der Schwanz des Katers segelte durch die Luft, Wind zerzauste sein Fell. Manousch.

Daniel rollte aus dem Bett auf die Beine, tappte nackt ins Wohnzimmer, startete seinen Laptop. Graues Licht in der Gasse unter seiner Dachwohnung, bald Morgen. Er schob die CD-

ROM in den Schlitz, versuchte das Passwort Manousch, das Fenster sprang auf. Bis in alle Nacht hatte er es versucht, Maya, Maya Antenen, nichts hatte funktioniert. Auf ihrer Nummer meldete sich die Combox.

Er öffnete eines der Dokumente, die Maya auf die CD-ROM gebrannt hatte. Ein Auszug aus dem Krebsregister, grafisch gestaltet. *Cancer Map*. Karten des Tales, Pratt erkannte er, die Klus, das Dorf. Grün die Hochspannungsleitungen und Fahrleitungen der Bahn, gelbe Punkte Antennen für Mobilfunk und Richtstrahlverbindungen. Rote Pixel waren Krebsfälle. Für jedes Jahr besass die Karte eine Ebene, so konnte man die Ausbreitung von Krebserkrankungen dreidimensional verfolgen, geografisch und historisch. Hinter jedem roten Pixel versteckte sich ein Informationsfenster, Name, Adresse, Diagnose. Eine geniale Software, jemand hatte da ganze Arbeit geleistet. Eine Dissertation vielleicht, benotet und schubladisiert, wie viele wissenschaftliche Arbeiten, die nicht in die politische Landschaft passten. Massive wirtschaftliche Interessen standen auf dem Spiel.

Daniel klickte sich ins Dorf. Da war keine Antenne markiert, aber eine Schar roter Punkte. Entlang der Hochspannungsleitung im Tal ebenfalls. Die Sonntagspresse, die seit Tagen auf dem Krebsdorf herumprügelte, musste an diese heissen Daten gekommen sein. Durch Maya wahrscheinlich. Rache an ihrem Ex, dem «perversen Schwein», der sie auf irgendeine krumme Tour auch noch um das Ferienhaus ihrer Eltern gebracht hatte.

Daniel duschte, massierte seinen verstauchten Fuss mit einer Salbe, schluckte eine entzündungshemmende Tablette. Dann bereitete er sich ein Frühstück zu, Kaffee, Toast und Spiegeleier mit Speck. Zäher Dunst lag über der Stadt. Im Gebirge schien die Sonne. Er erinnerte sich, wie er zum ersten Mal mit seinem Vater in jenes Dorf gekommen war, sie wanderten übers Joch, ein sogenannter Familienschlauch. In der Wand der Sila beobachteten sie Kletterer. «Spinner», sagte sein Vater. «Sie spielen mit ihrem Leben.» Damals hatte sich Daniel entschlossen, ein Bergsteiger, ein Kletterer zu werden. Seinem Vater zum Trotz. Und nun? Eine Sehnsucht nach fernen Bergen hatte ihn ergriffen. San Diego, Kalifornien, Yosemite und Josua Tree. Der goldene Westen. Er musste sich entscheiden, Vater hin oder her. Kein Weg führte zurück.

53

Sie stand am offenen Fenster, sah hinaus in die Dämmerung, die als bleierner Schleier über das Dorf und das Tal sank. Durch Wolkenbänke im Süden flammten Blitze, weit weg und so hoch, dass kein Donner zu hören war. Wetterleuchten, ein Schauspiel, das Andrea immer wieder faszinierte. Es hatte etwas Geisterhaftes, Unwirkliches, weckte die beklemmende Erwartung, die ungeheure Spannung werde sich in Kürze entladen. Die Luft lag dumpf und schwer im Tal, doch das Gewitter, die Befreiung, der erfrischende Regen, wollte nicht losbrechen.

Ein Wohnbus steuerte auf den Parkplatz zu, sie erkannte ihn an der Bemalung. Der Unterländer Alphirt war offenbar wieder frei. Sie hatte vom Polizeieinsatz auf der Alp gehört, das Gerücht ging, er sei ein Schlepper, der illegale Einwanderer ins Land schleuse.

Er hielt an, blieb eine Weile am Steuer sitzen, schien das Wetterleuchten über den fernen Bergen zu betrachten. Andrea schloss das Fenster, machte Licht, begann Gläser und Tassen abzuwaschen. Sie brauchte eine Geschirrwaschmaschine. Im Internet hatte sie günstige Occasionen gefunden, aber noch nicht bestellt. Besser war es wohl zuzuwarten, bis sie wusste, ob sie die Küche renovieren musste.

Schritte trampten das Treppenhaus hoch, der Alphirt trat ein, ohne zu klopfen, sah sich um. «Kaffee fertig!», krächzte er. Die Fistelstimme passte nicht zu seinem polternden Auftritt. Den Glatzkopf hatte er mit einer Wollmütze bedeckt, sein Ohrgehänge klimperte.

Andrea trat hinter dem Schanktisch hervor. «Guten Abend. Wir haben geschlossen.»

«Hängt aber kein Schild an der Tür.» Er warf seine ärmellose Felljacke über eine Stuhllehne am runden Tisch, setzte sich und streckte seine Beine aus. «Einen Kaffee fertig und etwas zum Knabbern wird es wohl noch geben.»

Andrea trocknete Geschirr ab, räumte es in den Schrank. Dann schaltete sie die Kaffeemaschine ein. «Einen Kaffee kannst du haben, Schnaps hab ich keinen.»

«Besser ohne als gar nichts.» Der Alphirt verschränkte die Hände im Nacken, sah zu, wie sie die Tasse im Dampf vorwärmte, den gemahlenen Kaffee in den Kolben presste. «Ein Zimmer, wo ich über Nacht unterkriechen könnte, hast du wohl auch nicht», sagte er, als sie ihm den Kaffee hinstellte.

«Kein Hotelbetrieb. Schlaf doch in deinem Wohnbus.»

«Die Beiz ist zu, Zimmer gibt's nicht. Wozu hast du die Bruchbude gekauft?»

«Für meine Kletterschule.»

Er nahm einen Schluck Kaffee, rümpfte die Nase: «Klar doch, hab ich gelesen. Die Bergführerin, die ihren Gast verloren hat. War er nicht angeseilt?»

«Trink aus und verschwinde!» Andrea trat an den Tisch, umfasste die Lehne eines Stuhls so hart, dass ihre Fingergelenke weiss wurden. Sie würde ihn dem Kerl auf dem Schädel zerschlagen, wenn er Stunk machte.

«War ja nur ein Scherz.»

Er hob die Tasse an die Lippen, trank aus. «Nicht schlecht, dein Kaffee.»

Andrea verzog sich hinter den Schanktisch, begann den Spülstein zu putzen. Hörte, wie er seinen Stuhl rückte, aufstand. «Was bin ich schuldig?»

«Geht aufs Haus», sagte sie, ohne sich umzudrehen.

«Danke, Bergführerin.» Er trat vor den Schanktisch, den Mantel hatte er übergeworfen. Er stank wie die Schafböcke des Pendlers. «Ich muss zur Alp hoch, ein paar Sachen holen.»

«Du kennst den Weg.» Sie wrang den Putzlappen aus.

Er trommelte mit seinen dicken Fingern auf den Schanktisch. «Du hast doch einen Schlüssel für die Schranke.»

«Den darf ich nicht herausgeben», sagte sie. «Die Alpgenossenschaft würde mir die Bewilligung entziehen.»

«In zwei Stunden bin ich zurück, niemand hat was gesehen. Es ist ja Nacht.»

«Glaubst du? Das ganze Dorf weiss inzwischen, dass du hier bist. Hier haben die Wände Augen. Geh doch zu Fuss, weit ist es nicht.»

«Du hast mich schon mal verarscht.» Er trat mit dem Fuss gegen den Schanktisch, eine leere Flasche kippte um, rollte über die Kante und zerbrach am Boden. «Du und dein Typ haben mich verpfiffen.»

Sie griff nach dem Besen. «Wir haben Gescheiteres zu tun.»

«Ich hab auch Gescheiteres zu tun, als in U-Haft zu hocken.» Er kickte mit der Schuhspitze Glasscherben durch den Raum. «Wir haben politischen Flüchtlingen über die Grenze geholfen. Verfolgte, keine Terroristen.»

«Hättest du ja erklären können. Statt mit Mist um dich zu werfen.»

«Gib jetzt den Schlüssel raus.»

«Was willst du dort oben? Flüchtlinge abholen?»

Er gab keine Antwort, die Tür knallte. Andrea hörte, wie er im Treppenhaus ausrutschte, die Stufen hinunterpolterte und fluchte. Sie löschte das Licht, trat ans Fenster, sah ihn zu seinem Wohnbus humpeln, beide Hände an die Schläfen gedrückt. Nach einer Weile fuhr er los, bog beim Glockenturm auf die Alpstrasse. Im Süden zuckte ein Blitz, die Ränder von schwarzen Wolkenburgen gleissten für einen Augenblick hell auf.

54

Franz schnarchte, dass die Holzwände der Kammer zitterten. Zwischendurch röchelte er, rang nach Luft, gab gurgelnde Laute von sich, als sei er am Ersticken. Dann blieb es für Minuten still. Magnus lag in Kleidern auf der Pritsche und lauschte, ob Franz noch atmete. Im Stall klirrten Ketten. Seit es kalt geworden war, blieben die Kühe über Nacht unter Dach. Morgen war Alpabfahrt. Vielleicht konnte er während der Wintermonate auf dem Hof von Franz und seinen Eltern unterkommen.

Magnus drehte sich gegen die Wand. Franz sägte wieder. Gelegentlich huschte der Lichtschein eines fernen Blitzes über die Wand. Die Luft war schwer, die Kühe unruhig. Selbst die Mäuse, die nachts hinter dem Holztäfer herumtrippelten, schienen nervös.

Als Franz wieder Pause machte mit Schnarchen, glaubte Magnus, fernen Donner zu vernehmen. Doch es war kein Donner, es war der Motor eines Autos. Magnus stand auf, spähte aus dem Fenster. Auf dem Parkplatz schlug eine Tür, im Schein des Wetterleuchtens erkannte er Iwans Wohnbus. Schritte näherten sich über den Vorplatz, gebückt schlich Iwan dem Stall entlang. Dann ging die Tür. Im Hüttenraum verharrte Iwan still. Das

Schnarchen des Alphirten setzte ein, unten fiel ein Stuhl um. Iwan rief: «Magnus? Bist du da?»

Magnus kniete auf die Klappe, die den Aufgang zur Kammer versperrte. «Was willst du?», sagte er durch einen Spalt im Holz.

«Ich muss mit dir reden.» Das Licht einer Taschenlampe drang durch Ritzen und Astlöcher in die Kammer. Franz schnarchte. Magnus könnte ihn wecken, er würde ihm helfen, ihn beschützen. Iwans Stimme verhiess nichts Gutes.

«Komm runter, Magnus.» Es war die Stimme des Erziehers, Christkinds schriller Befehlston. Er versuchte, die Falltür hochzustemmen. Magnus drückte mit seinem ganzen Gewicht dagegen. Die Falltür hob sich wenig, klappte wieder zu. Iwan fluchte, versuchte es nochmals, doch es gelang ihm nicht. «Du hast mich verpfiffen, du Aas!»

«Ich habe nur gesagt, was wahr ist.»

Iwan warf sich gegen die Klappe, stiess sie weiter auf als zuvor, keuchte vor Anstrengung. «Du weisst gar nicht, was wahr ist. Wenn du vor Gericht gegen mich aussagst, hängt auch dein Vater mit drin.»

«Wo ist mein Vater?» Magnus schrie und stampfte mit aller Kraft auf die Falltür, konnte sie zudrücken und mit einem Fuss den Riegel schieben. Franz röchelte, als sei er erwacht, doch er drehte sich um und verstummte wieder.

«Wo ist mein Vater?»

«Drüben, stand in der Zeitung. Verduftet, hat dich hocken lassen. Vielleicht ist er auch tot.» Magnus biss die Zähne zusammen, damit er nicht losheulte. Er hörte, wie Iwan Gestelle und Schubladen durchwühlte, Geschirr klapperte, Glas zerschlug am Boden. «Dein Feldstecher. Den nehme ich mit als Pfand.»

«Scheisskerl! Wenn du ihn kaputt machst, bring ich dich um!»

«Dann komm runter. Versprich mir, dass du nicht gegen

mich aussagst. Dass du die Männer zufällig getroffen hast, drüben.»

«Hau ab, sonst wecke ich Franz.»

Iwan rumorte weiter in der Hütte herum. Magnus kroch auf allen Vieren zum Fenster, kletterte über die Brüstung. Seine Beine baumelten im Leeren, er sprang, duckte sich an die Wand der Hütte. Nach einer Weile trat Iwan ins Freie. Sein kahler Schädel schimmerte fahl in der Nacht. Wie ein Geist sah er aus, von den Toten auferstanden. Ein Wiedergänger wie in den Sagen, die ihm seine Mutter erzählt hatte. Lange stand er auf dem Vorplatz, blickte sich nach allen Seiten um, als sehe er durch die Nacht. Dann zog er eine Wollkappe über seinen Kopf, stapfte zum Wohnbus auf dem Parkplatz.

Magnus tastete sich Schritt um Schritt der Hütte entlang zum Heuschober. Ein Blitz fuhr nieder, in der Ferne zwischen schwarzen Wolkenbänken. Magnus kauerte an der Wand, wartete auf den Donnerschlag. Nichts geschah. Stille, nur die Kühe stampften und zerrten an ihren Ketten. Er kroch in sein Loch im Heustock, er zitterte. Schlaf fand er nicht mehr. Gegen Morgen hörte er den Wohnbus wegfahren.

55

Sacht pochte es an die Tür der Gaststube. «Herein!», rief Andrea. Landkarten und Führer lagen vor ihr auf einem Tisch ausgebreitet, sie tippte auf ihrem Laptop das Programm einer Herbstwanderwoche. Die Seniorinnen hatten angefragt, es sei ihnen egal, ob sie ihre Lizenz wieder habe oder nicht. Die Damen schienen betucht, schlugen ein gutes Honorar vor.

Ein Mann schob seinen Kopf durch den Türspalt. Andrea stand auf. «Kommen Sie doch herein, Professor Khan.»

Kaffee wollte er nicht, nur Mineralwasser. «Kaffee ist Gift, stört meine Sensibilität.» Das Mineralwasser kostete er wie ein Weinkenner, nickte dann. «Gut. Planen Sie eine Reise?»

Andrea erklärte. Er fragte nach, kam auf ihr Problem zu sprechen, den verschwundenen Schreiner, ihre Lizenz.

«Machen Sie sich keine Sorgen. Es wird alles gut. Ich spüre das.» Khan berührte ihren Oberarm mit drei Fingern, so schaffe er eine Verbindung zu ihr. Dann durchmass er mit bedächtigen Schritten die Gaststube. Verweilte lange vor den Fotos, nickte versunken, als ob er verstehe. Er zog ein kleines Pendel aus der Jackentasche, hielt es in die Höhe und beobachtete, wie es in Schwingung geriet. Messing glitzerte im Morgenlicht. «Sie schlafen besser, nicht wahr.»

«Ziemlich besser.» Andrea sah zu, wie er zum Fenstersims schritt, die Plexiglaspyramide einige Zentimeter verschob. Wieder hob er das Pendel gegen die Decke, jetzt verharrte es still. «Das Feld ist störungsfrei.» Khan steckte das Pendel in die Jackentasche, setzte sich wieder. «Manchmal braucht es nur wenig. Ein paar Zentimeter können entscheiden. Der Flügelschlag eines Schmetterlings.» Er klappte seinen Aktenkoffer auf, griff sich eine Plexiglasplatte mit drei Löchern. «Die werde ich auf Ihrem Estrich anbringen, wenn Sie erlauben. Von Ihrem Estrich strahlt noch schlechte Energie. Ein schlimmes Ereignis, vor Jahren.» Er deutete zur Wand mit den Fotos. «Wenn Sie erlauben.»

Andrea nickte. Hätte beinahe gesagt, schaden könne so ein Plättchen ja nicht. Aber sie wollte den Professor nicht beleidigen. Er hatte ihr geholfen, sie schlief wirklich besser. Vielleicht war es Einbildung, Placebo-Effekt, würde Daniel spotten, aber das war unwichtig.

«Sie kommen aus der Stadt, ich höre das an Ihrem Dialekt.» Khan begann von seinen Studentenjahren an der Universität zu erzählen, Architektur, von Wanderungen, die ihn auch in die Gegend geführt hätten. Pratt kenne er, einen Freund habe er dort, Gaudenz Tschudy.

«Der Pendler?»

Er presste seine Hände zusammen. «Von Gaudenz habe ich viel gelernt. Er ist eine Kapazität. Bei uns in Pakistan hat er Grosses geleistet, er hat in Dürregebieten Quellen gefunden und Regen gemacht.»

«Ich war bei ihm. Wegen des Vermissten.»

«Ich weiss», sagte Khan beiläufig, griff sich einen kleinen Hammer aus dem Koffer, eine Plastiktüte mit Messingnägeln und das Plexiglasplättchen. «Wenn Sie erlauben, entstöre ich jetzt noch Ihren Estrich. Dann muss ich weiter.»

Andrea hörte ihn hämmern, dann kam er zurück, klappte seinen Koffer zu, verneigte sich, murmelte einen Gruss und ging.

Wenig später heftete sie einen Zettel, *geschlossen,* an die Haustür, warf im Jeep ihren Rucksack auf den Nebensitz, fuhr die Alpstrasse hinauf. Bei der Schranke hielt sie an. Sie war aufgebrochen, den Schlüssel brauchte sie nicht. Der Alphirt, der aus der Untersuchungshaft zurück war, führte etwas im Schild. Dass er politischen Flüchtlingen geholfen habe, mochte sie nicht glauben.

Beim Waldstück kam ihr in einer Staubwolke eine Viehherde entgegen. Sie fuhr ans Strassenbord, hielt an. Voraus schritt ein Hirt in weisser Kutte, die mit Stickereien verziert war. Er schwang seinen Stock, stiess eigenartige Laute aus, als sei er das Leittier der Herde. Alpabfahrt, der Sommer war vorbei, so schnell wie noch keiner zuvor, kam es Andrea vor. Die Kühe trampelten vorüber, rutschten im Schotter, stiessen sich an, rieben ihre Flanken am Jeep. Ihr Muhen, der Klang der Schellen und die Rufe des Hirten mischten sich zu einem urtümlichen Chor. Rinder ohne Glocken trabten hinterher, brachen aus, bockten. Der Alpmeister schlug mit dem Stecken auf die Letzten ein, die sich am heftigsten sperrten. Seine Kutte war mit Kot verspritzt, er spuckte neben den Weg. Sein Hund setzte bellend den Rindern nach, biss sie in die Beine. Andrea kannte den Alpmeister, er kehrte gelegentlich in der «Alpenrose» ein, lieferte Käse und Butter aus seiner Käserei in Pratt.

Sie drehte das Fenster herunter. «Wo ist Magnus?»

Der Alpmeister stiess den Stock in die Luft gegen den Bergkamm. «Abgehauen.»

«Der Glatzkopf war letzte Nacht da, der Älpler aus dem Unterland. Habt ihr ihn gesehen?»

Der Alpmeister stützte sich mit verschränkten Händen auf den Stock. «Der Schlawiner? Gnad Gott, wenn mir der in die Finger kommt.»

«Er hat die Schranke aufgebrochen.»

«Auch das noch. Ich zeige ihn an. In der Hütte hat er eine Sauerei hinterlassen, hat irgendwas gesucht.»

«Ist Magnus vielleicht mit ihm gegangen?»

«Nein, am Morgen war er noch da, hat seinen Lohn kassiert. Dann war er plötzlich verschwunden.»

Ein Rind brach aus. Er rannte ihm nach ins Gehölz, schwang seinen Stecken, stolperte, rappelte sich wieder auf und drosch auf das Tier ein. Sein Hund umkreiste das Rind, trieb es zurück auf den Weg. Andrea fuhr weiter.

56

«Sie sind mit unserer Bergführerin bekannt, nicht wahr, Herr Doktor?» Frey schwenkte sein Glas, die Eiswürfel tingelten. Daniel schnupperte und kostete. Bester Single Malt. Der Mann war ein Kenner.

«Die Welt ist klein, Herr Doktor.» Professor Meyer habe ihm vor Jahren eine Diskushernie operiert, perfekt, keine Beschwerden mehr seither. Frey schaute den kreisenden Eiswürfeln in seinem Glas zu.

Daniel sah sich im Raum um, Chromstahl und Leder, schwarz und weiss, afrikanische Kunst, Aktfotos an den Wänden, ein breitformatiger Bildschirm neben dem Kamin, eine Hausbar mit Tresen und Hockern, auf der Galerie ein Stativ mit Videokamera. «Sie filmen?»

«Ein Hobby. Naturaufnahmen.» Er referierte über Tonspuren und Schnitt, digitale Technik, Makro und Mikro. Daniel hörte zu und trank Whisky.

Die Hausglocke klang, Frey ging hinaus in die Halle, liess die Tür einen Spalt offen. Eine erregte Frauenstimme, Daniel meinte, die Schreinerin zu hören. Frey redete halblaut auf sie ein, schien sie zu beruhigen.

Er trat an die Fensterfront. Hochnebel lag dicht über den Dächern des Dorfes, eine graue Decke, unter der sich die Häuser zusammenzudrängen schienen. Es war Herbst geworden, ein kalter Herbst nach einem nassen Sommer. Er sah die Frau die Zufahrt hinuntergehen, wacklig auf modischen Schuhen mit dicken Sohlen. Der Rock schwang um ihren breiten Hintern, zwei Zöpfe schlenkerten im Takt.

«Schöne Aussicht, nicht wahr? Bei entsprechendem Wetter natürlich.» Frey stand neben ihm, die Whiskyflasche in der Hand. «Das Haus hat mein Vater entworfen, er war Architekt.»

«Für Ihre Familie?» Daniel leerte sein Glas.

«Für einen Freund. Seine Erben hatten finanzielle Probleme, schliesslich habe ich den Bungalow übernommen.» Er hob die Flasche: «Noch einen Schluck?»

«Danke, ich muss fahren.»

«Hier hinten gibt es keine Kontrollen. Keine Polizei weit und breit.»

«Gut für Sie, nicht wahr?»

«Wie soll ich das verstehen?» Frey trat hinter die Bar, stellte die Whiskyflasche ins Gestell neben die andern.

Daniel hob ein Bein über einen Hocker, schob sein leeres Glas über den Tresen. «Hier hinten brauchten Sie offenbar auch keine Bewilligung für die Antennen im Glockenturm.»

Frey zog ein Lederetui aus der Tasche seiner Strickjacke, bot Daniel Zigarillos an. «Glauben Sie alles, was in der Zeitung steht?»

Daniel lehnte ab. «Nein. Und deshalb bin ich hier.»

Frey klemmte sich einen der braunen Stengel zwischen die Lippen, liess ein Feuerzeug aufflammen, zog an, blies den Rauch durch Mund und Nase aus. Dann stellte er das Feuerzeug auf den Tresen. «Erinnert Sie das an etwas, Herr Doktor?»

«Ein Souvenir aus Israel», sagte Daniel. Es war das Feuerzeug aus Charly's Coffee Shop an der Shenkin Street, das ihm in den Turm gefallen war. Oft hatte er sich mit Marit bei Charly's getroffen. Dann kauften sie auf dem nahen Karmelmarkt ein, Oliven, Hummus, Pittabrot und Wein. Er griff nach dem Feuerzeug, doch Frey hatte es schon wieder in der Hand. «Hat Sie meine Ex geschickt?» Er spitzte seinen Mund, liess einen Rauchring aufsteigen. «Sie hetzt die Presse auf mich, sie will mich fertig machen.»

«Warum sollte sie? Wegen des Hauses?»

Frey grinste. «Wegen der Filme. Biene Maya im Bad und im Bett. Möchten Sie sehen?»

Daniel rutschte vom Hocker, fühlte sich leicht benommen, der Single Malt wirkte. Er hielt sich an der Bar fest. «Sie brauchen die Breitbandantennen für Ihre Pornofilme und setzen damit die Menschen im Dorf einer starken Strahlung aus.»

«Meine Ex ist nymphoman, müssen Sie wissen.» Frey spielte mit dem Feuerzeug, liess die Flamme aufzucken und erlöschen. «Sie macht's noch so gern. Aber das wissen Sie wohl selber am besten.»

«Ich weiss nur, dass es ungewöhnlich viele Krebs- und Leukämiefälle gegeben hat in diesem Dorf.»

«Die Antennen sind technisch einwandfrei, geprüft und abgenommen. Wir halten uns an die Gesetze. Im Gegensatz zu Ihnen. Ich kann Sie anzeigen. Einbruch, Hausfriedensbruch, üble Nachrede und so weiter.» Er hielt das Feuerzeug mit zwei Fingern in die Luft. «Das lag im Glockenturm, dafür gibt's Zeugen.» Er steckte es ein.

«Sie haben Andrea belästigt.»

«Wie man hört, hat die Kleine öfters Besuch von Männern, von verschiedenen, meine ich. Mein Typ ist sie aber nicht.»

«Perverses Schwein!» Daniel biss sich auf die Lippen.

Frey trat hinter der Bar hervor. «Sie hören von meinem Anwalt, Herr Doktor.» Er drückte die Zigarillo in einen Aschenbecher. Dann schritt er ohne ein weiteres Wort zur Tür.

Daniel fühlte sich miserabel, als er in seinem Wagen sass. Er hatte versagt, er war dem Typ nicht gewachsen. Beweisen konnte er ihm nichts, die fehlende Bewilligung für die Breitbandantennen würde höchstens eine Busse kosten, und die würde er aus der Gemeindekasse bezahlen.

Er fuhr ins Dorf, hielt vor der «Alpenrose». Ohne auszusteigen, sah er das Schild *geschlossen*. Er rief Andreas Handy an, die Combox meldete sich.

Lange sass er im Wagen, erinnerte sich, wie er vor Jahren per Autostopp hier angekommen war. Allein war er zur Hütte aufgestiegen, hatte mit einem älteren Bergsteiger, den er dort antraf, die Sila geklettert, Nebel war aufgezogen, sie mussten biwakieren. Auf dem Abstieg im Sturm war er gestürzt, beinahe umgekommen. Jahre später hatte er die Tour mit Andrea wiederholt. Sie war eine der ersten Bergführerinnen, eine ausserordentlich starke Kletterin. Eine starke Frau. Nochmals rief er an, nochmals antwortete die Combox. «Andrea», sagte er nach dem Pfeifton, «ich werde nach San Diego ziehen. Ich möchte, dass du mit mir kommst.» Er machte eine Pause. «Andrea, ich liebe dich.» Er wusste nicht, ob die Combox die letzten Worte noch gespeichert hatte.

57

Über das Joch zog Nebel, die Bise fuhr Andrea ins Gesicht. Der Wind hatte gedreht. Sie war erhitzt und ausser Atem vom hastigen Steigen. Die Alp hatte sie verlassen vorgefunden, keine Spur von Magnus oder dem Alphirten. Die Karte in ihrer Hand zitterte. Sie stellte ihr GPS-Gerät auf die Koordinate, die ihr der Pendler vor Wochen angegeben hatte. Sie hatte ihn nur besucht, weil sie es Anita versprochen hatte. An seinen Hokuspokus hatte sie nicht geglaubt. Nach dem Verschwinden des Schreiners hatten die Retter alles abgesucht, auf der verkarsteten Silberplatte gab es jedoch so viele Spalten und Klüfte, dass es unmöglich war, überall hineinzukriechen. Wie sollte da einer, der weder Topografie noch Verhältnisse kannte, einen Vermissten aufspüren. Doch Khan hatte sie verunsichert.

Auf der Nordseite lag der Nebel noch dichter, staute sich am Bergkamm. Während sie im diffusen Licht über feuchte Felsplatten schritt, war das kleine Gerät, das ihr ständig ihre Position anzeigte, ihre einzige Orientierung. Ihr Unternehmen erschien ihr immer absurder. Mit einem hoch entwickelten technischen Gerät, von Satelliten gesteuert, suchte sie nach einem Ort, den ein Wahrsager, ein Pendler bestimmt hatte.

Sie stolperte über eine Wasserrille, stützte sich mit einer Hand auf einen Felsblock, fand das Gleichgewicht wieder. Das diffuse Licht täuschte, im Nebel verlor sie das Gefühl für die Neigung des Geländes. Sie kam sich vor wie auf dem Deck eines Schiffes, das durch schweren Wellengang schlingert.

Die Karstplatte ging in Stufen über, wo sich Kalkschichten vom Grund gelöst hatten, Geröll lag herum. Sie kletterte vorsichtig ab, Füsse voran. Noch wenige Meter fehlten zur angepeilten Koordinate. Hier brach die Silberplatte schroff ab. Wie hoch der Absatz war, konnte sie nicht sehen. Ein Seil hatte sie nicht dabei, sie musste der Kante entlang nach einer geeigneten Stelle für den Abstieg suchen. Eine Kluft bot sich an, durch die sie in klassischer Kamintechnik stemmend hinunterkletterte bis auf ein Grasband. Dort entdeckte sie Trittspuren, von Mensch oder Tier, schwarz glänzende Losung von Gämsen, die rote Hülse einer Schrotpatrone. Andrea folgte vorsichtig den Trittspuren der Felswand entlang, stiess auf eine weitere Kluft, die sie von oben nicht gesehen hatte, da sie sich in einer Rinne in der Wand verlor. Am Ansatz des Felsspalts waren Steine zu einem Podest aufgeschichtet. Das GPS zeigte exakt die Koordinate, die der Pendler bestimmt hatte. Zwei oder drei Schrothülsen lagen herum. Hinter dem Podest weitete sich die Kluft zu einer Höhle. Eine altes Jägerbiwak, so schien es, der Boden sandig und trocken. Andrea setzte ihre Stirnlampe auf, bückte sich, leuchtete in den dunklen Spalt und sah den Rucksack, daneben Schuhe. Die Schuhe eines Menschen, der in der Höhle lag, die Beine ausgestreckt, die Sohlen aufgerichtet. Klobige Militärschuhe. Der Junge, schoss ihr durch den Kopf. Mit einem Schrei wich sie zurück. Sie lehnte an der Felswand, zitterte und glaubte, jeden Augenblick vornüberzukippen, über das nasse Grasband und die nächste Felsstufe hinunter. Als sie sich wieder gefasst hatte, wurde ihr klar, dass es nicht der Junge sein konnte, der da lag. Magnus war mit einem alten Militärrucksack unterwegs, der Rucksack mit dem Lederboden gehörte Walter Kernen, dem Schreiner. Sie wagte es nicht mehr, in die Höhle zu kriechen, sich zu vergewissern. Vor dem verwesenden Leichnam fürchtete sie sich. Aus irgendeinem Grund war er vom Joch auf die falsche Seite abgestiegen, hatte sich verirrt, sich in das Jägerbiwak verkrochen, als der Sturm einsetzte. Als Einheimischer kannte er die Höhle vielleicht von früher, sein Onkel Töni war ein Jäger gewesen. In der Nacht war Schnee gefallen, hatte sich in der Rinne über der Kluft gesammelt wie in einem Trichter, war herabgerutscht, hatte die Höhle verschlossen. Eine Falle. Vielleicht war er erstickt oder verhungert, vielleicht hatte er sich umgebracht, vielleicht, vielleicht … Jetzt fielen ihr die Hörner und Geweihe ein, die Tschudy, der Pendler, in seinem Haus aufgehängt hatte. Auch er war ein Hochwildjäger gewesen, er hatte das alte Biwak wahrscheinlich gekannt. Sein Spürsinn hatte sie auf die Spur geführt.

Andrea zog ihr Handy heraus, es zeigte schwaches Signal. Sie rief Frick an. «Wo bist du?», schrie sie, als er sich meldete. Er gab keine Antwort. «Frick, hörst du mich?»

«Ja», drang es durch das Rauschen an ihr Ohr. Dann schwieg er wieder.

«Frick, was ist los mit dir?»

«Anita ist gestorben», sagte er, «gestern Abend.» Sie hört ihn schluchzen, sie weinte selber, drückte das Handy an ihr Ohr. Nach langen Minuten murmelte er: «Entschuldige … Warum rufst du an?»

«Ich habe den Schreiner gefunden», sagte sie.

Frick schien nicht überrascht, stellte mit sachlicher Stimme Fragen. Ort, Koordinaten und so weiter. Er werde die Bergwacht und die Behörden des Nachbarlandes informieren, die seien zuständig. Dann sagte er noch: «Nun sind sie also beide tot.»

Nach Minuten rief er zurück: «Sie werden die Leiche morgen bergen. Lass alles, wie es ist, und steig ab. Es ist bald Nacht, Andrea. Schaffst du es allein?»

«Sicher» sagte sie. «Es tut mir so leid. Wegen Anita.»

«Sie ist erlöst.» Seine Stimme erstickte in Schluchzen.

Andrea unterbrach die Verbindung. Sah, dass eine Meldung in ihrer Combox gespeichert war, hörte sie ab. Daniels Stimme, sein Wunsch, sie möge ihn in die USA begleiten, seine Liebeserklärung. Sie rief nicht zurück, der Akku war beinahe leer. Sie fror. Ihre ersten Schritte auf dem steilen Grasband waren steif und unsicher wie die einer Anfängerin.

58

Er hörte, wie die Kühe abzogen, begleitet von den Rufen des Alpmeisters, dem Gebell seines Hundes, den archaischen Jauchzern von Franz. Die Herde drängte über den Sattel, das Geläut der Schellen verebbte. Dann war es still, die Berge schwiegen. Zuvor war ein ständiges Murmeln und Flüstern, Wasser, das über die Wände rann, Steine, die fielen, der Wind in den Rissen und Klüften. Unheimlich, diese Ruhe. Gespenstisch die Nebelschwaden, die um Felsen trieben. Magnus hatte sich versteckt, kurz bevor die Herde aufbrach. Eine Nacht verbrachte er in der Kletterhütte, verriegelte die Tür von innen, verschloss die Läden. Er schlief unter Wolldecken vergraben. Feuer machte er nicht, aus Angst, jemand könnte den Rauch entdecken. Franz hatte ihm etwas Käse, Brot und Trockenfleisch zugesteckt, er wusste, dass er nochmals hinüber wollte. Vielleicht fand er eine Spur.

Der Morgen war kalt. Magnus stieg bergan, die Geröllkiesel

unter seinen Füssen klangen wie Glocken. Sein Hals war entzündet, jeder Atemzug brannte. Die gebrochenen Rippen stachen beim Gehen in die Seite. Der Alpmeister hatte ihm seinen Lohn gebracht, so viel Geld hatte er noch nie besessen. Im Rucksack, im Buch steckte dazu noch die Dollarnote der Fremden. Im Dorf jenseits der Grenze würde er etwas zu essen kaufen. Weiter mochte er nicht denken.

Noch bevor er das Joch erreichte, vernahm er von der andern Seite das Flattergeräusch eines Hubschraubers. Er drückte sich an einen Felsblock, doch der Heli stieg nicht über den Grat. Er wurde wohl auf der Ziegenalp bei der Alpabfahrt gebraucht. Oder für eine Rettung.

Der Nebel löste sich auf, doch die Sonne stand tief. Schwer und kalt der Schatten des Bergs. Auf dem Joch sah Magnus den Helikopter wieder. Er stieg auf, eine blaue Hummel. An einer langen Leine hing ein grüner Sack. Der Heli zog eine Schleife, *Polizei* stand auf seinem Schwanz. Der Sack drehte sich wie ein Kreisel, grüne Planen, drin ein Mensch verpackt, ein Toter. Wenn er doch seinen Feldstecher hätte.

Panik ergriff ihn. Der Tote im Sack. Magnus eilte in Sätzen die Schutthalden hinab, rutschte und stolperte. Auf einem Grasband kamen ihm Männer entgegen, eine Kolonne, weisse Helme auf dem Kopf, orangerote Windjacken, Seile umgehängt und Klettergerät. Magnus hockte auf einem Stein, sein Herz pulsierte im Hals. Die Männer blieben stehen, die Hände in den Taschen ihrer Jacken, sie redeten und rauchten. Eine Flasche ging von Mund zu Mund. Er hörte ihre Sprache, den Klang des andern Landes, des Mutterlandes. Sie redeten von der Leiche, die sie geborgen hatten, von Bergen, die sie bestiegen hatten, sie zeigten auf Gipfel, schwatzten und lachten. Einer machte ein paar Schritte auf Magnus zu. «Woher kommst du?»

Er wies mit dem Daumen zum Joch.

«Herbstwanderung? Ist wieder mal anständig Wetter.»

Magnus drückte die Fäuste auf seinen Mund, biss in die Knöchel.

«Verstehst du mich überhaupt?»

Er nickte.

«Wir haben da drüben einen Mann geborgen, vermisst seit dem Sommer. Kein angenehmer Job.»

Magnus kratzte mit dem Absatz einen Graben in den Schutt.

«Na dann, schöne Tour.» Der Mann grüsste wie ein Soldat mit der Hand am Rand des Helms.

Magnus hörte die Männer lachen. Sie stiegen weiter ab, einer hinter dem andern, ihre Helme bildeten eine Kette von weissen Punkten.

Magnus wartete, bis sie verschwanden. Dann ging er ihren Trittspuren nach über das Grasband. Nass war es, er rutschte, krallte sich fest an Büscheln, seine Finger gruben sich in schiefrigen Grund. Zigarettenstummel lagen herum, Hülsen von Schrotpatronen, eine Wursthaut. Auf Händen und Füssen kroch Magnus das Band hinauf zu einem Felsspalt, wo sich hinter einer Trockenmauer eine Höhle öffnete. «Vater», rief er. Dumpf antwortete das Echo aus dem Loch. Er kroch hinein, robbte auf den Ellbogen über Sand und Schotter. Seine Augen gewöhnten sich an die Dunkelheit. Den Wänden entlang zogen sich weisse Kalkspuren. Von der Decke hing Tropfstein, manche Spitzen waren abgebrochen, lagen am Boden herum. Winzige weisse Dolche. Irgendwo rann Wasser. Die Höhle war eng. «Vater», rief er, immer wieder. Der Schacht weitete sich, da sass er auf einem lehmverschmierten Brett, neben sich Kerzenstummel, Zündhölzer, seine Pfeife. Er sass auf Zeitungen, lehnte an der Wand und schaute ihn an. «Magnus, endlich bist du gekommen.» Er lächelte.

Magnus starrte ihn an, sein Gesicht war grau. Grau wie der Fels, die Hände gelb, vertrocknet, rissig, mit Flecken wie Flechten. Wie der Mann aus dem Eis. Ein Totenschädel, mit Lederhaut bespannt. Nur die Augen sahen ihn unverwandt an, mit müdem traurigem Blick.

Grauen packte Magnus, er kroch rückwärts über Sand und Geröll, schürfte sich Knie und Hände auf, er wagte es nicht mehr, dem Geist seines toten Vaters ins Gesicht zu sehen.

Draussen schrie er: «Vater, Vater!» Seine Stimme hallte von den Felsen. Eine Bergdohle segelte heran, als habe er sie gerufen, hüpfte über das Grasband, näherte sich zaghaft. Sie pickte nach der Wursthaut. Magnus griff sich einen Stein, schleuderte ihn nach dem schwarzen Vogel, der aufflatterte und mit hässlichem Kreischen davonflog. Die Wursthaut blieb liegen.

59

Sie brauchte Stadtluft. Die Berge lasteten ihr auf der Seele, das Dorf, die Alpen, die Menschen dort, verbohrt und feindselig gegen alles, was neu war und von aussen kam. Sie war ungerecht, das wusste sie. Wusste auch, dass nach einem oder zwei Tagen in einer Stadt alles wieder gut war, dass sie sich nach Fels und Eis sehnte, nach der Stille, dem einfachen Leben, den anspruchslosen Menschen und den alltäglichen Aufgaben. Noch immer eine Nomadin, dachte sie. Noch nicht sesshaft geworden. Enkelin von Fahrenden, vielleicht würde sie nie wirklich Ruhe finden.

Sie hielt vor der Kletterhalle an. Die Sonne zeigte sich zwischen Wolkenfetzen, nichts lockte sie in die alte Werkhalle mit den Kunstwänden, in den Magnesiastaub. Sie mochte sich nicht den Blicken, den Fragen und dem Klatsch der Szene aussetzen. Weiter also durchs alte Wohnquartier, der Rohbau für die neue

Siedlung war schon hochgezogen, nackte Backsteinwände standen, Betonböden auf Stahlstützen, Gerüste, und über allem schwenkten Krane ihre Ausleger. Ein Ameisenhaufen von Bauarbeitern in bunten Helmen in grosser Hektik. Sie hielt nicht an, alles war ihr fremd, die Erinnerungen ausgelöscht. Sie besuchte Ning im Hotel, wie immer war sie beschäftigt an der Rezeption, Gäste, Telefonanrufe, Auskünfte, Eingaben am Computer. Keine Zeit für einen Kaffee, ja, Ray gehe es gut, in der Schule der Beste, ein ehrgeiziger Lausbub. «Ich werde heiraten», sagte sie beiläufig mit einem verlegenen Lächeln. Schon summte das Telefon, sie nahm ab, sprach englisch. Andrea winkte von der Tür zurück. Einen hässlichen Gedanken versuchte sie zu verdrängen. Ning heiratete, wen auch immer, der Mann würde nun teilhaben am Erbe, das sie sich geteilt hatten. Ning war frei, sie wünschte ihr Glück und empfand doch einen kleinen Schmerz. Ihr Vater war tot, er brauchte keinen Schutzengel mehr.

Vom Parkplatz des Hotels aus rief sie Daniel an, liess lange läuten, bis er abhob. Sie habe ihn aus dem Schlaf geholt, er habe Nachtdienst, wie spät es sei? Er erklärte ihr den Weg zu seiner Wohnung in der Altstadt. Ein paar Treppen hoch bis unters Dach, sie kam so ausser Atem, als klettere sie einen Achttausender.

Daniel öffnete die Tür, nur mit Shorts bekleidet. «Ich hab's erfahren», sagte er. Dann hob er sie hoch, und sie fühlte sich so leicht wie in jener Zeit, als sie mit leidenschaftlichen Kletterpartnern und Liebhabern in den Bergen der Welt unterwegs war. Erst als sie im Bett lagen, eng umschlungen und ruhig, fragte er leise: «Andrea, hast du meine Botschaft gehört?»

Er lag hinter ihr, seine Zunge fuhr über ihr Ohr, ein Schauer zog durch ihren Körper.

«Ja», sagte sie.

«Und?»

«Lass mir Zeit.»

«Alle Zeit der Welt.»

Er streichelte ihren Bauch, ihre Brust, ihre Schulter. Flüsterte: «Dein Schmetterling. Blue Mountain.» Das Tattoo von der Venice Beach. Mit dem Finger zeichnete er die Form nach, den Leib, die Fühler und Flügel. Sie schloss die Augen.

Als sie erwachte, musste sie sich zuerst orientieren. Ein fremdes Zimmer, Dachwohnung, rohes Gebälk, ein Büchergestell. Nebenan hörte sie Geschirr klappern, es duftete nach Kaffee. Ein Radio oder Fernseher lief. Sie stand auf, sammelte ihre Kleider ein. Daniel sass am Tisch im Wohnzimmer, schlug ein gekochtes Ei auf. «Frühstück. Du hast so selig geschlafen, ich wollte dich nicht wecken.» Er sah auf die Uhr.

«Gibt's hier eine Dusche?»

Er zeigte ihr das Bad, sie könne bleiben über Nacht, wenn sie wolle. «Ich muss gleich zur Arbeit.»

Andrea duschte, ein Frottiertuch lag bereit. Neben der Seifenschale und seinem Rasierzeug stand eine Dose Haarspray, die wohl eine Besucherin vergessen hatte. Als sie fertig war, stand er in schwarzen Jeans und Lederjacke an der Tür. Er hatte für sie gedeckt, der Toaster stand bereit, ein Ei im Becher, Käse, Butter, Konfitüre. «Mach dir's bequem. Mit der Kaffeemaschine kennst du dich aus. Ich bin morgen um acht Uhr zurück, wenn alles gut geht. Falls du gehst, kannst du den Schlüssel mitnehmen, ich hab einen zweiten.» Er küsste sie auf die Stirn. Weg war er.

Sie machte sich einen Kaffee, ass Toast mit Butter und das Ei. Auf dem Fernseher lief die Sendung «Aktuell». Sie schaute erst hin, als die Sprecherin sagte: «Gestern hat die Bergwacht des Nachbarlandes den seit drei Monaten vermissten Schreiner Walter Kernen aufgefunden und geborgen.» Männer seilten eine Bahre ab, die Bilder stammten von einer Rettungsübung. Der

Helikopter mit einem Retter und einem Verletzten an einer langen Leine war in einem ganz andern Gebiet gefilmt. Dann in Grossaufnahme der Leiter der Bergwacht in Klettermontur, Karabiner und Haken umgehängt, Helm auf dem Kopf. Nach monatelanger intensiver Suche habe man die Leiche des Vermissten in einer Felshöhle aufgespürt. Dann folgten wieder Werbebilder für die Bergwacht. «So ein Schrott!» Andrea hatte schon die Fernbedienung in der Hand, wollte ausschalten, da sah sie sich selber auf dem Schirm, die Tagesschau-Aufnahme, wie sie einst im Winter die Wand der Sila geklettert war, allein. «Der Vermisste war im Frühling von seiner Bergführerin im Schneesturm zurückgelassen worden, hatte sich verirrt und in der Höhle Unterschlupf gefunden.» Schnitt. Ein Polizeibeamter in Uniform sagte: «Wahrscheinlich ist der Mann an Erschöpfung gestorben. Wir haben die Leiche der Gerichtsmedizin übergeben.»

Andrea schaltete aus. Ihr war schlecht geworden. Sie schüttete den Kaffee in den Ausguss, stellte das Geschirr zusammen. Dann verliess sie die Wohnung, zog die Tür von aussen zu. Das Schloss schnappte ein. Den Schlüssel hatte sie liegen gelassen.

60

Der Hunger war wie ein Schmerz, ein Krampf im Magen, Knie wie aus Gummi. Er trieb ihn ins Tal wie der Winter das Wild. Manchmal glaubte er, Stimmen zu hören, sie riefen seinen Namen durch die Nacht. Er blieb stehen, die Stimmen verstummten. Drunten schlug es vom Glockenturm, Mitternacht vielleicht. Er zählte nicht. Das Dorf schlief, die Wirtschaft war dunkel, der Jeep der Bergführerin stand auf dem Parkplatz, sonst kein Wagen. Er ging am Glockenturm vorbei zur Schreinerei, fand die Tür verschlossen. Er schlich ums Haus, lauschte.

Ein Rascheln im Gebüsch erschreckte ihn, er drückte sich an die Wand. Eine Katze strich ihm um die Beine. Sie war fremd, doch sie schnurrte, liess sich streicheln. Zugelaufen von irgendwo. Seine Mutter hatte manchmal Katzen gefüttert, sie blieben ein paar Tage, verschwanden wieder. Das Klofenster stand einen Spalt offen, er kletterte am Spalierbaum hoch, Äste knickten. Er hängte den Haken aus, zwängte sich kopfvoran durch die schmale Öffnung, liess sich auf die Schüssel hinab. Es roch scharf nach Putzmittel. Sandra putzte immerzu, duschte sich zweimal am Tag. Er lauschte in den Korridor. Die Tür zum Elternschlafzimmer stand offen, ein heller Fleck das Bett, die Laken zerwühlt, leer. Sandra war weg.

In der Küche öffnete er den Eisschrank, sein Licht streifte über den Boden, erhellte den Raum. Er packte eine halbe Wurst, verspeiste sie hastig, griff mit der Hand in eine Büchse Bohnen, stopfte sie sich kalt in den Mund. Im Küchenschrank lag ein halbes Brot, angetrocknet, er riss Stücke weg, schluckte, ohne richtig zu kauen. Das Brot würgte im Hals, er erstickte beinahe. Trank Wasser vom Hahn, Wein aus einer angebrochenen Flasche auf dem Tisch. Er stopfte den Rest Brot, Käse, ein Stück Speck und zwei Äpfel in den Hosensack. In der Tischschublade lag die Börse mit dem Haushaltungsgeld, ein paar Münzen, eine kleine Note. Er steckte es ein.

Im Eisschrank stand noch eine Büchse mit Schokoladecreme, einen Öffner fand er nicht. Mit der Büchse in der Hand ging er in die Werkstatt hinüber, tastete sich zum Werkzeugschrank, schlug mit Stechbeitel und Hammer die Büchse auf und leerte sich die sämige Creme in den Mund. Er leckte sich die Finger, drückte den Deckel der Büchse zu und verletzte sich dabei am Blech. Blut tropfte auf den Boden, mit einem Putzlappen verband er seine Hand.

Der Werkstattschlüssel steckte von innen. Er öffnete, trat ins Freie, unheimlich dunkel war es, der Himmel bedeckt. Er ging über die Wiese zur Kapelle, das Tor war offen. Vorn beim Altar brannte das ewige Licht. Neben dem Opferstock stand der Kerzenhalter, er fand Zündhölzer, den Bund mit den langen Kerzen. Steckte eine in den Halter, zündete sie an, dann weitere, bis alle Kerzen brannten. Die Zündhölzer nahm er mit. Nun war es hell, die Holzbänke warfen Schatten. Vor dem Altar kniete er nieder, wie manchmal neben seiner Mutter, wenn sie Gebete murmelte, während die Perlen des Rosenkranzes durch ihre Finger glitten. Schmale weisse Finger wie die der Madonna auf dem Altar mit dem blauen Faltenkleid und dem wächsernen Gesicht. Es war das Gesicht seiner Mutter im Sarg.

Er faltete die Hände, versuchte ein Gebet zu sprechen, seine Lippen bewegten sich, doch seine Stimme hatte keine Kraft. Die Madonna lächelte ihm zu, ihr Kleid bewegte sich in einem Luftzug. Die Tür war aufgegangen, die Kerzen flackerten, einige erloschen. «Hab keine Angst», sagte die Stimme vom Altar. «Ich bin immer bei dir.» Auf dem Arm hielt sie ihr nacktes Kind. Alle Sünden der Welt hatte es auf sich genommen, so klein und schwach.

Ein Windstoss warf die Tür ins Schloss, die Kerzen verlöschten. Es war finster, nur das rote Auge des ewigen Lichts leuchtete. Magnus tastete sich die Bänke entlang zur Tür, stiess sie auf. Ein Glockenschlag fuhr ihm durchs Herz, er zuckte zusammen. Ich bin immer bei dir. Die Stimme seiner Mutter, ihr fremdartiger Klang.

Er kehrte zur Werkstatt zurück, den Schrank mit den Farben fand er ohne Licht. Büchsen und Flaschen standen ordentlich nebeneinander, mit Etiketten angeschrieben. Er griff sich den Kanister mit dem Benzin für die Motorsäge, schüttelte ihn. Er war beinahe voll. Die Tür des Glockenturms war verriegelt. In die dicke Eichentür hatten Leute vor hundert und mehr Jahren schon Buchstaben und Herzen eingeritzt. Zwischen dem Holz und dem Steinboden klaffte ein Spalt. Als Kind sass er manchmal im Schatten des Turms auf den kühlen Steinplatten, beobachtete Ameisen, die über den unebenen Boden krabbelten und im Spalt verschwanden. Er wunderte sich, was sie da drin wohl suchten. Voller Geheimnisse musste der Turm sein. Er war immer verschlossen. Nur für die Weisse Frau öffnete sich die Tür.

Magnus schraubte den Deckel vom Kanister, schüttete Benzin in den Spalt unter der Tür, so dass es ins Innere des Glockenturms floss. Die Ameisen werden sterben, dachte er. Das kleine Kind wird meine Sünden auf sich nehmen, mir wird vergeben.

Er trat zurück, strich ein Zündholz an, warf es gegen die Tür. Es löschte aus. Erst beim dritten flammte das Benzin auf, loderte blau an der Türe hoch. Er warf den Kanister weg und stieg auf der Alpstrasse bergan, so schnell er konnte.

61

Sie hörte das Knistern der Arvenzweige, roch den Duft des Harzes, spürte die Wärme der Flammen im Gesicht, lauschte der unendlichen Stille der Nacht unter dem weiten Himmel. Das Lagerfeuer auf dem Campingplatz in der City of Rocks in Idaho. Sie hatte Stef verlassen, war allein weitergezogen, getrieben von einer Sehnsucht, die sie wie Fieber gepackt hatte. Sie hatte sich verloren in der Weite Amerikas. Nomadin, Fahrende. Hatte versucht, sich wieder zu finden, eine Heimat, einen Ort zum Bleiben, zum Leben. Umsonst vielleicht. Noch immer hörte sie das Knistern und Prasseln, es schwoll an, Feuerschein tanzte über die Wand, ein Ballett flüchtiger Flackerzungen. Wie das Menetekel aus der Bibel, die Feuerschrift an der Wand. Sie fuhr auf, war hellwach, es war nicht Babylon, nicht Idaho. Es brannte im Dorf. Sie griff nach dem Handy, das neben ihr auf dem Boden lag, zog sich am Sims hoch, riss das Fenster auf. Der Holzaufbau des Glockenturms loderte als riesige Fackel in der Nacht, knisterte, toste, sprühte Funken. Abgefackelt, das Wort fiel ihr ein. Stimmen draussen, Rufe, unten im Dorf erklang ein Feuerhorn in langen klagenden Stössen. Sie tippte durch den Nummernspeicher, Polizei, Feuerwehr, das Handy blieb stumm, kein Signal. Die Antennen im Turm, abgefackelt.

Dann rannte sie hinaus, in Pyjamahosen, Windjacke, Turnschuhen mit offenen Schnürsenkeln. Hitze schlug ihr entgegen, die Leute, die herumstanden, starrten mit glühenden Gesichtern ins Feuer, sprachlos vor Entsetzen. Bei der Kapelle spritzten drei Männer in blauen Uniformjacken und Helmen mit einer Handpumpe die Kapelle ab, damit sie sich nicht entzünde. Andere versuchten, die Schreinerei zu schützen. Ein Sternenhimmel aus Funken sprühte über dem lodernden Turm in die Nacht.

Die Schreinerin stand im Nachthemd bei der Kapelle, mit aufgelösten Haaren, das Gesicht rot im Feuerschein, der über ihr weisses Hemd flackerte, als sei sie eine Hexe auf dem Scheiterhaufen. Der Gemeindeverwalter trat neben sie, deutete auf die Schreinerei. Sie hob die Schultern. Er eilte zum Schuppen, stieg in den Pickup, auf dem noch Holzlatten lagen, fuhr ihn rückwärts weg auf den Parkplatz der «Alpenrose».

Dann ein Warnschrei, das brennende Gebälk knackte, Träger knickten, das Dach des Glockenturms sackte in sich zusammen, glühende Balken fielen über die Mauer herab, stürzten Funken stiebend auf den Boden. Die Menschen wichen zurück. Krachend und scheppernd barst das Innere des Turms, aus den schmalen Fenstern schlugen Flammen, leckten an der Mauer hoch, Funkengarben schossen in den Nachthimmel, dann sackte das Feuer in sich zusammen, glühte im Innern des Turms weiter wie in einem Hochofen.

«Achtung!», gellte ein Schrei. Ein Stück Mauer brach weg, stürzte herab und zerschellte in Stücke, die den Hang hinab gegen die Schreinerei rollten. Gleich darauf wimmerte im Tal die Sirene der Feuerwehr. Der Löschwagen von Pratt raste heran, ein Polizeiauto mit kreisendem Blaulicht folgte. Die Leute traten zur Seite, sahen zu, wie die Feuerwehrmänner mit dem Schlauch gegen den Turm vorgingen, im Schutz eines Wasservorhangs aus dem Wendrohr, Dampf zischte aus den Löchern und Rissen des geborstenen Turmes. Ein scharfer Geruch verbreitete sich, erinnerte Andrea wieder an den Westen. So stank es, wenn die Männer in die Glut des Lagerfeuers pissten.

Die Dorfleute standen vom Schock gelähmt herum, Hände in den Hosentaschen oder unter der Schürze gefaltet, sie unterhielten sich halblaut. Zu Andrea hielten sie Distanz, trotzdem hörte sie «Brandstiftung». Und dachte «abgefackelt». Immer wieder dieses eine Wort.

Der Gemeindeverwalter und ein Polizist begannen, den Platz um den Glockenturm und die Kapelle mit rotweissen Plastikbändern abzusperren. Die Schreinerin war verschwunden.

Frey trat neben Andrea, sie grüsste. «Brandstiftung», sagte er. «Ein Benzinkanister lag herum. Hast du etwas beobachtet?»

«Nein, habe geschlafen.»

«Dein Freund war gestern noch im Dorf.»

«Ich habe keinen Freund.» Andrea begann zu frösteln. Sie ging ins Haus. Die Feuerwehrleute hatten bestimmt Durst.

62

Bei einem Baumstrunk kauerte Magnus auf den Boden. Er stützte sich aufs schwammige Holz, ein Würgen im Hals. Er biss auf die Zähne, der Klumpen im Magen drehte sich. Dann riss es ihm den Mund auf, es brach aus ihm heraus, warm und ekelhaft sauer. Er krümmte sich, röchelte und kotzte, bis nur noch Schleim aufstiess. Dann zerrte er ein Büschel Gras ab, wischte sich das Gesicht. In der Wunde auf seinem Handballen pulsierte das Blut. Vielleicht bin ich auch krank, dachte er. Seekrank. Sandra hat recht. Ich bin nicht normal. Einen Buckel habe ich, eine Hasenscharte, zwei linke Hände. Woher? Von Vater, von Mutter, ich weiss es nicht. Jetzt sind sie im Himmel, beisammen für alle Zeit, müssen nicht mehr streiten. Ich trage alle ihre Sünden.

Der Feuerschein hinter dem Wald verblasste. Magnus rappelte sich auf, stieg weiter. Er fühlte sich bald besser. Schritt um Schritt ging er, kaute dazu ein Stück Brot. Es half gegen den Geschmack des Erbrochenen im Mund.

Die Alp lag im Nebel, er umging die Hütten in weitem Bogen. Hier würde man ihn suchen, auch in der Kletterhütte. Er folgte der Wegspur zum Joch, suchte das Drahtseil. Die Markierungen sah er nicht mehr, nur noch Schutt und Geröll. Die Spur führte in den Nebel und verlor sich. Als er zurückschaute, konnte er sie nicht mehr erkennen im Grau von Gestein und Gewölk. Verirrt. Weiter hinauf, dachte er, so komme ich an die Wand, folge ihr und finde das Drahtseil. Steil stieg die Halde an, Felshöcker tauchten auf. War das die Wand? Er musste glatt geschliffene Buckel umgehen, in eine Runse absteigen, mit losem Schotter gefüllt. Der ganze Hang schien sich unter seinen Füssen zu bewegen, kleine Steinlawinen glitten ab. Am Grund der Runse kniete er nieder, scharrte eine Vertiefung, in der sich Wasser sammelte. Er legte sich auf den Bauch, schlürfte gierig, spuckte Sand aus. Als er sich aufrichtete, wollte ihm scheinen, das Rinnsal fliesse in eine andere Richtung als zuvor. Bin ich schon drüben, im andern Land? Waren die Felshöcker das Joch und ich habe es nicht bemerkt?

Magnus überquert eine weitere Runse, tief eingefressen in den Hang, ein Bach sprang über Felsplatten. Mit den Händen fand er Halt, das Wasser spritzte und durchnässte ihn. Seine Wunde brannte. Die Runse wurde steiler, tief unter ihm, glaubte er, kreuze sie ein Weg. Nun hatte er jede Orientierung verloren, ob links oder rechts, er hatte keine Ahnung, wohin der Weg führen könnte. So war es auf dem Meer, eine unendliche Weite ohne jeden Punkt, an dem man sich orientieren konnte. Er musste warten, bis der Nebel brach, sich die Sonne oder die Sterne zeigten. Unter einem vorspringenden Felsblock fand er einen trockenen Platz.

63

Die «Alpenrose» war bis zum letzten Platz besetzt, jemand hatte noch Stühle aus dem Estrich geholt. Feuerwehrleute, Journalisten, Dorfbewohner, Leute von der Versicherung, vom Denkmalschutz und Katastrophentouristen drängten sich um die Tische, die Gerüchteküche brodelte. Die Unterhaltungen wurden lauter, Gelächter kam da und dort auf, eine aufgekratzte Stimmung machte sich breit, als würde ein Fest gefeiert. Die Blicke schweiften immer wieder hinüber zum Glockenturm, von dem nur noch die Mauern standen, geschwärzt und von Rissen durchzogen, weiträumig abgesperrt, denn man fürchtete, sie könnten einstürzen. Die Rede war von Brandstiftung, der Benzinkanister stamme aus der Schreinerei, es sei dort eingebrochen worden.

Jemand hielt dieser Version einen Kurzschluss in den Antennensystemen entgegen, rief «Skandal», hier seien Dinge installiert worden, von denen niemand wusste. Eine Abhöranlage, um die Grenze zu überwachen, über die Illegale das Land infiltrierten, wie letzthin in der Sonntagszeitung stand. Solche Grenzgänger hätten wohl den Turm angezündet, aus Vergeltung für die Verhaftung ihrer Komplizen auf der Alp.

Andrea vernahm nur Bruchstücke von dem Geschwätz, sie arbeitete hinter dem Schanktisch, die Kaffeemaschine lief heiss, sie schenkte Wein und Bier aus, schnitt Brot für Sandwiches, rief Lieferanten an um eiligen Nachschub. Zum Glück hatte sie den Festnetzanschluss nie gekündigt, durch den Brand waren alle Handys ausgefallen. Alice servierte und kassierte flink. Wenn ich verreise, dachte Andrea, wird sie die Wirtschaft weiterführen, in Pacht. Sie kann das viel besser als ich. Wenn Alice zum Büfett kam mit Bestellungen, lächelten sie sich zu. Alice war erhitzt, glücklich, schien sich wieder so jung zu fühlen wie vor Jahren, als sie bei Töni serviert hatte.

Im Lauf des Morgens kam Frick herein, setzte sich nicht, sondern trat zum Schanktisch. «Wir brauchen dich, Andrea.»

«Ich kann hier nicht weg, du siehst ja.»

«Es ist wichtig. Komm raus.»

Sie trocknete Gläser ab, schenkte Wein nach. Frick blieb stehen. Als Alice zum Büfett kam, fragte er: «Kannst du hier alleine weitermachen? Wir brauchen Andrea.»

«Kein Problem.» Alice stellte die Weingläser aufs Tablett, nickte Andrea zu. «Geh nur. Ich komme hier schon klar.»

Auf dem Parkplatz wartete der Gemeindeverwalter mit zwei Polizisten und zwei Bergführern. Frey sagte: «Andrea, wir brauchen dich für eine Suchaktion.»

«Meine Lizenz ist suspendiert. Ich bin jetzt Wirtin.»

«Jetzt hör doch mal zu!» Frick packte sie am Ärmel ihres Pullovers, als sie gleich wieder gehen wollte.

«Frau Stamm …» Einer der Polizisten mischte sich ein. «Wir haben Hinweise, dass der Brandstifter ins Gebirge geflüchtet ist. Wahrscheinlich will er über die Grenze.»

«Magnus?» Sie biss sich auf den Daumen.

«Keine Namen bitte.» Der Beamte deutete mit dem Kopf auf ein Fernsehteam, das den qualmenden Stumpf des Turmes filmte. «Wegen der Paparazzi da drüben.»

Als der Kameramann unvermittelt sein Objektiv auf die Gruppe richtete, hob Frey die Hand. «Nicht jetzt. Es wird eine Pressekonferenz geben.»

Der Polizist sagte halblaut: «Jeder unserer Beamten braucht einen Führer für die Suche.»

«Ich sagte doch, meine Lizenz ist suspendiert.»

«Dann erkläre ich sie jetzt wieder für gültig.» Gisler, der Obmann, stampfte auf den Boden. «Jetzt mach schon, zieh dich an, wir wollen los.»

Andrea ging zurück ins Haus, gab Alice ein paar Anweisungen, packte etwas Proviant in den Rucksack, schnallte ein Seil auf.

Während sie mit zwei Polizeiautos die Alpstrasse hinauffuhren, folgte ihnen der Wagen einer Fernsehstation. Die Schranke war immer noch offen.

Frick sass neben ihr auf dem Rücksitz, tippte nervös auf seinem GPS herum. «Gisler hat das eben ernst gemeint», sagte er. «Das mit deiner Lizenz. Wir nehmen ihn beim Wort.»

«Macht, was ihr wollt.» Andrea blieb bockig.

Der Polizist am Steuer sah in den Rückspiegel, ein älterer Mann. «Ich habe Ihren Vater gekannt, Frau Stamm. Wir waren gute Kollegen.» Er dämpfte seine Stimme, als gebe er ein Geheimnis preis. Die Polizei habe Bericht von drüben bekommen.

Er deutete gegen die Berge, die von Nebelschwaden verhangen waren. «Man hat im Rucksack des Schreiners seinen Pass gefunden, Kontokarten und eine grössere Summe Bargeld.»

«Das heisst, er wollte weg. Er hat das geplant.»

«Sieht so aus», sagte Frick. «Hat sich dann wohl verirrt im Sturm und sich in die Höhle verkrochen. Vielleicht kannte er die von früher.»

Andrea kaute an ihrem Daumennagel. Walter hatte sie also wirklich getäuscht. Sein Wunsch, «noch einmal» die Plattenburg zu besteigen, war nur Vorwand gewesen. Wieder sah sie ihn sitzen, sein letzter Blick, sein Abschied, seine Tränen. Die Wut, die sie auf ihn gehabt hatte, stellte sich nicht mehr ein. Er wollte Abschied nehmen, dann verschwinden. Dass er ihr damit Schwierigkeiten bereitete, hatte er wohl nicht bedacht. «Warum ist er nicht gleich abgestiegen vom Joch? Der Sturm kam ja erst in der Nacht auf. Warum hat seine Frau nicht früher alarmiert?»

Frick hob die Schultern. Der Wagen hielt auf dem Parkplatz der Alp an. Nebel hüllte sie ein. Sie teilten sich in Zweiergruppen, testeten die Funkgeräte. Gisler bestimmte die Routen, den Ablauf der Aktion. Bevor sie abmarschierten, winkte Frick Andrea zur Seite, deutete auf seine Uhr. «Jetzt beerdigen sie Anita.»

Sie sah ihn an. «Mein Gott. Das haben wir vergessen.»

«Schicksal.» Seine Mundwinkel zuckten.

«Tut mir so leid, Rolf.»

Er gab keine Antwort, drehte sich um und verschwand mit seinem Begleiter im Nebel.

64

Die Abdankung war kurz vor Mittag angesetzt. Daniel hatte sich nach dem Nachtdienst im Spital niedergelegt, den Wecker des

Handys gestellt. Unrasiert und ungewaschen fuhr er zum Friedhof. Vor dem Krematorium standen schon einige Leute herum, schwarze Mäntel, schwarze Hüte mit breiten Krempen. Die Kunstszene der Provinz. Daniel zündete eine Zigarette an. Man warf ihm Blicke zu, redete weiter, er gehörte nicht dazu.

Der Morgen war für einen Trauertag wie geschaffen, Hochnebel, kalt, eine melancholische Stimmung. Gegen Abend würde Föhn aufkommen, wenn der Wetterbericht stimmte; dann würden ein paar schöne Tage folgen. Ein Wagen hielt an, Maya stieg aus, schwarz und schlank und schön. Ein Mann begleitete sie, blond und breit wie Ken, Barbies Boyfriend, den er in ihrer Puppensammlung vermisst hatte. Sie trug eine dunkle Sonnenbrille, schritt auf hohen Absätzen selbstbewusst über das Kies und an Daniel vorbei, ohne ihn eines Blickes zu würdigen. Der braungebrannte Ken folgte ihr.

Der Platz vor dem barocken Kuppelbau belebte sich, Zigarettenrauch schwebte in der Morgenluft. Die Stimmen der Trauergäste murmelten in Moll. Noch eine Bekannte traf ein, die kleine Thai, Andreas Stiefmutter, auch sie in Begleitung. Ein Herr mit grau meliertem Haar und Glatze legte ihr die Hand auf den Rücken, streichelte und tätschelte sie unablässig. Ning nickte und lächelte Daniel zu, wie sie immer lächelte, und es schien nicht einmal eine Maske zu sein. «Kommt Andrea auch?», fragte sie im Vorbeigehen.

«Bestimmt», sagte Daniel, doch Andrea kam nicht. Er wartete noch auf sie, als alle schon in dem traurigen Gebäude verschwunden waren. Endlich, dachte er, als zwei schwarze Mercedes auf den Kiesplatz fuhren und direkt vor dem Tor des Krematoriums anhielten. Doch es war nicht Andrea. Färber stieg aus, der Untersuchungsrichter. Dann eine junge Frau mit Rastalocken, Sonnenbrille, ein Mann mit schwarzer Wollmütze, schwarzem Mantel. Die beiden waren sogleich umgeben von zwei oder drei bulligen Typen. Polizei in Zivil. Sie begleiteten das Paar zum Tor, der Mann mit der Wollmütze drehte kurz den Kopf, an seinen Ohren baumelte ein Schmuck. Daniel versuchte sich zu erinnern, woher er ihn kannte.

Der Untersuchungsrichter blieb stehen. «Doktor Meyer?»

Daniel nickte.

«Kann ich Sie nach der Abdankung kurz sprechen?»

«Worum geht's?»

«Ein paar Fragen.»

«Werde ich auch verhaftet?»

Färber hob die Schultern. Daniel folgte ihm in die Halle, in der es noch kälter war als im Freien. Flötenmusik erklang leicht verzerrt aus Lautsprechern, neben der Kanzel lag auf einer Art Förderband der Sarg, ein Arrangement mit roten Azaleen darauf. Daniel liess seinen Blick über die Gäste schweifen, Andrea war nicht da, Frey auch nicht. Es kam ihm merkwürdig vor, dass niemand aus dem Dorf der beliebten Wirtin die letzte Ehre erwies.

Die Abdankung war säkular, kein Pfarrer, sondern ein Kunstkritiker sprach. Die Wut über die Krankheit, die sich Anita in ihren letzten Bildern von der Seele gemalt habe, ihr letzter meisterhafter Zyklus «Bergzauber – Zauberberg» werde sie unsterblich machen. Zauberberg, die Assoziation zu Thomas Manns Werk über eine Klinik in den Bergen, die Lungenkrankheit, Geissel der Menschheit, damals Tuberkulose, heute Krebs. Daniel schlich sich hinaus, versuchte Andrea anzurufen. Nicht erreichbar, meldete das Netz. Auch ihre Combox war ausser Betrieb.

Als er zurückkehrte, stand der Mann im schwarzen Mantel vorn neben dem Sarg. Ohne Wollkappe erkannte ihn Daniel sogleich, es war der Glatzkopf von der Alp, der ihn mit Kuhscheisse beworfen hatte. Von einem Zettel las er Anitas Lebenslauf. «Ihre Menschenliebe war umfassend. Sie hatte ein offenes Herz und ein offenes Haus, in dem auch Verfolgte Aufnahme fanden.» Er war ihr Bruder. Allmählich begann sich in Daniels Kopf der Nebel zu lichten. Der Bruder auf der Alp, die vergammelten Zimmer der «Alpenrose», die Flüchtlinge, die übers Joch kamen. Anita war ein Knoten in einem Netz von Fluchthelfern gewesen, vielleicht auch der Schreiner und sein Junge, der in den Bergen umherstreifte.

Der Alphirt setzte sich. Während wieder Musik ab CD erklang, setzte sich das Förderband in Bewegung, der Sarg entschwand durch ein Tor, samt den Blumen. Daniel war als Erster draussen, versuchte nochmals, Andrea zu erreichen. Er konnte sich nicht vorstellen, warum sie nicht zur Abdankung ihrer Freundin erschienen war. Jetzt erst fiel ihm ein, dass er auch Frick nicht gesehen hatte, den Bergführer, mit dem Anita einmal liiert gewesen war.

65

Frick meldete sich über Funk. Auf dem Joch keine Spur von dem Jungen, man suche weiter. Ein Team hatte die Alp und die Kletterhütte durchsucht, das Heulager entdeckt, frische Spuren von Militärschuhen in der Hütte.

Andrea und der Polizist, den sie begleitete, suchten den Weg ab, der unter den Wänden nach Westen zur Hohen Platte führte. Der Nebel lag so dicht, dass man nur wenige Meter weit sah. Bei diesen Verhältnissen war die Suche fast aussichtslos. Trotzdem wollte man nicht aufgeben, man fürchtete, der Junge könnte sich ein Leid antun.

Missmutig stapfte der Polizist hinter Andrea her, ein Brocken von Mann, aber nicht in bester Form. Schweiss tropfte von seinem Gesicht. «Geht's?» fragte sie.

«Sicher.» Seine Stimme klang gequält, aber er mochte nicht zugeben, dass er mit einer kleinen Frau kaum Schritt halten konnte. Wo der Weg die Runse querte, blieb Andrea stehen. «Wollen Sie noch weiter?»

Der Polizist hob die Schultern. «Wie weit ist es noch?»

«Es wird bald steiler, eine felsige Rinne führt zum Grat hinauf. Dort ist dann Ende.»

Er wischte sich mit einem Taschentuch das Gesicht, besprach sich mit seinen Kollegen per Funk. Andrea hörte einen Stein fallen, direkt über ihnen kollerte er durch die Runse, sprang über eine Stufe. «Achtung!» Sie riss den Polizisten am Gürtel zur Seite, der Stein prallte auf den Weg, sprang ins Leere. Sie schaute hinauf, sah eine Gestalt, die sich bewegte, ein Tier war es nicht. «Da ist was. Warten Sie drüben!»

Sie deutete auf einen geschützten Platz am Beginn der Runse, begann den Hang hochzusteigen. Geröll rutschte unter ihren Füssen weg. Steine sprangen nun auch von oben herab, schlugen auf, schossen an ihr vorbei.

«Aufgepasst!», rief sie dem Polizisten zu. «Da oben ist er.»

66

Daniel wartete abseits an einer Hecke auf den Untersuchungsrichter. Die Trauergäste zerstreuten sich, er sah Maya weggehen, ihr blonder Beschützer folgte ihr. Vielleicht war sie wirklich nymphoman, wie ihr Ex behauptet hatte, aber das war ja nicht verboten. Ning liess sich von ihrem alten Herrn zu einer Karosse schieben, unter all den Limousinen auf dem Parkplatz wohl die teuerste. Er gönnte ihr das neue Glück. Die zivilen Bullen begleiteten Anitas Bruder und seine Gefährtin mit den Rastalocken zu einem Polizeiwagen. Er hatte wieder die Mütze über den Glatzkopf gezogen. Daniel glaubte, ihn weinen zu sehen.

«Danke, dass Sie gewartet haben, Herr Doktor.» Färber trat neben ihn.

«Lassen Sie den Doktor», sagte Daniel. «Ich fühle mich immer alt, wenn ich das höre.»

«Dann also zur Sache. Haben Sie die Morgennachrichten gehört?»

«Ich hatte Nachtdienst. Bin dann gleich hierhergekommen.»

Färber klappte sein Handy auf, drückte Tasten, hielt es Daniel hin. Das Bild auf dem Schirm zeigte eine Ruine, die Mauern von Rissen durchzogen. «Was soll das?»

«Schauen Sie genau hin.» Er reichte ihm das Handy.

Daniel holte seine Brille hervor. «Mein Gott!», rief er aus. Es war der Glockenturm, er erkannte die Häuser des Dorfes, die Kapelle, die Werkstatt der Schreinerei. Vom Turm standen nur noch geschwärzte Mauerreste.

«Heute Nacht abgebrannt.»

«Was ist geschehen.»

«Vermutlich Brandstiftung.»

Daniel gab das Handy zurück, er fühlte den Boden unter seinen Füssen wanken, als habe er getrunken. Wer, wer, wer?, fragte er sich. Die Schreinerin? Der Junge? Der Alphirt, Anitas Bruder? Deshalb hat man ihn festgenommen, deshalb die Polizeieskorte. «Wer?», fragte er.

«Noch gibt es keinen Beweis. Vielleicht können Sie uns weiterhelfen. Es ist eine Anzeige eingegangen.» Er zog einen Plastikbeutel aus der Tasche seines Vestons, hielt ihn in die Luft. Sein Feuerzeug. Daniel griff nach der Hecke, hielt sich an einem Zweig fest. Färber sah ihn an und wartete.

Daniel erzählte, ziemlich wirr, schien ihm. Von Israel, Charly's Coffee Shop an der Shenkin Street. «Wenn Sie mal vorbeikommen, es gibt dort feinen Cappuccino.» Färber steckte das Feuerzeug wieder ein. «Ein Cappuccino wäre keine schlechte Idee. Wir könnten unser Gespräch doch in einem netten Café fortsetzen.»

Die Lichter seines Mercedes blinkten auf, Daniel setzte sich neben ihn. Fühlte sich noch immer wie in einem Schiff bei hohem Wellengang, seekrank beinahe. Er brauchte dringend ein Frühstück.

Im Café fand er seine Fassung allmählich wieder. Erklärte. Die Krebsfälle im Dorf. Der Verdacht, die Strahlung der starken Breitbandantennen im Glockenturm gefährde die Gesundheit der Bewohner. Deshalb sei er am Turm hochgeklettert, dabei abgestürzt, habe sich den Fuss verstaucht. «Andrea Stamm wird das bezeugen. Jetzt ist mir auch klar, warum sie nicht gekommen ist.»

Färber griff nach einem Gipfel im Körbchen, biss hinein. «Die Anzeige wegen Einbruchs in den Glockenturm muss ich trotzdem weiterverfolgen. Ich nehme an, es wird eine Busse geben.»

«Dann zeige ich Frey an wegen seiner Pornofilme. Wahrscheinlich verbreitet er sie übers Netz und braucht deshalb die Breitbandanschlüsse.»

Färber hob beide Hände. «Können Sie sich sparen. Wir haben den Fall überprüft.»

«Hat ihn seine Ex angezeigt?»

Färber ging nicht auf die Frage ein. «Die Aktivitäten von Grossrat Doktor Frey bewegen sich im Rahmen der Legalität. Ein Hobby, rein privat, auch wenn nicht eben ein appetitliches, meiner Meinung nach.»

«Kein Hardcore also?»

«Jedenfalls gibt es keine Beweise.»

«Und die fehlende Bewilligung für die Antennen?»

«Wird nachgereicht. Eine Busse würde nur die Gemeindekasse belasten, und die ist ohnehin leer.»

«Ein ehrenwerter Herr also.»

«Ein durchaus ehrenwerter Herr.»

Färber wischte sich mit einer Serviette den Schaum des Cappuccino vom Mund. Er klappte seinen Aktenkoffer auf, legte einen Feldstecher auf den Tisch, ein uraltes Modell mit Messingfassungen und Fokussierrädchen. «Kennen Sie dieses Gerät?»

Daniel setzte den Feldstecher an die Augen, schaute durchs Fenster auf die andere Strassenseite. Eine junge Frau schob auf dem Trottoir einen Kinderwagen. Sie sah sich um, als spürte sie, dass sie beobachtet wurde. «Das Fernglas gehört Magnus, dem Sohn des Schreiners. Ich habe ihn mal verarztet. Wo steckt er?»

«Man sucht ihn, drei Teams sind unterwegs.»

«Dann ist er der Brandstifter. Er wollte sich rächen, weil er glaubt, der Glockenturm habe seinen Vater krank gemacht.»

Färber zuckte die Schultern. «Es ist ein Verdacht. Den Feldstecher haben wir bei Iwan Zemp gefunden, Anitas Bruder.»

«Der Glatzkopf hat mich mal mit Kuhmist bombardiert auf der Alp. Warum habt ihr den reingenommen?»

Färber legte den Feldstecher wieder in den Aktenkoffer, klappte den Deckel zu. «Was ich Ihnen jetzt sage, ist vertraulich.»

«Arztgeheimnis.» Daniel polierte seinen Ohrring mit Daumen und Zeigefinger.

«Es geht um eine Organisation von Schleppern. Der Alphirt, seine Freundin, seine Schwester und der Schreiner sind darin verwickelt. Auch den Jungen haben sie eingespannt. Sie hätten aus idealistischen Motiven gehandelt, behauptet Zemp, nur politisch Verfolgte über die Grenze geholt, keine Kriminellen. Er hat das ja angedeutet in seiner Abdankungsrede.»

Färber winkte der Bedienung, bezahlte, verlangte eine Quittung. Daniel bedankte sich für den «Kaffee auf Staatskosten». Bei der Tür sagte er, die Klinke schon in der Hand: «Haben Sie nicht mal einen Kletterkurs bei Andrea besucht?»

Färber nickte. «Tolle Erfahrung, hab viel gelernt. Vielleicht melde ich mich wieder mal an. Beim Klettern lernt man seine Grenzen kennen.»

«Das kann man wohl sagen.» Daniel hatte das Gefühl, der Untersuchungsrichter wolle ihm noch etwas mitteilen, etwas Vertrauliches zwischen Tür und Angel. Sie standen schon auf dem Trottoir, als er bemerkte: «Die Sache mit dem Schreiner ist leider sehr dumm gelaufen für Andrea.»

«In den Bergen macht jeder Fehler. Erfolg und Absturz liegen nah beieinander. Oft ist es eine Gratwanderung, im wahrsten Sinne des Wortes.»

Färber trat zur Seite, machte der Frau mit dem Kinderwagen Platz. Als sie vorbei war, sagte er halblaut: «Der Obduktionsbericht ist eingetroffen. Der Schreiner ist an einer Lungenembolie gestorben.»

«Tritt häufig auf als Folge eines Pankreaskarzinoms», bemerkte Daniel. «Er wollte sich nicht behandeln lassen. Jedenfalls nicht bei uns.»

«Er hatte Pass und Geld bei sich, als ob er ein neues Leben beginnen wollte. Macht das Sinn? Er wusste offenbar, dass er nicht mehr lange zu leben hatte.»

«Was für einen Menschen Sinn macht, kann nur er selber entscheiden.» Färbers Händedruck war unerwartet fest. Der Mann müsste wirklich einen Kletterkurs besuchen, dachte Daniel. Er versuchte nochmals, Andrea anzurufen. Teilnehmer nicht erreichbar, meldete das Netz. Offenbar hatte der Brand des Glockenturms den Mobilfunk ausser Betrieb gesetzt.

67

Schemenhaft nahm sie die Gestalt wahr, den Rucksack, den Hut. Der Junge hatte sie gesehen, er kletterte ihr davon, so behände, dass sie Mühe hatte zu folgen. Die Angst gab ihm einen Adrenalinschub, vervielfachte seine Kraft. «Magnus, bleib stehen!», rief sie mehrmals. Drückte ihren Kopf gegen den Fels, da sich immer wieder Steine unter seinen Füssen lösten. Ob er sie mit Absicht lostrat, konnte sie nicht erkennen. Sie hatte keinen Helm dabei und musste unter Vorsprüngen Deckung nehmen. Je näher sie ihm kam, desto gefährlicher wurde die Situation. Auf den schuttbedeckten Felsstufen lösten sich auch unter ihren Schuhen ständig kleine Steinlawinen. Die Steilheit nahm zu, einmal blieb er stehen, suchte nach dem Weiterweg. «Magnus!», rief sie ihm zu, «es geschieht dir nichts. Steig nicht weiter, sei nicht verrückt, du kannst abstürzen.»

Doch der Junge reagierte nicht. Auch als die eigentliche Wand ansetzte, stieg er weiter, fand instinktiv den Einstieg in Tönis alte Route, die in einer schluchtartigen Rinne zum Gipfelplateau der Plattenburg emporführte. Angst und Verzweiflung schienen ihn zu beflügeln, er fühlte sich verfolgt und wollte entkommen, lebend oder tot.

Andrea kletterte ihm nach, obwohl sie keine Ahnung hatte, was sie tun würde, wenn sie ihn einholte. Oder wenn er stürzte. Er könnte sie mitreissen, es könnte das Ende sein. Kein schönes Ende in dieser hässlichen Wand. Sie wich auf eine Kante der Schlucht aus, in schwierigeres Gelände, hier war sie geschützt vor Steinschlag. Sie kam ihm rasch näher, hörte seinen keuchenden Atem. «Magnus, ich bitte dich», rief sie. Unvermittelt blieb er stehen, bewegte sich nicht mehr, als sei er ein Stück Fels geworden.

68

Der Teufel stand vor ihm, starrte ihm ins Gesicht mit glasigen Augen, zwei mächtige Hörner auf dem Kopf. Sein Bocksfuss hämmerte auf die Felskanzel, auf der er stand. Magnus klammerte sich fest, der Blick des Bösen traf ihn wie ein Bannstrahl. Die Strafe Gottes. Er spürte ein Zittern in den Knien. Der linke Fuss zuckte auf und ab wie die Nadel einer Nähmaschine. Magnus verkrampfte sich, krallte sich an den kalten Fels, spürte seine Kraft schwinden. Derweil verharrte der Gehörnte stumm auf seinem Platz, pochte mit seiner Klaue auf den Stein, senkte den Kopf und zeigte seine fürchterlichen Spiesse. Gleich würden sie ihn in den Abgrund stossen. Da hörte er unter sich die Stimme der Bergführerin: «Magnus.»

Er schaute hinab, erschrak. Zwischen seinen Beinen öffnete sich ein Abgrund, ein grausiger Schlund. In der Hast des Kletterns hatte er ihn nicht wahrgenommen. War höher, immer höher gestiegen, ohne zurückzuschauen. Nun war er verloren, in der Falle zwischen dem Teufel und der bodenlosen Tiefe. Seine Füsse flatterten, seine verletzte Hand brannte. Stiche in den Rippen bei jedem Atemzug. Loslassen, fuhr ihm durch den Kopf. Und alles hat ein Ende. Er würde direkt auf die Bergführerin stürzen, würde sie mitreissen. Loslassen und alles war vorbei, das Meer würde er nie sehen. Dabei klammerte er sich immer wilder an die Felsgriffe. Auch wenn sein Kopf loslassen wollte, seine Hände und Füsse gehorchten nicht mehr. Sein Körper hatte sich selbständig gemacht, eine unbändige Kraft spannte seine Muskeln, seine Füsse zuckten nicht mehr. Die Bergführerin stand neben ihm auf dem Felsband. Sie lächelte ihm zu, Schweiss im Gesicht. «Bist ein tüchtiger Kletterer, Magnus. Jetzt reicht's dann wohl.»

Er nickte. Der Gehörnte wandte seinen Kopf, schaute der Bergführerin zu, wie sie Karabinerhaken und Kletterwerkzeug aus dem Rucksack packte. Sie klemmte einen Anker in eine Felsspalte, band sich fest. «Jetzt sichere ich dich, Magnus. Halt still.»

Er zog den Rotz hoch, der ihm aus der Nase floss, liess es geschehen, dass sie ihm das Seil um die Brust und über die Schultern knüpfte, ihn an den Anker klinkte. Ihre Nähe beruhigte ihn, ihre sicheren Handgriffe flössten Vertrauen ein. Nun lachte sie sogar. «Der Steinbock tut uns nichts. Er ist nur neugierig. Wir klettern jetzt an ihm vorbei.»

Sie erklärte ihm, was er zu tun hatte. Wenn sie «Stand» rief, musste er den Anker lösen, dann zog sie das Seil ein und er konnte folgen. Sie querte auf dem Felsband nach rechts, dann kletterte sie auf einer Felsrippe senkrecht in die Höhe. So leicht wie eine Feder im Wind. Der Steinbock wandte seinen Kopf, pochte auf den Fels mit den Hufen, als ob er grüsse. Dann setzte er mit einem Sprung aufs Band, trottete davon und verschwand hinter einer Kante.

Magnus hörte die Bergführerin rufen, hoch über ihm, das Seil zog straff an. Er löste den Anker, klinkte ihn an seinen Gürtel und kletterte los.

69

Sie kamen gut voran. Magnus begriff schnell, wie er sie mit dem Halbmastwurf sichern musste, wenn sie vorauskletterte. Sie richtete einen Stand ein, band ihn fest, bald konnte er den Sicherungsknoten selber in den Karabiner fädeln. Zwischensicherungen brauchte sie selten, die alte Route war nicht schwer. Manchmal rutschte er mit seinen ausgelatschten Militärschuhen, doch er klammerte sich fest, hing nie im Seil. Ein Naturtalent, das Klettern in den Genen wie der Steinbock. Der Nebel lichtete sich mit zunehmender Höhe, die Sonne schwamm als bleiche Scheibe im diffusen Weiss. Nach ein paar Seillängen machte Andrea Stand im Licht. In weiten Wellen breitete sich das Nebelmeer bis hin zu den Alpen, die Wärme der Herbstsonne floss durch ihren Körper. Magnus sprach kaum ein Wort, aber sie hatte das Gefühl, er beginne das Klettern zu geniessen, auch wenn er nicht wusste, wohin sie ihn führte, was sie beabsichtigte. Sie hatte kurzerhand entschieden, aufzusteigen, da ihr ein Abstieg durch die Bruchwand zu riskant schien wegen des Steinschlags. Die Verbindung zu den andern Suchtrupps hatte sie verloren. Der Polizist hatte das Funkgerät bei sich, das Handy zeigte kein Signal. Sie stellte sich vor, über den Südgrat abzusteigen, den Jungen würde sie mit der Seilbremse die gut eingerichteten Abseilstellen hinunterlassen. Sie hoffte, das Joch noch bei Tageslicht zu erreichen.

«Wir sind bald oben», sagte sie, als Magnus zum Stand kam. «Hast du Hunger?»

Er nickte. Sie gab ihm einen Getreideriegel, einen Schluck aus der Wasserflasche, einen halben Apfel. Mehr hatte sie nicht dabei. Es war Nachmittag, die Sonne stand tief über dem Nebelmeer, das gegen das Flachland hin in Flocken aufriss. Es kam ihr vor, als hätten sie nach dem feuchten düsteren Grau unter dem Hochnebel eine andere Welt betreten, sonnig und freundlich war sie, der Fels warm. Das Wunder des Herbstes. Sie hoffte, der Polizist habe beobachtet, dass sie den Jungen angeseilt und sich entschieden hatte, weiterzusteigen. Sie sicherten sich an einem alten Standhaken, ein U-Profil mit dickem Ring, der in einem Riss steckte. Andrea tippte ihn mit dem Fuss an, bevor sie loskletterte: «Der ist von deinem Grossonkel, dem Töni.» Sie glaubte, in Magnus' Augen ein Leuchten zu sehen.

Schliesslich dauerte es doch länger, als sie gerechnet hatte, bis sie den Rand des Gipfelplateaus erreichten. Sie hatte die Route im Frühling allein geklettert, in bester Form nach Patagonien. Die letzte Stufe war nicht ganz einfach, Neuschnee bedeckte Rinnen und Bänder. Sie musste in steiles, aber trockenes Gelände ausweichen. Magnus sah erschöpft aus. «Wir schaffen es, wir zwei», munterte sie ihn auf. Er nickte nur. Sein Gesicht mit der vernarbten Hasenscharte hatte einen erwachsenen Ausdruck bekommen. Wie alt ist er wohl wirklich, fragte sie sich. Ein Bub noch, ein junger Mann? Schwer zu schätzen, da er kaum redete. «Wir schaffen es», sagte sie nochmals. «Auch nachher.»

Er zeigte keine Regung, hatte die Anspielung wohl nicht verstanden. Sie fuhr ihm über den buckligen Rücken. «Du bist stark, Magnus. Ein guter Kletterer.»

Der höchste Gipfel der Bergkette, die Hohe Platte im Westen, ragte wie ein Segelschiff aus dem Nebelmeer, warf einen dreieckigen Schatten. In weniger als einer Stunde würde die Sonne untertauchen. Magnus erreichte den letzten Stand am Rand des Gipfelplateaus, jetzt lagen nur noch die Schutthänge bis zum Gipfel vor ihnen. Andrea schlang das Seil um ihre Schulter, nahm ihn kurz. Bevor sie losschritt, warf sie einen Blick auf ihr Handy. Jetzt zeigte es schwaches Signal. Vom Netz im Nachbarland offenbar. Frick konnte sie nicht erreichen, sie wählte Daniels Nummer.

«Danke fürs Wecken.» Er gähnte. «Bist du in der Stadt?»

«Auf der Plattenburg. Ich brauch einen Heli.»

«Seit wann machst du Witze? Das ist doch sonst nicht deine Art.»

«Mir ist ernst», schrie sie ins Handy. Dann brach die Verbindung ab.

70

«Sie garantieren uns für diesen Flug», brüllte der Chef der Basis in den Lärm des Rotors. Ein alter Bergler mit weissem Bürstenschnitt, ein Gesicht, dem die Gletschersonne Falten eingebrannt hatte.

«Alles klar», schrie Daniel zurück.

«Ich hab Sie dort mal heruntergeholt, erinnern Sie sich, Herr Doktor? Ich bin damals geflogen. Im Schneesturm.»

«Danke im Nachhinein!» Daniel erinnerte sich nicht. Er war bewusstlos gewesen, geschwächt von einer Nacht in Kälte, ohne Essen, betäubt vom Sturz. Um Haaresbreite überlebt. Er zeigte mit zwei Fingern ein V, der Chef hob den Daumen. Daniel setzte die Kopfhörer auf.

Der Heli hob ab, zog eine Schleife durch Dunstschleier über dem Fluss gegen Westen, wo die Nebeldecke aufriss. In der Höhe drehten sie ab gegen Osten, auf die Grenzberge zu, die wie Klippen aus der Nebelbrandung ragten, Hohe Platte, Plattenburg. Von der Sila war nur die oberste schmale Spitze zu sehen. Daniel versuchte, Andrea auf dem Handy anzurufen, bekam keine Verbindung. Ein ungutes Gefühl erfasste ihn. Wenn ihr etwas passiert ist? Was treibt sie überhaupt dort oben? Er vertraute ihr, sie war stark und autonom. Er liebte sie, und doch entzog sie sich immer wieder mit ihrem Eigensinn, dessen Wege und Wendungen unvorhersehbar waren. Einen üblen Scherz allerdings traute er ihr nicht zu. Nach ihrem Anruf war er sogleich mit einem Taxi zur Basis gerast.

Der Kalkfels flammte rot im Abendlicht, als sie sich der Plattenburg näherten. «Dort!» Der Flughelfer deutete auf den Gipfel.

Der Heli legte sich in eine Kurve, umkreiste die Hochfläche, das Geröll war von einer dünnen Schneeschicht bedeckt. Windböen zerrten an der Maschine, Föhn kam auf. Im Süden überragte eine Wolkenwoge das Nebelmeer wie ein gewaltiger Tsunami. Neben dem Gipfelkreuz standen zwei Menschen, Ameisen gleich. Andrea und neben ihr ein Junge. Der Sohn des Schreiners, Magnus. Sie winkte, hob Arme zum V. Landen, bedeutete das.

Etwas irritierte Daniel. «Ist das die Plattenburg? Da war doch nie ein Kreuz auf dem Gipfel?»

«Das haben Leute von drüben aufgestellt. Der Gipfel ist auf ihrem Boden», erklärte der Flughelfer.

Warum Andrea da oben stand, mit dem Jungen des Schreiners, war Daniel rätselhaft. Der Heli schwebte auf die Gipfelfläche zu, Schnee stäubte auf. Andrea und der Junge hielten ihre Arme vors Gesicht, duckten sich, der Rotorwind riss an ihren Kleidern. Der Flughelfer sprang ins Geröll, führte den Jungen an der Hand zum Heli, schob ihn durch die Luke. Dann eilte er zurück, redete auf Andrea ein, sie schüttelte den Kopf.

«Sie will nicht», erklärte der Flughelfer über den Bordfunk.

«Dann soll sie es bleiben lassen!» Der Pilot wurde ungeduldig. «Komm zurück.»

Daniel sprang hinaus, rutschte auf dem Schnee und prallte mit seinem bösen Fuss an einen Felsbrocken. Er sackte in die Knie, biss in den Ärmel seiner Jacke, um nicht vor Schmerz loszuschreien. Andrea war bei ihm, half ihm hoch. «Was machst du denn. Tut's weh?»

Daniel versuchte, den Fuss aufzusetzen, das Gelenk schmerzte heftig, aber es ging. «Komm jetzt», sagte er. «Steig ein.»

Sie blieb stehen. «Ich hab noch was zu erledigen. Ich kenne den Abstieg.»

«Du bist verrückt», stiess er hervor.

«Dann passen wir ja zusammen.» Sie umarmten sich, dann riss sie sich los.

Daniel humpelte gebückt zum Helikopter, der Rotorwind zerzauste seine Haare, Schneestaub wirbelte ihm ins Gesicht. Seine Augen tränten, es ist die Kälte, sagte er sich. Der Flughelfer griff ihn unter den Achseln, riss ihn an Bord, schob die Tür zu. Der Helikopter stieg einige Meter senkrecht hoch, drehte dann ab. Andrea stand neben dem Kreuz und winkte.

71

Das Gipfelkreuz war aus hellen Fichtenbalken gefügt, die Enden mit Kupferkappen verstärkt, einbetoniert in einen Sockel. Es war neu. Andrea hob den Deckel von dem Metallbehälter, der am Kreuz befestigt war, zog das Gipfelbuch heraus. Ein fester Einband, mit Plastik vor Feuchtigkeit geschützt, an einer dünnen Kette hing der Schreibstift. Auf der ersten Seite klebte ein Foto vom Gipfel mit dem neuen Kreuz, ein paar Männer in weissen Helmen standen davor, in ihrer Mitte ein Priester im Ornat, Bibel in der einen, Weihwasserwedel in der andern Hand. Darunter stand, die Bergwacht des Nachbarlandes habe das Kreuz errichtet, an Stelle des alten, windschiefen. Den Steinmann hatten sie abgetragen, die Büchse mit dem alten Notizbuch mitgenommen für ein Museum.

Andrea überflog den sorgfältig von Hand geschriebenen Text, der erklärte, man habe beschlossen, ein würdiges Signal zu setzen auf dem Gipfel der Plattenburg, der geografisch zum Nachbarland gehöre. Das war richtig, die Grenze folgte dem

Rand der Hochfläche südlich des höchsten Punktes, doch bisher hatte es nie jemanden gekümmert, zu welchem Land der Gipfel gehörte. Seit einigen Jahren waren die Grenzen offen, Grenzwächter gab es keine mehr. Vielleicht hatten die Männer von drüben das neue Kreuz gestellt, um ihren Anspruch auf den Gipfel deutlich zu machen. Andrea kam es vor, als hätten sie den Berg besetzt. Ohne sich einzuschreiben, schob sie das Buch in den Metallbehälter zurück, setzte den Deckel darauf.

72

Er kauert im Ausguck. Das Schiff gleitet über weite weisse Wellen, rollt in der Dünung, zieht seine Bahn gegen Westen. Die Sonne taucht ins Meer, zeichnet eine goldene Strasse über die Flut. Am Horizont steigt eine Dampfsäule auf, der Atem des weissen Wals. Der Wind singt in den Tauen, bläht die Segel, die Masten ächzen. Sie fliegen dahin. Drei oder mehr Jahre dauert eine Waljagd, eine Unendlichkeit zwischen Himmel und Wasser. Nach langer Zeit legt das Schiff an, findet seinen Hafen, er wird an Land gehen, ein neues Ufer und ein neues Leben betreten.

Der Helikopter neigte sich, der Pilot deutete nach unten. Das weisse Meer war aufgewühlt, wie durch ein Fenster fiel der Blick in die Tiefe, in eine andere Welt. Eine Insel, Häuser, Lichter, eine Stadt. «Heute Nacht schläfst du bei uns», sagte der Mann neben ihm. Der Mann der Bergführerin. Er kannte ihn. Der Arzt, der ihn auf der Strasse aufgehoben hatte.

«Ich will nicht ins Spital.» Die ersten Worte, die Magnus hervorbrachte.

«Hab keine Angst, ich bleibe bei dir.» Der Arzt legte einen Arm um seine Schulter. «Du bekommst auch deinen Feldstecher wieder.»

«Ist Anita noch dort?»

«Anita ist gestorben», sagte der Arzt so leise, dass er ihn kaum verstand im Dröhnen der Rotoren.

Magnus drückte seine Stirn ans Fenster. Wolkenfetzen flitzten vorbei, schäumende Gischt, sie tauchten ab, schwebten durch graue Dämmerung über Felder hinweg, Lichter wie Perlenketten, Strassen, Wälder, ein Fluss. Er spürte ein Brennen im Hals, es schüttelte ihn. Wie lange hatte er nicht mehr geweint, wie lange. Im Mund spürte er den Salzgeschmack der Tränen. Das Meer.

73

Sie hob den Rucksack auf, hängte sich das Seil um, schritt über den Blockgrat gegen Süden. Die Ringhaken der Abseilstelle würde sie auch in der Dunkelheit finden. Im Westen zeigte ein rötlicher Streifen, wo die Sonne gesunken war, rasch färbte sich alles blau, das Nebelmeer, der Schnee auf dem Schutt und die Felsplatten. Wie oft war sie diesen Weg gegangen? Allein, mit Gästen, mit Freunden nach harten Kletterrouten. Sie zählte nicht, wusste nur, dass es das letzte Mal war.

In der Nähe des Abbruchs fand sie den Felsspalt unter dem Block, wischte den Neuschnee weg, schob die Steine zur Seite, die ihn verschlossen, zog die Urne heraus. Einen Augenblick wog sie das Tongefäss in der Hand, dann schleuderte sie es ins Leere, hörte, wie es in der Tiefe zerschellte, wie Splitter über die Wand rieselten. Dann war Stille. Sie kletterte vorsichtig ab zum ersten Ringhaken, fädelte das Seil ein, warf es aus, hängte die Abseilbremse ein, schwebte in die Tiefe und tauchte in die schwarze Nacht.

Emil Zopfi im Limmat Verlag

«Seit er Bücher schreibt, macht Emil Zopfi von sich reden, leise und mit schöner Insistenz.» *Luzerner Neueste Nachrichten*

Schrot und Eis
Als Zürichs Landvolk gegen die Regierung putschte
Historischer Roman

Steinschlag
Roman

Londons letzter Gast
Roman

Die Fabrikglocke
Vom Aufstand der Glarner Stoffdrucker gegen die Zeit
Roman

Kilchenstock
Roman

Lebensgefährlich verletzt
Eine Nachforschung

Sanduhren im Fels
Erzählungen und Reportagen

Die Wand der Sila
Roman

Die elektronische Schiefertafel
Nachdenken über Computer

Jede Minute kostet 33 Franken
Roman